Thomas Ehrenberger

Weil ihr böse seid

Das Buch

Ein neuer Fall für Profilerin Sarah Spielmann in Wien!

Eigentlich könnte alles gut sein bei Profilerin Sarah Spielmann: Auch wenn ihr der letzte blutige Fall noch in den Knochen steckt, ist sie gerade bei ihrem Freund eingezogen. Weihnachten steht vor der Tür und Sarah ist endlich angekommen in Wien. Bis ein junger Mann am Donauufer totgeschlagen wird. Am Tatort hinterlässt der Mörder eine Tarotkarte des Luzifers, aber keine weiteren Spuren. Doch der Täter will gar nicht unsichtbar bleiben. Bald schon meldet er sich im Internet zu Wort und kündigt seine nächste Tat an. Seine Opfer erscheinen nur auf den ersten Blick wahllos. Als Sarah und ihr Kollege Fred nachforschen, erfahren sie, dass die Opfer selbst keine Unschuldslämmer waren. Und schon bald hat Luzifer eine blutdurstige Fangemeinde. Und Sarah läuft mal wieder die Zeit davon...

Von Thomas Ehrenberger sind bei Midnight erschienen:

Bekenne deine Sünden

Blutmoor

Weil ihr böse seid

Der Autor

Thomas Ehrenberger ist in Klosterneuburg, in der Nähe von Wien, geboren und in Wien aufgewachsen. Schon früh hat er seine Begeisterung für Bücher entdeckt und auch Geschichten zu Papier gebracht. Hauptberuflich arbeitet er als Feuerwehrmann bei der Berufsfeuerwehr Wien und studiert nebenbei an der Universität.

Thomas Ehrenberger

Weil ihr böse seid

Kriminalroman

MIDNIGHT

Midnight by Ullstein
midnight.ullstein.de

Originalausgabe bei Midnight
Midnight ist ein Digitalverlag der Ullstein Buchverlage GmbH, Berlin
Januar 2019 (1)

Umschlaggestaltung: zero-media.net, München
Titelabbildung: © FinePic®
Innengestaltung: deblik Berlin
Gesetzt aus der Quadraat Pro powered by pepyrus.com
Druck- und Bindearbeiten: CPI books GmbH, Leck

ISBN 978-3-95819-239-3

Prolog

Dieser Winter war kälter und strenger als jeder andere zuvor. Aber auch wenn die Luft eisig war, so konnte er auf seine Trainingseinheit nicht verzichten. Die Wiener Donauinsel war in eine tiefe Dunkelheit getaucht, obwohl es noch nicht einmal zwanzig Uhr war. Einzelne Laternen versuchten vergeblich Licht zu spenden, was eigentlich nur zu einer noch gruseligeren Szenerie führte. Seine Funktionskleidung hielt Justin nicht nur warm, sondern blockte auch den Wind sehr gut ab. Schon seit über einer Stunde war er in konstantem Tempo über die Donauinsel gelaufen. Das Gute bei diesem Wetter war ja, dass nicht sehr viele Menschen unterwegs waren. So konnte er sein Training perfekt durchziehen. Davon hing auch eine ganze Menge ab. Justin war schon seit seiner frühesten Kindheit Eishockeyspieler gewesen. Glücklicherweise hatte ihn die Natur auch noch mit einem großen Talent und einem athletischen Körper ausgestattet. Nur hatte er sein Ziel noch weit höher gesteckt. Es hatten schon einige andere Wiener den Sprung in die beste Liga der Welt, in die NHL, geschafft. Dies war auch sein Traum.

Um beim Try-Out eine reelle Chance zu haben, musste er sich jetzt intensiv darauf vorbereiten. Mit seinen siebzehn Jahren war er mit einem Meter sechsundachtzig und achtzig Kilo schon sehr gut gebaut. Die Laufbekleidung legte sich wie eine zweite Haut über seinen muskulösen Körper, Schweißtropfen liefen über seine Stirn, doch Justin steigerte sein Tempo nochmals. Während die meisten seiner Freunde oder Schulkollegen an diesem Samstagabend auf einer Party waren oder sich mit ihren Freundinnen trafen, hatte der junge Mann seinem Traum einer Profikarriere als Eishockeyspieler alles untergeordnet. Noch nie hatte er eine Zigarette geraucht, Alkohol gekostet oder eine andere Droge versucht. Eine Freundin würde ihn auch nur von seinem Training ablenken und selbst Fast Food aß er extrem selten. Ein Leben als Profi war ein riesiges Puzzle. Man musste sich gesund ernähren, hart trainieren und negative Einflüsse ausblenden. Die Schule war dabei gar kein so negatives Detail. Er war kein schlechter Schüler, tat sich immer sehr leicht beim Lernen. Außerdem war er ein ganz gutaussehender Junge. Viele Mädchen wären nur zu gerne mit ihm ausgegangen. Dies wusste Justin natürlich und es schmeichelte seinem Ego. Ein bisschen konnte man es ja auch genießen. Gerade im Sommer war es ein Leichtes für ihn, mit Frauen zu flirten. In seinen Badeshorts gab er ein gutes Bild ab.

Bei diesen Gedanken musste er unwillkürlich schmunzeln. Weit besser würde er es mit einem Vertrag über einige Millionen Dollar haben. Die NHL war die Eintrittskarte in eine bessere Welt. Hier und jetzt musste er sich auf die anstehenden Prüfungen fokussieren. Was durch einige Vorfälle in der Vergangenheit gar nicht so leicht war. Seine Karriere als Sportler hatte noch vor einem Jahr am seidenen Faden gehangen. Ein dummes Foul, welches er niemals so gewollt hatte, wäre beinahe sein Ende gewesen. Nur mit einem Mentaltrainer, den ihm sein Vater besorgt hatte, und stundenlanger Gesprächstherapie bei einigen Psychologen hatte er dieses Trauma verarbeiten können. Dafür war er seinem Vater auch wirklich dankbar. Auch er ordnete diesem Traum alles unter.

Das höhere Tempo hatte seine Atmung beschleunigt und die kalte Luft brannte etwas in seinen Lungen. Die Musik aus den Kopfhörern spornte ihn aber wieder an. Bullet for my Valentine dröhnte aus ihnen heraus. Sein Herz pochte nun wesentlich stärker, doch Justin wusste genau, dass er noch lange nicht an seinem Limit war. Die Bäume und Sträucher der Donauinsel sahen in dem wenigen Licht der Laternen wie dürre Arme aus, die versuchten ihn zu greifen. Ab und zu konnte er das Wasser der Donau sehen. Einzelne Eisschollen schwammen darauf. Noch ein paar Tage mit diesem strengen Frost und sie würde zufrieren.

Das Gewässer der alten Donau war schon gefroren und heute hatte er sich mit einigen Freunden dort getroffen um etwas Eishockey zu spielen. Natürlich war das nicht ganz ungefährlich. Justin wusste um die Warmwasserquellen in der alten Donau. Diese schmolzen dann das Eis von unten, was aber natürlich niemand sehen konnte. Immer wieder erlebten dann arglose Freizeitsportler eine böse Überraschung. Ohne Vorwarnung gab das Eis nach und sie stürzten in das kalte Wasser. Wenn man zu den weniger Glücklichen gehörte, wurde man unter das Eis gezogen. Diese Menschen fand man oft nur, wenn der Frühling das Eis schmelzen ließ.

Daher fuhr er nie zu weit raus, verletzen durfte er sich auch unter keinen Umständen. Also zügelte er bei solchen Aktivitäten seinen Ehrgeiz. Trotzdem war es ein lustiger Tag mit seinen Freunden gewesen, doch da er sein Training nicht ausfallen lassen konnte, musste er halt jetzt seinen Laufplan einhalten.

Wieder steigerte er sein Tempo. Dieses musste er nicht sehr lange halten, doch Intervalleinheiten gehörten einfach dazu, um schneller zu werden. Nicht nur die Technik oder ein starker Körper waren wichtig. Eine perfekte Kondition brauchte es auch. Ganz zu schweigen von der Taktikschulung und den mentalen Dingen. Bedingt durch die laute Musik konnte Justin nicht hören, dass er schon längst nicht mehr alleine auf der Donauinsel unterwegs war.

Sein Atem ging nun wesentlich schneller, seine Lungen brannten und auch seine Beinmuskeln begannen ihm wehzutun. Nur noch wenige Augenblicke musste er dieses Intervall durchhalten. Mit einer schnellen Bewegung wischte er sich den Schweiß von der Stirn, der ihm nun in die Augen lief. Völlig unerwartet schoss eine schwarze Gestalt an ihm vorbei.

»Fuck!«, entfuhr es Justin und er sprang zur Seite.

Seinen Lauf stoppte er abrupt und zog sich die Kopfhörer runter. Die Gestalt fuhr in die Dunkelheit. Es war, als hätte sie Inlineskates an. Seltsame Zeit, um damit durch die Gegend zu fahren.

»Du Wichser, was ist dein Problem? Der Weg hier ist breit genug!«, brüllte er ihm verärgert nach. Dieses Arschloch hatte ihm einen gehörigen Schrecken eingejagt.

Wieder hörte er das vertraute Geräusch von Rollen auf dem Asphalt. Der Typ war auf dem Weg zurück. Vielleicht wollte er ja einen Tritt in seine Eier haben, dachte sich Justin.

Er blieb stehen und spannte seinen Körper. Tatsächlich bewegte sich da eine Gestalt auf ihn zu.

Als sie sich einer Laterne näherte, erstarrte Justin. Wer auch immer da vor ihm stand, hatte einen schwarzen Mantel an, eine dunkle Kapuze auf und einen Stab oder so in der Hand. Was Justin aber wirklich Angst einjagte, war die Puppenmaske, wo eigentlich ein Gesicht sein sollte.

Die Gestalt nahm den Stab und schlug damit auf den Weg. Jetzt konnte Justin erkennen, dass es sich um einen Eishockey-Schläger handelte.

»Alter, was ist dein scheiß Problem?!«

Justin klang weit weniger souverän, wie er es gerne gehabt hätte. Die Person vor ihm fixierte ihn aber nur und bewegte sich nicht. Justin überlegte einen Moment, doch dann drehte er sich um und wollte in die andere Richtung laufen. Keine zwei Kilometer von hier war eine U-Bahn-Station. Dort waren Menschen und hoffentlich keine weiteren Freaks. Also drehte er sich um und wollte loslaufen.

Es blieb aber bei dem Versuch. Hinter ihm waren weitere Gestalten aufgetaucht. Sie waren ganz in Schwarz gekleidet und hatten ebenfalls diese Masken auf. Was sie noch mit der Person auf der anderen Seite gemeinsam hatten, waren die Eishockeyschläger. Vor ihm hatten sich nun zwei Freaks aufgebaut. Als er wieder zurückblickte, sah er, dass der Typ von vorher ebenfalls Gesellschaft hatte. Insgesamt waren es also vier maskierte Spinner.

»Okay, was wollt ihr von mir? Soll ich die Bullen rufen? Verpisst euch, sonst kriegt ihr eine aufs Maul!«, schrie er. Dabei kippte seine Stimme weg. Mittlerweile hatte sich Angst in ihm breitgemacht.

Mechanisches Kichern dröhnte durch die Nacht. Es erinnerte ihn an das gruselige Lachen von diesen alten Puppen, die man immer wieder mal in Horrorfilmen hören konnte. Der Wind frischte auf und ihm wurde eiskalt. Dabei war der Schauer, der ihm über den Rücken lief sicher nicht nur den niederen Temperaturen geschuldet.

Wie auf ein stilles Kommando setzten sich die Maskierten in Bewegung und fuhren auf Justin zu.

Er versuchte einen Weg durch die Skater zu finden, überlegte sich auch in die Donau zu springen. Eine dumme Idee, denn bei diesen Temperaturen und der Strömung wäre dies sein sicherer Tod. Vielleicht konnte er ja zwei der Angreifer einen Bodycheck verpassen, dass sie nicht mehr so schnell auf die Beine kamen. Er war nicht schneller als sie, aber hatte einen besseren Stand. Doch alles ging viel zu schnell. Ein Hieb traf seinen Hinterkopf. Der Schlag war wuchtig und Justin sah Sterne vor seinen Augen aufblitzen. Er blieb gerade noch so bei Bewusstsein. Sein Versuch eines Angriffs war nun nicht mehr als ein klägliches Taumeln. Alles um ihn herum drehte sich, aber seine Gegner waren noch nicht mit ihm fertig. Justin ballte seine rechte Hand zu einer Faust und er schlug in blinder Wut nach einem dieser Freaks. Sein Schlag traf eine dieser Personen am Oberarm und sie keuchte auf. Doch ihm blieb nicht einmal die Gelegenheit, sich auf diesen Mistkerl zu stürzen. Weitere Schläge trafen sein Gesicht, seine Beine und auch seinen Rücken. Sie waren gezielt ausgeführt, trafen ihn hart. Ein Stockhieb grub sich tief in seine Magengrube. Dieser Treffer presste ihm die Luft aus dem Körper, einen Augenblick lang konnte er nicht einmal mehr einatmen. Justin sank auf die Knie und krümmte sich unter entsetzlichen Schmerzen.

Ein weiterer Schlag traf seine Nase, kaum dass er den Kopf gehoben hatte und er spürte und hörte, wie der Knochen brach. Auch ein paar Zähne büßte er ein und spuckte diese mit einem Schwall von Blut aus. Er hustete, würgte, schmeckte sein Blut. Immer wieder prasselten Schläge auf ihn ein. Wenn er einatmete, krampfte sich seine Lunge zusammen, da immer wieder feine Blutstropfen zu seinen Bronchien gelangten. Aber Justin war trotz allem keine leichte Beute. Als Eishockeyspieler musste man auch einiges einstecken könne. Wieder richtete er sich auf, sprang mit all seinem Zorn nach vorne, um eine dieser dunklen Gestalten zu fassen. Sie umkreisten ihn immer wieder, gleich einem Schwarm von Geiern. Sie wichen seinem Sprung aus, schlugen ihrerseits auf Justin ein. Die Schläge wurden härter, konzentrierten sich nun vermehrt auf seinen Kopf, oder sein Rückgrat. Manchmal fand einer seiner verzweifelten Schläge sein Ziel, aber sie waren längst nicht mehr so kräftig. Wie ein wildes, geschundenes Tier in einer Arena stand er in diesem Kreis, Blut tropfte auf den Asphalt unter seinen Füßen, hektisch atmete er ein und aus. Dampf stieg von seinem Körper auf. Er zitterte, die Idee mit dem Sprung in die Donau kam ihm plötzlich weit besser vor. Ein furchtbarer Gedanke hatte Besitz von ihm ergriffen. Wer auch immer diese Typen waren, sie würden ihn nicht lebend davonkommen lassen. Nur war er sich auch nicht mehr so sicher, ob er es bis zum Wasser schaffen würde. Eigenartigerweise waren diese Schläger nicht einmal zerbrochen, aus irgendeinem Grund kam ihm dies sehr seltsam vor. Leider gönnten ihm die Maskierten keine Pause, zeigten keinen Funken von Gnade. Wieder traf ein Schlag sein Knie, er sackte mit einem lauten Schrei zu Boden.

Er flehte sie an endlich aufzuhören. Als Antwort bekam er aber nur dieses metallische Lachen zu hören. Niemand war um diese Zeit auf der Donauinsel, niemand würde seine Schmerzensschreie hören. Es würde ihm hier einfach kein Mensch zu Hilfe kommen, er konnte nur versuchen zu fliehen. Das Wasser. Irgendwie musste er ins Wasser kommen. Es waren gut und gerne zwanzig Meter bis zum Ufer der Donau. Doch kaum versuchte er auf die Beine zu kommen, trafen ihn erneut Schläge auf den Rücken und er brach keuchend zusammen.

Irgendwann lag Justin wimmernd am Boden und seine Peiniger hatten plötzlich genug. Langsam rappelte sich Justin auf seine Knie auf und blickte in die Puppenmasken. Es war, als wären diese Figuren einem Horrorfilm entsprungen. Blut floss aus seiner Nase und seinem Mund. Justin weinte nun voller Angst und hob zitternd seine Hände. Langsam ging er auf die Knie, wollte wieder aufstehen, aber seine Beine knickten ein. Ein scharfer Schmerz durchzuckte seinen Körper. Justin wollte sie anflehen, endlich damit aufzuhören. Mitleid mit ihm zu haben. Eigentlich wollte er einfach nur nach Hause zu seinen Eltern. Diesen Albtraum vergessen und sein Leben weiterleben. Wieso musste ihm das passieren? Von der Gruppe löste sich eine Person los und kam langsam auf ihn zu. Immer wieder schwang sie ihren Schläger wie ein Baseballspieler. Dabei entstand ein surrendes Geräusch, was ihn noch mehr einschüchterte. Wieder erklang dieses gruselige Puppenlachen. Die Gestalt neigte den Kopf abwechselnd von einer Seite auf die andere. Das kalte Lächeln der Puppenmaske schien Justin zu verhöhnen.

»B... Bitte ... Ich gebe euch ... alles«, wimmerte Justin.

»Egal, was ... ich will nach Hause«.

Keine Antwort, keine Reaktion von dem Puppengesicht. Nur das kalte, mechanische Lächeln aus einem Horrorfilm antwortete ihm. Dann holte er mit seinem Schläger aus und ließ diesen mit aller Kraft auf das Genick des Jungen niedersausen. In der Stille der Nacht konnte man das Brechen von Knochen vernehmen. Ein kurzes, lautes Knacken. Die Welt um Justin wurde schwarz und sein Körper sackte leblos zusammen. So als hätte man bei einer Marionette die Fäden zerschnitten.

Die Gestalten drehten sich um und verschwanden in der Dunkelheit. Der leblose Körper von Justin blieb unterhalb einer der Straßenlaternen liegen. Aus den Kopfhörern war noch die Musik zu hören, die er beim Laufen gehört hatte.

Nach einigen Augenblicken kam noch eine Person durch die Büsche auf den Körper des Jungen zu. Sie betrachtete ihn einige Augenblicke, drehte immer wieder ihren Kopf in alle Richtungen, um sich zu vergewissern, dass auch ja niemand kam. Die Donauinsel war wie ausgestorben. Bei mehreren Graden unter Null wagten sich nur wenige aus dem Haus. Der Unbekannte griff in seine Manteltasche und holte ein Handy heraus. Er aktivierte die eingebaute Kamera und richtete sie auf Justin. Doch er war nicht zufrieden. Durch den Schlag lag dieser mit dem Gesicht nach unten. Aber er brauchte das Gesicht, nicht etwa einen Hinterkopf. Also steckte er das Smartphone wieder ein und rollte den Körper von Justin auf den Rücken. Seine Augen waren geöffnet, hatten sich ein wenig nach oben verdreht. Sie starrten in die Nacht hinaus, vorbei an dem Licht der Laterne. Sein Hals war trotzdem verdreht, auf eine Art, die nicht mit dem Leben zu vereinbaren war. Jetzt war die Gestalt zufrieden, holte sein Telefon wieder aus der Tasche, um endlich das Bild zu machen. Das eingebaute Blitzlicht aktivierte sich, hellte diesen grausamen Moment auf. Nun ging der Unbekannte in die Knie, kramte in der linken Tasche seines schwarzen Mantels und holte eine Karte heraus. Diese legte er auf die Stirn von Justin. Ein lautes Keuchen und Laufgeräusche schreckten ihn auf. Jemand war unterwegs zu ihm. Vielleicht hatte man ja etwas gehört und die Polizei verständigt. Das Letzte, was er nun brauchen konnte, war ein übereifriger Polizist oder ein Zeuge. Auf einen Kampf war er nicht eingestellt. So sah der Plan auch nicht aus. Heute hatte er erst begonnen. Ganz genau so, wie er es vorgesehen hatte. Jetzt kam es auf ihn an. Das Keuchen kam näher, aber er war noch nicht fertig. Aus der Hose des Jungen holte er dessen Handy hervor. Schnell entsperrte er es, steckte die Micro-SD-Karte in den dafür vorgesehenen Schlitz und legte das Telefon in die Hand von Justin. Da er Handschuhe trug, würde man keine Fingerabdrücke finden könne. Alles war erledigt, die Geräusche näherten sich, also war es an der Zeit das Weite zu suchen. Schnell zog sich die Person in die Büsche zurück, verschwand im Schutze der Nacht.

Der Jogger hatte sich in einem Tunnelblick befunden, selbst die Musik hatte er kaum gehört, doch seine LED-Stirnlampe spendete genug Licht für diese dunkle Nacht, mehr als genug. So sah er dann doch noch die Person auf dem Boden liegen. Selbst diesen Schatten, der in die Büsche gesprungen war, hatte er sehen können. Mit seiner rechten Hand holte er das Smartphone aus seiner Laufjacke und entsperrte es. Nach wenigen Augenblicken erreichte er die reglose Gestalt auf dem Boden, kniete sich hin und wählte den Notruf.

Mit seiner linken Hand tastete er nach einem Puls. Noch während er seinen ungefähren Standort durchgab, versuchte er festzustellen, ob der Junge am Boden noch atmete.

»Wir brauchen hier einen Notarzt, falls es das Wetter zulässt auch gleich einen Rettungshubschrauber. Außerdem die Polizei. Mindestens eine Person ist auf der Donauinsel flüchtig. Eine Person hier hat weder Puls noch eigenständige Atmung. Ich leite nun die Wiederbelebung ein. Noch etwas, klingeln sie Chefinspektorin Sarah Spielmann aus dem Bett. Sie soll sofort hierherkommen.«

»Ähm, ja, wir werden alle notwendigen Schritte einleiten. Wer sagten Sie, sind Sie noch gleich?«, wollte der etwas verdutzte Beamte des Polizeinotrufs wissen. Namen waren wichtig, denn es gab immer wieder mal Spinner, die es sehr lustig fanden, wenn sie mit einem ausgedachten Notruf die Einsatzkräfte der Stadt auf Trab halten konnten.

»Doktor Bastian Wehring. Gerichtsmedizin. Beeilen sie sich, wenn der arme Junge hier noch eine Chance haben soll.«

Damit legte Bastian auf, kniete sich über den leblosen Körper und begann mit der Herzdruckmassage.

»Komm schon, Kleiner. Stirb mir hier nicht weg. Du musst kämpfen«, sagte er mehr zu sich selbst als zu Justin. Der verdrehte Hals und die reglosen Augen waren kein gutes Zeichen.

»Nicht sterben, bitte nicht sterben.«

Am Anfang

Musik erklang um Sarah, als sie vor Roux stand. Er war ganz bleich und triefend nass. Er sagte immer wieder etwas, doch sie konnte es nicht verstehen. Blut floss ihm aus dem Mund, dann auch aus Nase und Ohren. Plötzlich sah sie sich wieder in diesem Moor, zusammen mit Roux. Es gab keinen Kampf, der Hüne stand einfach nur vor ihr und starrte sie aus kalten, leeren Augen an. Immer mehr Blut kam aus seinem Mund. Sarah begann zu sinken, spürte aber etwas in dem Morast unter ihr. Sie wehrte sich, wollte um Hilfe rufen. Doch sie brachte keinen Laut hervor. Jetzt erkannte sie, was da unter ihr war. Knochige Arme und Hände zogen an ihrem Bein. Immer noch diese Musik, sie hatte sich verändert. Die Griffe wurden stärker, hatten jetzt ihre Schulter erreicht. Wieder sah sie zu Roux. Seine Augen waren kalt und leer, nichts Lebendiges war darin zu erkennen. Er redete vermutlich, denn seine blutigen Lippen bewegten sich, formten lautlose Worte. Es war Sarah nicht möglich etwas davon zu verstehen. Noch mehr Blut, heftiges Rütteln an ihrer Schulter. Da konnte sie endlich etwas hören, es schien aber nicht von dem toten Roux zu kommen. Dieser stand einfach nur da und sah sie mit leblosen Augen an.

»Sarah! Aufwachen!« Jetzt musste Christoph bereits richtig laut werden. Er hatte ihr einen Ohrstöpsel herausgezogen, damit sie ihn endlich hören konnte.

Sarah blinzelte verschlafen, und ihrem Blick nach zu urteilen, wusste sie im ersten Moment nicht, wo sie war.

»Dein Handy hat Sturm geklingelt, ich habe mal abgehoben. Irgendein Kollege von dir. Es scheint sehr dringend zu sein.«

»Da … Danke. Oh Mann, ich muss eingenickt …«

Sie fühlte sich immer noch nicht richtig munter, ihr Kopf begann zu schmerzen. Ein alter, vertrauter Feind war dabei sich wieder auszubreiten. Migräne war ein wahrer Fluch.

»Keine Ursache, meine Liebe. Geht es dir gut? Soll ich schnell einen Tee machen?«, fragte Christoph und in seiner Stimme lag echte Sorge.

In diesen Momenten wollte Sarah ihn einfach nur noch küssen und nicht mehr loslassen. Er musste sich ja eigentlich erholen, sein Unfall war nur etwas mehr als drei Monate her. Der Tag, als Roux ihn über den Haufen gefahren hatte und zum Sterben auf der Straße liegen ließ.

»Tut mir leid, eigentlich sollte ich mich ja mehr um dich kümmern. Ich wollte lesen, aber da sind mir wohl die Augen zugefallen.«

»Das passiert dir öfters in den letzten Tagen. Vielleicht sollten wir mal so einen Wellness-Urlaub machen. SPA und so, du weißt schon.«

Klar, wenn sie etwas brauchen konnte, dann war es ein Liebesnest mit Schwimmbädern oder Saunalandschaften, wo sich fremde, nackte Menschen tummelten. Womöglich noch ins Wasser machten oder ihr mit langweiligen Geschichten aus ihrem Leben auf den Geist gingen.

»Ach, einfach mal ein Nickerchen reicht völlig«, fiel ihre Antwort diplomatisch aus.

»Also, der Abend hat ja erst begonnen, die Welt scheint dich zu brauchen. Zumindest die Polizei.«

»Hat Bastian angerufen?«, wollte sie wissen.

»Ehrlich gesagt, keine Ahnung. Klang mehr nach einer Polizistin. Hat was gesagt von einem möglichen Tatort und du sollst anrufen. Baumann oder so. Sorry, ich habe gerade eine E-Mail von der Universität gelesen und war abgelenkt.«

»Dann rufe ich mal zurück. Was für eine Mail?« Ihre Neugier war geweckt.

»Darüber reden wir später. Ist jetzt nicht so wichtig. Eventuell eine kleine Forschungsreise.«

»Wohin willst du denn reisen? Du kannst erst seit zwei Wochen wieder halbwegs normal laufen, ohne pausenlos zu stolpern. Darf ich dich erinnern, du wärst fast gelähmt gewesen.«

»Aber nur fast. Und jetzt los. Gotham braucht dich.«

»Idiot!«, sagte Sarah und musste schmunzeln.

Sie holte ihr Handy und rief Simon Baumeister an. Als ihr Vorgesetzter würde er sicher im Bilde sein. Mit Fred konnte sie heute nicht rechnen, er war noch mit Elian im Liebesurlaub. Eben in einer Therme. Wahrscheinlich hatte Christoph deswegen diese alberne Idee.

Doch mit Urlaub konnte sie gerade noch nichts anfangen. Die Genesung ihres Freundes war wichtiger und dann kam ja noch hinzu, dass sie eben erst in seine Wohnung übergesiedelt war und sie sich erst zurechtfinden mussten. Nachdem ein wahnsinniger Mörder in ihrer alten Wohnung gewesen war, hatte Sarah dort einfach nicht mehr bleiben können. Christoph brauchte ohnehin ihre Hilfe, also war sie kurzerhand bei ihm eingezogen und seine Insekten, die er als Entomologe zu Forschungszwecken gehalten hatte, wurden zu einem seiner Kollegen verbannt. Sie würde nicht freiwillig mit etwas, was mehr als zwei Beine hatte, zusammenwohnen.

Das Gespräch war kurz, eigentlich erfuhr Sarah nur, dass es einen Mord gegeben haben dürfte. Auf der Donauinsel. Mit der Adresse des Parkplatzes konnte sie etwas anfangen. Immerhin fuhr sie auch gelegentlich dorthin, um Sport zu machen oder einfach spazieren zu gehen.

Sie zog sich möglichst warm an, es war in den letzten Tagen wirklich eisig kalt, richtete ihre neue Kurzhaarfrisur, die sie wirklich sehr praktisch fand, und verabschiedete sich von Christoph.

Es war noch nicht sehr spät, aber der Verkehr in Wien war diesmal überschaubar. Sie nahm sich einen Kleinwagen, der ganz in der Nähe parkte. Carsharing war für Sarah eine Neuentdeckung, auch wenn es dieses Angebot schon länger gab. An so unfreundlichen Tagen und Nächten wie diesen hatte sie relativ wenig Lust, mit ihrem Rad durch die Gegend zu fahren. Sobald es aber wieder etwas netter wurde, würde sie wieder mit ihrem Drahtesel zum Dienst kommen. War ja auch irgendwie gesünder.

Die Fahrt über die Autobahn war kurz, am Besucherparkplatz der Donauinsel konnte sie schon von Weitem die Blaulichter erkennen. Es waren bereits einige Leute hier und da Fred noch im Urlaub war, würde sie diesen Tatort wohl ohne ihren Partner begutachten müssen. Ihre Kollegen waren allerdings schon fleißig bei der Sache und sicherten die Spuren rund um die Leiche.

Am Parkplatz angekommen erkannte sie ihren Chef Simon Baumeister bei einem der Fahrzeuge. Neben ihm stand eine junge Frau, die Sarah noch nie gesehen hatte. Bastian Wehring war auch da, hatte einen dicken Mantel an, aber sah sonst so aus, als wäre er gerade beim Sport gewesen.

»Also, was haben wir denn hier?«, war ihre einzige Begrüßung an die Runde.

»Schönen Abend auch dir, liebe Frau Kollegin«, grinste Bastian.

Baumeister lächelte kurz und stellte die Dame neben sich vor.

»Hier haben wir die berühmte Ermittlerin. Ein Sonnenschein in unserer Abteilung. Ihr Kollege, Staatsanwalt Handler, wird sicher immer nur Gutes berichtet haben. Sarah Spielmann, das hier ist unsere neue Staatsanwältin Anandita Devi.«

»Sehr erfreut!«, sagte Anandita und gab Sarah die Hand.

»Wirklich? Nachdem sie mit ihrem Kollegen gesprochen haben? Na dann, auf eine gute Zusammenarbeit.« Sarah drehte sich um und wartete gar nicht erst, wie die junge Anwältin dies aufnehmen würde. Jetzt war es erst einmal wichtiger, den Tatort zu sehen.

Der Weg war nicht sonderlich weit und Bastian beeilte sich, um neben Sarah zu gehen. Anscheinend wusste er ganz genau, wohin sie mussten. Baumeister und Devi blieben etwas hinter ihnen.

»Ich habe den Jungen gefunden. Vermutlich war der Täter sogar noch in der Nähe. Das ist schon neu für mich. Eigentlich habe ich sie dann ja nur auf dem Tisch liegen, oder begutachte einen Tatort, auf dem schon lange kein Mörder mehr unterwegs ist.«

»Dann ist es also deine Premiere. Wir werden uns dazu später noch ausführlicher unterhalten müssen. Du bist jetzt auch ein Zeuge. Ich gehe aber erst einmal nicht davon aus, dass du etwas Genaueres erkannt hast, was mir die Arbeit erleichtern wird.«

»Dich hole ich ja nur, wenn der Fall eben nicht so leicht zu knacken ist. Du bist schon eine lokale Berühmtheit, hast du das vergessen?«, gab er zurück.

Sarah musterte den Arzt von der Seite. Natürlich waren Rechtsmediziner abgebrüht, aber es war schon eine ganz andere Sache, wenn man fast bei der Ermordung eines Menschen dabei gewesen wäre. Wehring überspielte mit flotten Sprüchen seine Verunsicherung, darauf hätte sie wetten können. Mit der Berühmtheit lag er gar nicht mal so falsch. Spätestens seit der Entführung von Amelia Brock war Sarah immer wieder in den Medien. Die Ergreifung, auch wenn Roux den Tod fand, des schlimmsten Serienmörders der Geschichte dieses Landes, war nun mal ein gefundenes Fressen für die Medien. Polizei und Staatsanwaltschaft standen ungern als Dilettanten da, eine erfolgreiche Ermittlerin kam da genau richtig. So wurde auch die obligatorische Untersuchung nach dem Einsatz ihrer Waffe sehr schnell abgehandelt. Selbst die Psychologen winkten Sarah durch das Gespräch, was in Anbetracht ihrer aktuellen Schlafprobleme vielleicht gar nicht so klug war.

Vor ihr zeigte sich der Tatort – weit waren sie wirklich nicht gegangen. Der Ort des mutmaßlichen Verbrechens war schon hell ausgeleuchtet, die Kollegen des BKA befanden sich bereits mitten in der Arbeit. Sie sicherten Beweise, schossen unzählige Fotos und packten alles, was verdächtig aussah, in Tüten. Man konnte noch die leeren Kanülen und die Verpackung der Defibrillationselektroden sehen. Die Rettung hatte vermutlich alles versucht, um das Leben des Opfers hier zu retten. Dutzende Fotos wurden geschossen. Im ersten Moment konnte man oft nicht das Gesamtbild erkennen, übersah vielleicht ein wichtiges Detail. Daher waren Bilder so wichtig. Zu einem späteren Zeitpunkt konnte man so alles noch einmal in Ruhe betrachten. Natürlich wurde auch jeder kleine Stein umgedreht oder eingepackt. Für spätere Analysen.

»Bastian, was genau hast du denn bemerkt? Kannst du mir schon etwas über die Todesursache sagen?«, wollte Sarah wissen.

»Also, natürlich sind es nur Vermutungen. Der Hals war unnatürlich verdreht. Ich tippe mal auf einen Bruch der Halswirbelsäule. Gesehen habe ich leider nicht sehr viel. Es war mehr ein dunkler Schatten«, antwortete der Arzt.

»Wow, dazu braucht man eigentlich ganz schön viel Kraft. Vielleicht hatte der Täter auch ein Spezialtraining. Militär oder so.«

»Ja, oder man hatte Stöcke. Der Junge, er scheint übrigens noch sehr jung gewesen zu sein, hatte viele Hämatome und sogar eine Platzwunde am Hinterkopf. Sie blutete, also musste er zu diesem Zeitpunkt, als die ersten Schläge auf ihn einprasselten, noch am Leben sein. Nach einem Ausweis habe ich nicht wirklich geschaut, aber sein Handy lag bei ihm«, erklärte Bastian.

»Lag es bei ihm, oder war es in der Hosentasche?«

»Auf dem Boden. Warum?«

»Nun, ein Mensch lässt sich nicht schlagen und dabei sogar töten und kramt währenddessen in aller Ruhe nach seinem Telefon. Irgendwie unlogisch«, entgegnete Sarah und trat näher an die Leiche.

Es schien ihr, als hätte der Bursche trainiert. Vermutlich war er gerade beim Laufen gewesen.

Sarah nahm das Handy an sich, nachdem sie sich Einweghandschuhe übergezogen hatte. Selbst bei der größten Kälte waren ihr normale Handschuhe zuwider. Mit dicken Winterhandschuhen hätte sie auch das Handy unmöglich bedienen können und eventuell Spuren vernichtet. Vorsichtig nahm sie das Telefon in die Hand und wollte es schon in eine Beweismitteltüte stecken, doch dann stand sie mit eben diesem Handy zögernd vor dem Opfer.

»Ist etwas nicht in Ordnung?«, wollte Baumeister wissen.

Sarah achtete nicht auf ihren Chef, ging in die Knie und legte den rechten Daumen des Toten auf eine kleine Stelle am Handy. Sofort öffnete sich der Bildschirm und zeigte das Hauptmenü.

»Tastensperre mit Fingerabdruck«, bemerkte Sarah und öffnete die Systemeinstellungen.

»Gehört einem Justin Bartner. Kann mal einer eine Melderegisterauskunft einholen? Er hat hier vermutlich Sport getrieben, vielleicht hat er ja ganz in der Nähe gewohnt.«

Ein Polizist in Uniform nickte ihr zu und sprach etwas in sein Funkgerät.

»Gut gemacht, Sarah, ich würde sagen, sobald wir eine Adresse haben, fährst du hin. Der arme Junge muss ja auch Eltern haben. Ach, da Fred ja noch nicht da ist, nimmst du bitte Anandita mit. Da könnt ihr euch gleich mal kennenlernen«, sagte Simon Baumeister und drehte sich schon zu einem Kollegen der Spurensicherung. Ihr Gespräch war damit beendet. Da er sich denken konnte, wie ungern Sarah diesem Befehl nachkam, ließ er es erst gar nicht zu einer Diskussion kommen.

Die junge Anwältin lächelte Sarah etwas unsicher an. Erst jetzt betrachtete die Ermittlerin die neue Staatsanwältin. Sie war sehr zierlich, keine ein Meter sechzig groß und hatte lange, glatte Haare. Schwarz wie die Nacht, außerdem dunkle Haut. Auf den ersten Blick war Anandita eine wirklich hübsche Person, dachte sich Sarah. Schließlich musste sie ihr ja eine Chance geben.

»Na gut, dann kommen Sie mal mit. Mein Auto ist etwas klein, aber wir beide passen schon rein. Schon mal eine Todesnachricht überbracht?«, wollte Sarah wissen und steuerte schon zum Wagen. Anandita beeilte sich, ihr zu folgen.

»Nein, noch nie. Ich war bisher ...«

»Gut, dann werde ich mit den Eltern reden. Am besten sagen Sie einfach nichts. Wird keine angenehme Angelegenheit«, unterbrach Sarah sie.

»Okay! Ach, ich bin Anandita. Es wäre schön, wenn wir uns duzen würden.«

»Kein Ding.«

Damit war das erste Gespräch beendet. Sarah bemerkte, wie stark ihre neue Begleitung nach Parfum roch. Ihre Migräne meldete sich praktisch sofort. Im Wagen angekommen wurde es noch etwas schlimmer und steigerte nicht gerade ihre Laune. Zusätzlich kaute Anandita beinahe ununterbrochen auf ihrem Kaugummi herum. Das knautschende, schmatzende Geräusch machte Sarah schon jetzt wahnsinnig. Im Sinne einer guten Zusammenarbeit wollte sie aber noch nichts sagen. Also schluckte sie ihren Ärger herunter und steuerte die Adresse an, die sie nach wenigen Minuten von dem Kollegen erhalten hatte. Es war wirklich nicht weit weg. In dem Teil des zweiundzwanzigsten Bezirks gelegen, der sich Kaisermühlen nannte. Eine sehr nette Gegend.

Die Adresse gehörte zu einem Schrebergarten. So nannte man in Wien eine Anlage, in der ein kleiner Garten neben dem anderen lag. Viele Besitzer hatten sich ein nettes Haus gebaut und dann noch etwas für einen Garten übrig. So war es auch bei der Familie Bartner. Sarah parkte auf einem der Stellplätze, der eigentlich nur für Bewohner der Anlage bestimmt war. Sie standen praktisch schon vor dem Haus. Sie konnte sehen, dass Licht brannte. Also war jemand zu Hause. Vermutlich warteten die Eltern voller Sorge auf ihren Sohn. Diesen Teil ihres Jobs hasste Sarah. Sie fühlte sich dann häufig, als sei sie in der Rolle der Angehörigen. Bildfetzen tauchten vor ihrem inneren Auge auf, von dem Unfall in ihrer Kindheit.

Anandita betätigte die Klingel an der Haustüre, beinahe sofort wurde die Türe geöffnet. Eine nur mit Bademantel bekleidete Frau stand vor ihnen.

»Ja, bitte?«

»Guten Abend. Sarah Spielmann, Kriminalpolizei, Landeskriminalamt«, sagte sie und zeigte fast beiläufig ihren Ausweis. Auf eine Vorstellung der Staatsanwältin verzichtete sie.

»Dürfen wir reinkommen?«

»Ähm, also ... natürlich. Was ist los? Ist was mit meinem Sohn? Er sollte eigentlich schon hier sein.« Die Frau wirkte verunsichert.

»Wir sollten wirklich in ihrem Haus sprechen«, sagte Sarah und ging hinein. Anwältin Devi folgte ihr.

»Was ist los?«, erklang eine männliche Stimme aus dem Wohnzimmer.

»Polizei, Sarah Spielmann, Landeskriminalamt Ost«, stellte sich Sarah erneut vor. Der Weg vom Eingang zu diesem Raum war nicht weit und sie war einfach hindurchgegangen.

»Es geht um Justin Bartner. Ist er ihr Sohn?«

»Ja, was ist denn bitte los?«

»Es tut mir leid, haben sie vielleicht ein Foto von ihm?«, behielt Sarah die traurige Nachricht noch für sich. Sie musste natürlich ganz sicher sein.

Wortlos deutete der Mann auf die Wand hinter der Ermittlerin. Dort befand sich eine Vielzahl an Bildern und sie erkannte den Jungen sofort wieder.

»Es gib ohnehin keine Möglichkeit, diese Nachricht schonend zu überbringen. Es tut mir wirklich leid, aber ich muss Ihnen mitteilen, dass ihr Sohn leider verstorben ist.«

Es kann bei solchen Sachen verschiedenste Reaktionen geben. Manche Menschen werden aggressiv, attackieren sogar die Ermittler. Wieder andere weinen hemmungslos und benötigen dann sofort ärztliche Hilfe. Ganz zu schweigen von der seelischen Akutbetreuung. Die kam in jedem Fall zum Einsatz. Familie Bartner aber war starr vor Schreck, das Paar setzte sich auf das Sofa und konnte die Nachricht gar nicht richtig glauben.

Sarah gab ihnen Zeit. Die Erkenntnis, dass ihr Sohn nicht mehr nach Hause kommen würde, hatte die Eltern mit der Wucht eines Güterzuges getroffen. Sie sah sich in der Zwischenzeit einfach etwas im Wohnzimmer um. Überall waren Bilder, sie zeigten den Sohn der Familie. Sehr oft war er im Dress eines Eishockeyvereins zu sehen. In den Regalen erkannte sie nun auch eine große Menge an Pokalen und über dem Fernseher prangte ein Trikot mit vielen Unterschriften. Die Einschätzung, dass er ein Sportler war, war also richtig. Als Eishockeyspieler musste er eigentlich nicht nur sehr fit sein, sondern sich auch bei Auseinandersetzungen behaupten können. Der Täter war also ebenfalls sehr kampfkräftig gewesen.

»Was ... also was ... unser Sohn, wieso?«, stammelte die Frau. Nun stiegen auch schon Tränen in ihre Augen. Sie war kurz davor, die Fassung zu verlieren.

»Um ganz ehrlich zu sein, wir stehen erst am Anfang. Ein Kollege hat ihren Sohn Justin heute auf der Donauinsel leblos aufgefunden und auch sofort Erste Hilfe geleistet. Leider konnte ihn auch der sofort alarmierte Notarzt nicht mehr retten. Im Moment gehen wir von einem Verbrechen aus«, erklärte Sarah so ruhig wie möglich. Devi stand weiter in der Tür und fixierte ihre Schuhe. Die Situation schien auch sie sehr mitzunehmen.

»Leider muss ich Ihnen diese Frage stellen. Hatte ihr Sohn Feinde?«

»Pfff, fragen Sie doch mal diese eine Familie da ... Preetz«, antwortete ihr der Vater von Justin mit bebender Stimme. Er erhob sich, ging zum Wandverbau mit den Pokalen und öffnete eine Schublade. Dort holte Herr Bartner einige Zettel hervor.

»Nach dem schrecklichen Unfall, damals bei einem der Spiele, gab diese Familie vor, mein Sohn hätte aus Absicht gehandelt und sie verklagten ihn mehrmals, zeigten ihn und auch uns immer wieder an.«

Sarah griff nach dem Schreiben, das ihr der Vater reichte.

»Worum genau geht es denn?«, wollte sie wissen.

Also erzählte er ihr von dem Unfall. Es war eigentlich ein ganz normales Spiel und Justin ein eher harter Verteidiger gewesen. Der musste er auch sein, denn er trainierte darauf hin, in ein Collegeteam zu wechseln. In den Vereinigten Staaten sei das Spiel an sich wesentlich schneller und härter, klärte sie die Mutter von Justin auf.

Sein Team lag zu diesem Zeitpunkt vorne, doch musste man schließlich den Sieg verteidigen und er kam wieder aufs Eis. Ein gegnerischer Stürmer war drauf und dran ein Tor zu erzielen, als Justin ihn tacklete. Dabei krachte der Stürmer, er hieß Markus Preetz, so unglücklich mit dem Genick auf die Bande, dass er sich zwei Halswirbel brach.

Sarah hörte zu und nickte stumm. Sie notierte sich die Namen und auch die Anschrift des Anwalts. Immerhin würde dies schon einmal sehr nach einem Motiv klingen.

»Und Justin wurde nie verurteilt?«, hakte sie nach.

»Nein, er bekam natürlich eine Sperre wegen rohem Spiel, aber mein Sohn wollte doch niemanden verletzen oder töten. Der andere Junge tat uns ja auch unendlich leid. Er ist, glaube ich, seitdem gelähmt. Vom Hals abwärts. Was danach stattfand, war aber eine regelrechte Hetzjagd.«

»Inwiefern?«

»Im Internet wurden Bilder von Justin verbreitet, mit der Unterschrift ›Monster‹. Immer wieder Strafanzeigen und Zivilklagen, man meinte es wäre Absicht gewesen. Selbstverständlich konnte man dies nie beweisen. Eben weil es keine war. Justin machte sich ja ohnehin genug Vorwürfe. Beinahe hätte er seine Karriere beendet. Nur sein Team hatte zu ihm gehalten, aber die Fans der anderen Klubs buhten ihn von da an gnadenlos aus.«

»Danke für diese Informationen. Hören Sie, ich habe auf dem Weg hierher schon mit dem Kriseninterventionsteam gesprochen. Die müssten sehr bald hier sein. Es wäre sehr wichtig, wenn Sie mit diesen Leuten sprechen würden«, erklärte Sarah.

Die Eltern von Justin nickten nur, dann umarmten sie sich und begannen zu weinen. Der Schock über den plötzlichen Verlust würde schon sehr bald der Trauer und Wut weichen. Sarah wusste es nur zu gut, daher wartete sie im Vorraum des Hauses auf das Eintreffen der Psychologen. Als diese kamen, fuhr sie mit Anandita zum Landeskriminalamt.

»Woher wusstest Du das eigentlich mit dem Fingerabdruck auf dem Handy?«, wollte Devi wissen.

»Viele dieser Smartphones haben solch eine Sperre. Der Großteil der Menschen ist Rechtshänder und der Daumen ideal für so eine Sperre. War ein Versuch und ich lag richtig. Die Sperre habe ich deaktiviert und wenn wir in meinem Büro sind, werde ich mir das Handy mal näher ansehen. Vielleicht hatte er ja Drohungen bekommen. Was ist eigentlich mit dir los?«

»Also, ich weiß nicht, was du meinst«, wich Anandita ihr aus.

»Das Gespräch dort schien dich ordentlich mitzunehmen. Ich dachte immer, Anwälte würden nur die Gesetze kennen und wären völlig emotionslos. Außerdem ist dieser Job mit mir sicher keine Belohnung. Was ist also deine Geschichte, frage ich mich.«

»Eine sehr lange. Ich werde sie schon noch erzählen«, dabei grinste sie, um die Situation ein wenig aufzulockern. Leider misslang ihr dieser Versuch völlig, aber Sarah beließ es dabei. Sie musste die neue Staatsanwältin nicht schon bei der ersten Gelegenheit gegen sich aufbringen.

Die Fahrt durch das nächtliche Wien verlief schweigend, schon sehr bald kamen sie zum zweiten Bezirk, wo das Landeskriminalamt Ost lag.

»Könntest du mich da vorne rauslassen? Ich kann ja jetzt ohnehin nichts machen und hätte es dann nicht so weit nach Hause«, meinte Devi und zeigte auf den U-Bahn-Eingang vor ihnen.

»Klar, dann noch einen schönen Abend, meiner wird sehr lang werden«, verabschiedete sich Sarah und hielt in der zweiten Reihe.

»Ja, alles Gute.«

Damit stieg die junge Anwältin aus dem Wagen und eilte zur U-Bahn. Sie wirkte sehr hektisch und Sarah wunderte sich schon ein wenig darüber. Wenn man sie wirklich zu ihrer Abteilung versetzt hatte, dann würde sie sich sehr schnell ein dickes Fell zulegen müssen.

Sarah steuerte ihre Arbeitsstelle an. Dort angekommen setzte sie sich in ihr Büro, welches in Abwesenheit von Fred fast ein wenig vereinsamt wirkte. Schon morgen würde er wieder von seinem Urlaub mit Elian zurück sein, dann hätte Sarah wieder ihren Partner an der Seite.

Sie spielte auf dem Handy von Justin Bartner herum, vielleicht würde eine der gespeicherten Nachrichten ihr mehr über seinen gewaltsamen Tod verraten.

Ihre Bürotür wurde ohne zu klopfen geöffnet und ein junger Polizist mit strohblonden Haaren trat ein.

»Höflichkeit wird ja überbewertet«, begrüßte Sarah ihn.

»Was? Ich soll nur dieses Teil vom Tatort herbringen. Irgendjemand meinte, Sie wüssten schon, von wo.«

Damit legte er eine durchsichtige Hülle vor ihre Nase und ging hinaus. Natürlich ohne die Türe zu schließen. Sarah schnaubte, stand auf und schlug sie wütend zu. Das Beweisstück aber war interessant. Vermutlich war es durch die erfolglose Reanimation nicht sofort aufgefallen. Eine Spielkarte mit einer Art Teufel war darauf zu sehen. Sie runzelte die Stirn, als ein Piepsen aus dem Handy sie ablenkte.

Eine Datei hatte sich geöffnet.

Für die Polizei.

Mehr stand dort nicht, nur ein Link war zu sehen. Sarah war unschlüssig. Wenn sie nun darauf drücken und ein Virus das Telefon zerstören würde? Dann wären vielleicht wichtige Beweise dahin. Aber es klang doch mehr nach einer Nachricht. Hatte vielleicht der Mörder etwas hinterlassen? Es war die erste heiße Spur.

Sie hielt den Atem an und drückte auf den Link. Eine Seite öffnete sich. Sah aus wie eines der sozialen Netzwerke, in denen man seine Bilder posten konnte. Dort zeigten einem die Menschen so gut wie alles aus ihrem Leben. Es war ein Profil und der Inhalt hatte es in sich.

Sarah griff sofort zu ihrem Handy und rief Baumeister an. »Boss, ich habe hier etwas sehr Beunruhigendes. Kommt mal lieber alle ins LKA.«

Sie wartete die Reaktion gar nicht erst ab und legte auf. Vor ihr lag der tote Justin. Unter dem Foto stand geschrieben: Die Rache ist mein; ich will vergelten.

Auch der Profilname war sehr beunruhigend. Luzifer war dort zu lesen.

Der nächste Tag

Die Nacht war noch sehr lang für Sarah gewesen, doch sie hatte beschlossen noch nach Hause zu fahren. Christoph hatte aber schon geschlafen, also kroch sie vorsichtig unter die Decke, denn aufwecken wollte sie ihn nun auch wieder nicht. Ihr Kopf dröhnte, denn sie waren nicht wirklich weitergekommen. Der Anbieter dieser Plattform Instafame war irgendwo in Weißrussland angesiedelt, dort würde man nicht so schnell an Kundendaten herankommen, außerdem warben sie damit, dass man mit dieser Software praktisch anonym war. Das Bild hatte in kurzer Zeit tausende Likes erhalten, auch wenn viele User an einen Fake glaubten. Sarah befürchtete nun, dass diese Sprüche den Täter nur noch mehr motivieren würden. Ihre Hoffnung ruhte vor allem auf Fred, vielleicht konnte er ja eine Spur im Internet finden. Sie selbst war mit Computern nicht so bewandert. Schnell fiel sie in einen unruhigen Schlaf, Roux verfolgte sie mal wieder. Seine toten Augen starrten Sarah an, Hände griffen nach ihr und wollten sie ins Moor ziehen. Es dauerte jedoch nur einen kurzen Moment, denn plötzlich hielt Christoph sie ihm Arm und strich ihr durchs Haar.

»Du hast geträumt! Alles ist in Ordnung«, wiederholte er immer wieder.

Erst jetzt bemerkte sie, wie verschwitzt sie war und auch, dass sie leicht zitterte.

»Ja, ja … danke … es geht wieder.«

Ihr Handy läutete und Fred, der in der Leitung war, teilte ihr mit, dass es Zeit sei, zur Arbeit zu kommen. Er selbst war noch im Urlaub von dem Fall informiert worden und mehr oder weniger direkt hergekommen. Die Adresse von dem Jungen, den Justin so schwer verletzte, hatte Fred auch schon und sie könnten sich dort treffen.

Der Tag würde vermutlich nicht unbedingt besser werden.

Als Sarah im LKA ankam, wartete ihr Partner auf sie. Fred strahlte freudig an und hielt ihr einen Pappbecher mit Kaffee entgegen.

»Heut mal kein Energydrink. Hoffentlich wirkt der hier inzwischen noch bei dir«, bemerkte er.

»Du hast mir richtig gefehlt. Übrigens hast du vergessen, dich heute im Gesicht zu waschen.« Sie deutete auf seine Lippen. Er hatte sich im Urlaub einen Bart wachsen lassen. Naja, vermutlich sollte es einmal ein Bart werden, aber da hatte Sarah so ihre Zweifel.

»Haha, den Spruch habe ich heute noch gar nicht gehört!«

»Komisch, falls aber einer der Kollegen eine Tür zu fest schließen sollte, fallen die paar Härchen eh ab.« Jetzt grinste Sarah von einem Ohr zum anderen.

Fred verdrehte etwas beleidigt die Augen und sie nahmen in ihrem Büro Platz. Auf der weißen Tafel an der Wand hingen schon Fotos von Justin, außerdem von der Karte mit dem Teufel und noch ein paar Bilder des Tatortes. Zusätzlich ein Screenshot der Internetseite. Aktuell war diese Seite gut besucht, überhaupt das Profil von diesem Luzifer. Sie hatte sofort ein Team von Analysten darauf angesetzt, aber wie so oft war alles nicht ganz einfach. Die Seite selbst wurde durch ein Unternehmen betrieben, irgendwo in Weißrussland. Damit nicht genug, warb sie mit ihrer absoluten Anonymität für User. Dutzende Menschen sprachen unter dem Bild des toten Justin darüber, ob es nun echt sei oder ein übler Scherz. Sarah hatte eine ungute Ahnung, schon sehr bald könnten weitere Leichen folgen.

»Fahren wir lieber mal zu den Eltern des verletzten Jungen. Mal sehen, was die uns sagen können, ob sie ein Alibi haben«, sagte Sarah und machte sich schon auf den Weg nach draußen.

Noch war nicht einmal die Spur eines Verdächtigen zu sehen, also rückte natürlich jeder, der einen gewissen Grund gehabt haben könnte Justin zu töten, auf der Liste ganz nach oben. Die Eltern eines schwer verletzten Jugendlichen, der anscheinend sogar ein Pflegefall war, hätten ein Motiv.

»Hast du eigentlich schon was von Doktor Wehring gehört?«, wollte Fred wissen, als sie auf dem Weg nach unten zu einem der Dienstautos waren.

»Noch nicht, aber ich vermute mal, er wird uns heute noch erste Informationen geben können. Fahren wir nach dem Gespräch mit dieser Familie Preetz einfach mal zu ihm. Er liebt ja unangekündigte Besuche.«

»Okay, ich werde dann auch noch versuchen, mehr über diese Internetseite und Luzifer in Erfahrung zu bringen.«

»Sehr fein, du scheinst ja schon meine Gedanken lesen zu können.«

Sie fuhren los, aber verzichteten auf das Blaulicht. Die Adresse war ebenfalls im zweiundzwanzigsten Bezirk, gar nicht einmal so weit weg vom Schrebergartenhaus der Familie Bartner. Die Fahrt selbst war eher ruhig. Fred textete mit Elian, dabei musste er immer wieder lächeln.

»Wie war eigentlich euer Urlaub? Du hast ja noch gar nichts erzählt«, brach Sarah die Stille.

»Oh ja, tut mir leid. Kaum ist man zurück, gibt es gleich einen Mordfall. Also das Hotel war einfach genial. Eine Oase der Sinne, möchte man sagen. In ein paar Tagen könnten wir uns doch mal alle treffen. Also du, Christoph und ich, meine ich.«

»Gerne, wieso denn? Was hast du vor?«

»Zum einen haben endlich wieder die Christkindlmärkte offen, und dann hat eine Person, die ich gut kenne, auch noch Geburtstag. Wenn mich mein Gedächtnis nicht im Stich lässt.«

Sarah grinste kurz. Ihren Geburtstag hatte sie nach Möglichkeit verdrängt. Sie war noch nie der Partymensch gewesen und im Mittelpunkt einer Feier zu stehen, war ihr mehr als unangenehm. Die vorgeschlagenen Weihnachtsmärkte mochte sie allerdings. Es wäre wirklich eine gute Idee, wenn es denn der Fall zulassen sollte. Da gab es in Wien einige kleine, sehr feine Märkte. So ein Abend als Paar mit Christoph hatte schon etwas für sich. Zum Glück ging es ihm auch schon jeden Tag besser, was nach dem Mordversuch ja keine Selbstverständlichkeit war.

»Okay, dann sagt einfach, wann und vor allem, wo wir uns treffen!«

»Ausgemacht, jetzt kommst du aus der Nummer nicht mehr raus«, antwortete Fred und sein Grinsen verunsicherte Sarah.

Da sie nun aber schon bei der Wohnhausanlage angekommen waren, blieb nicht viel Zeit, weiter darüber nachzudenken. Der Verkehr war ausnahmsweise nicht sonderlich dicht gewesen. Die eisige Kälte führte dazu, dass es keinen Schneefall gab. Dagegen herrschte im Wiener Straßenverkehr erfahrungsgemäß beinahe Ausnahmezustand, sobald sich auch nur eine Schneeflocke zeigte. Der Winter schien für viele Wiener alle Jahre wieder völlig überraschend zu kommen. Sarah hatte schon aufgehört, sich darüber Gedanken zu machen. Manches im Leben musste man einfach akzeptieren und als gegeben hinnehmen.

Die Anlage war wirklich riesig. Die beiden Ermittler brauchten eine Weile, um die Wohnung der Familie Preetz zu finden, und außerdem die Hilfe des Smartphones, welches dank Navigationsapp den Weg vorschlug. Es gab wirklich eine erstaunlich große Anzahl an Stiegen, aber nach knapp zehn Minuten waren sie vor der richtigen Wohnung. Ein Mann öffnete ihnen in einem Jogginganzug und betrachtete sie misstrauisch. Sarah und Fred zeigten ihre Dienstausweise und erklärten den Grund für ihren Besuch.

Die Miene des Mannes wirkte versteinert, er zuckte nur kurz mit der Schulter und deutete ihnen an, ihm zu folgen. Durch einen schmalen Gang, der mit allen möglichen Dingen vollgeräumt war, ging es an einer kleinen Küche vorbei ins Wohnzimmer. Die Tapete im Vorzimmer war völlig vergilbt und sie konnten den kalten Zigarettenrauch riechen. Hier musste rund um die Uhr geraucht werden. Sarah blickte im Vorbeigehen kurz in die Küche. Dort war ebenfalls alles vollgestellt. Geschirr stapelte sich und auch auf dem Herd standen mehrere Töpfe. Auch das Wohnzimmer war mit Sachen vollgeräumt und ein Fernseher plärrte laut. Auf dem Sofa saß eine kleine, dicke Frau mit gelockten Haaren und einer großen Brille. Das Programm musste wohl sehr faszinierend sein, denn sie blickte nur kurz zu den beiden Beamten und zeigte auch sonst keine Reaktion. Neben ihr saß ein Junge, vielleicht sechzehn Jahre alt. Er war nicht sehr groß gewachsen und auch eher molliger. Seine Haare waren lang und fettig, eine Dusche hatten sie vermutlich schon länger nicht gesehen.

Der Mann setzte sich auf einen Stuhl und begann damit, sich eine Zigarette zu drehen. Sarah und Fred standen etwas unbeholfen im Raum, normalerweise waren Menschen neugierig, warum denn die Kriminalpolizei bei ihnen auftauchte. In diesem Fall wurden sie nur von dem Teenager neugierig und nervös betrachtet.

Ein unangenehmer Geruch lag in der Luft. Es war insgesamt sehr muffig, doch irgendetwas Eigenartiges war da noch. Sarah konnte es nicht ganz klar sagen, aber es kam ihr bekannt vor.

»Gut, also wir hätten ein paar Fragen«, begann Sarah.

»Guat, vielleicht a wann endlich Gerechtigkeit für mein Buam kummt. Da schauns ins Kabinett«, fuhr Herr Preetz sie an. Er deutete auf eine Tür mit einer Glasfront in dem schmalen Gang, gleich neben dem Wohnzimmer.

Fred und Sarah öffneten sie und gingen hinein.

Dort lag auf einem Krankenbett eine schmale Gestalt. Sie war zugedeckt, doch ihre Augen waren offen. Keine Reaktion auf die beiden Besucher. Dieses Zimmer sah nicht besser als die anderen Räume aus. Überall türmten sich verschiedene Dinge, vor allem Wäsche. Die zierliche Person im Bett musste der ältere Sohn sein, der damals von Justin so schwer verletzt worden war. Hinter ihnen tauchte die kleine Frau auf.

»Ka schöner Anblick, hm? Wenns erm nur gsehn hätten. Damals ... Er war so stoark und a riesen Talent. Bis der Bastard erm es Gnack brochen hot«, fluchte sie. Ihre Stimme bebte.

»Ja, also es geht eben um Justin Bartner. Er war der Spieler, der ihren Sohn damals gefoult hat«, schloss Sarah.

»Gegen die Bande druckt hot er erm. Der wor immer scho eine

unfaire Gretzn. Des wor Obsicht. Ned mal Entschuldigung hot er je gsagt. Was wollns wegen dem?«

Nun war Sarah sich auch sicher, woher sie diesen Geruch kannte. Es war eine Mischung aus Desinfektionsmittel und Kot. Dem Anschein nach lag wohl noch eine volle Windel von dem armen Jungen herum. Sie sah sich noch ein wenig um und entdeckte dann auch wo. In einer Ecke stand ein Kübel, der geradezu von Windeln überquoll. Sie musste sich beherrschen, Magensaft stieg in ihr auf. Nur mit viel Mühe konnte sie den Brechreiz unterdrücken. Fred schien es nicht viel besser zu gehen. Auch wenn das Zimmer abgedunkelt war, bemerkte sie, wie blass ihr Kollege mittlerweile geworden war.

»Er liegt im Wachkoma?«, presste Fred hervor.

»Jo genau. Gelähmt wär er so und so, aber bei da erstn Hilfe hobns a zlang braucht. War gut und gern zwanzig Minuten ohne Sauerstoff. Mei Bua wird nie wieder aufwochn«, mischte sich nun der Vater durch lautes Rufen aus dem Wohnzimmer ein.

Sarah ging zurück zu ihm und seinem anderen Sohn.

»Du bist wohl der jüngere Bruder von Markus? Wie heißt du denn?«, wollte sie wissen. Damit wollte Sarah einfach das Eis brechen. Dass Justin hier keine Freunde haben würde, war klar. Aber wenn die Situation weiter so ablehnend bleiben würde, wäre es ein wertloser Besuch gewesen. Sie kannte natürlich seinen Namen, Nikolas Preetz, aber so konnte sie ihn vielleicht erreichen.

»Niki sagen alle zu mir.«

»Okay, freut mich. Ich bin Sarah und hier ist mein Kollege Fred. Wo warst Du denn gestern Abend?«

»Im Kino, mit einem Freund. Hier, ich hab sogar noch das Ticket.«

Er griff auf einen Abriss, der vor ihm auf einem kleinen Beistelltisch aus Glas lag. Der Fernseher plärrte weiter, irgendwelche Laiendarsteller gaben sich Mühe so zu tun, als fände das alles nicht nach einem Drehbuch statt.

»Ähm, Danke. Und die Eltern?«, dabei sah sie den Vater an.

Der grunzte nur.

»Wos glaubens denn? Dass i im Urlaub wor? Bei mein armen Markus wor i. Wie mei Frau. Wos is leicht passiert?«, regte er sich auf. Ein Hustenanfall beendete weitere Schimpftiraden.

»Also, es ist noch zu früh, um Genaueres zu sagen, aber Justin Bartner wurde gestern Abend nicht weit von hier auf der Donauinsel tot aufgefunden.«

»HA!«, schrie Frau Preetz und klatschte in die Hände.

»Wie bitte?«, war Fred fassungslos.

»Der hats verdient. Nix haben wir kriegt. Alles habens vertuscht. Ihr habts a ned gholfen.«

Eigentlich hatte Sarah nicht wirklich viel Entgegenkommen erwartet. Sich über den Tod eines Jugendlichen aber so zu freuen, war dann doch zu viel. Doch sie schluckte den Ärger hinunter.

»Vielleicht könnten wir ja ihre Aussagen noch aufnehmen. Beweise, dass sie zu Hause waren, wird es ja wohl so nicht geben.«

»Leider, aber wenn I gwusst hätt, dass der Arsch stirbt, hätt i ma a Stechuhr kauft. Jetzt raus aus meiner Wohnung«, fuhr der Familienvater sie an.

»Schon klar. Falls es aber noch etwas geben sollte, hier ist meine Nummer von der Dienststelle. Sie können jederzeit anrufen.«

Sarah überspielte den Rauswurf gekonnt und blieb sachlich. Hier war nicht viel zu holen. So gingen die beiden Ermittler aus der stickigen Wohnung und machten sich auf den Weg zu ihrem Wagen.

»Das ist schon mal besser gelaufen, nicht?«, begann Fred.

»Ach echt? Hast du den kleinen Niki gesehen?«

»Ja, aber was meinst du?«

»Nicht mal gezuckt hat er, als ich ihm gesagt habe, dass Justin tot ist. Die Mutter war da anders drauf.«

»Da hast du recht, aber was sagt das schon aus?«, wollte er wissen.

»Natürlich nichts. Was aber wirklich seltsam ist ... Die Kinokarte. Wie oft hast du schon so etwas aufgehoben. Auf einem Glastisch, wo die Eltern ihre Kippen drehen. Praktisch, wenn mal die Kriminalpolizei vorbeikommt.«

»Da ist was dran.«

»Wir überprüfen mal das Alibi. Dann sehen wir weiter. Ganz schön abgebrüht der kleine Mann.«

»Kleben deine Schuhe auch so?«, wechselte Fred das Thema.

»Oh ja, ich brauche dann dringend eine Dusche. Bitte erinnere mich nicht an diese Wohnung.«

Beide Handys klingelten.

Fred sah auf seines und wurde blass.

»Was ist los?«, fragte ihn Sarah.

»Schau mal lieber auf dein Telefon, eine neue Nachricht auf Instafame.«

Sie tat es und erstarrte.

Luzifer hatte eine neue Nachricht für die Welt und natürlich auch die Polizei.

Die Jagd beginnt

Saget den verzagten Herzen: Seid getrost, fürchtet euch nicht! Sehet, euer Gott, der kommt zur Rache; Gott, der da vergilt, kommt und wird euch helfen.

Doch Gott ist nie zu manchen gekommen, hat nie den Armen verholfen zu ihrem Recht. Ich, Luzifer, bin der Rächer.

Vierundzwanzig Stunden, keinen Augenblick länger soll es von nun an dauern. Dann komme ich, um Gerechtigkeit zu bringen. Sehen die Frauen und Männer des Rechtsstaates dies, so können auch sie versuchen, Recht zu sprechen.

207 192 226.115

So lautete die Nachricht, man konnte außerdem ein Kinderfoto sehen.

Sie sahen sich entsetzt an. Schnell liefen die Ermittler zu ihrem Fahrzeug und brausten mit Blaulicht zurück zum Landeskriminalamt Ost.

Vor dem Gebäude parkte Sarah den Wagen, sie wollte schnell in ihre Abteilung, was ihr aber nicht leicht gemacht wurde. Eine junge

Frau baute sich vor ihr auf, in ihrer Begleitung war ein Mann mit einer Kamera. Sie hielt Sarah ein Mikro unter die Nase. Ihre blonden Haare kamen unter der Haube hervor, sonst war außer einem dicken Mantel nicht viel zu erkennen. Sie wirkte sehr jung, war auffallend klein. Dies versuchte sie mit hohen Schuhen auszugleichen. Sarah bemerkte, dass ihre Mode sehr exklusiv war, zur Abwechslung war es aber kein Hungerhaken. Sie hatte durchaus weibliche Rundungen. Damit war es aber auch schon vorbei mit Sarahs Sympathien. Reporter konnte sie nicht wirklich leiden, auch wenn sie natürlich nur ihren Job machten.

»Frau Spielmann, eine kurze Meldung. Treibt ein Serienkiller namens Luzifer sein Unwesen in Wien? Gibt es Hinweise, wo der neue Anschlag stattfinden soll und wer das nächste Opfer ist? Können Sie uns schon etwas sagen?«, sprudelte sie los.

»Wer zum Teufel sind Sie bitte? Wenn ich etwas wüsste, würde ich's nicht in den Medien breittreten um den Täter zu warnen«, schnauzte Sarah sie an.

»Selina Bruckner, NewsToday. Das neue Gratis-Medium in der Stadt. Also, was wissen Sie schon über den Tod von Justin Barnter?«, hakte die Reporterin nach.

»Kein Kommentar«, damit ging Sarah hinein und Fred folgte ihr schnell.

»Erinnere mich daran, die Plaudertasche zu finden und ihr oder ihm das Maul zu stopfen«, brummte sie Fred im Fahrstuhl an.

»Ich helfe Dir gerne.«

In ihrem Büro hatte Sarah schlagartig heftige Kopfschmerzen. Nicht, weil der Fall so viel Stress erzeugte, es lag an dem schweren, süßlichen Parfum von Staatsanwältin Devi. Sie war mit Simon Baumeister schon da und begrüßte die Ermittler. Sehr überschwänglich stellte sie sich bei Fred vor. Sarah fragte sich, ob ihre neue Kollegin täglich in ein Fass mit ihrem Lieblingsparfüm sprang. Wortlos ging sie zum Fenster und riss es auf. Kalte Luft strömte herein, aber das war immer noch besser als der Duft.

»Also, wissen wir schon mehr?«, kam Baumeister sofort zur Sache.

»Die Eltern waren vermutlich die ganze Zeit bei ihrem Sohn, der im Wachkoma liegt. Der jüngere Sohn, Nikolas Preetz, hatte praktischerweise sein Alibi schon bereitgehalten.«

»Wie darf man das verstehen?«, mischte sich Devi ein.

»Er war im Kino und hat uns den Abriss seiner Karte aufgehoben. Wir haben sie sichergestellt. Geht heute noch ins Labor, alle Spuren sichern, die noch vorhanden sind.«

»Ich klemme mich mal hinter dieses Profil«, erläuterte Fred und nahm bei seinem Computer Platz.

»Also da sind ja schon Leute dran ...«, stellte Anandita fest.

»Ja klar, aber die haben es nicht so drauf wie ich!«

Sarah lächelte kurz, Fred war immer noch der Alte. Computer waren sein Ding und darin war er wirklich gut.

»Diese IP-Adresse prüfe ich auch gleich mal.«

»Was für eine Adresse?«, wunderte sich Baumeister.

»207 192 226.115. Das ist ne IP Adresse. Für Computer. Diese tollen Geräte, die man statt dem Abakus verwendet.«

»Aha«, mehr war Baumeister nicht zu entlocken. Mit Technik hatte er es nicht so. Sein Handy war auch noch ein altes Tastentelefon.

»Jaja, lasst mal euren Fred zaubern.«

»Sarah, wie sieht es aus. Haben wir schon etwas für ein Profil?«, wendete er sich seiner Ermittlerin zu.

»Leider nicht, ich skype mal eben mit Bastian. Die Rechtsmedizin hat vielleicht neue Spuren gefunden.«

»Sky? Was? Reden hier jetzt alle in Fremdsprachen?« Simon Baumeister schien wirklich etwas verwirrt zu sein.

»Videoanruf. Dann muss ich nicht extra in die Rechtsmedizin fahren. Ressourcen sparen!«

»Ah, geht doch. Ressourcen sparen, das hört ein Chef gern. Dann mal los, Anandita wird bei euch bleiben.«

Die junge Anwältin stand völlig verloren im Raum, bisher hatte sie niemand beachtet. Es war nur ein Stuhl frei, den Sarah eigentlich für Verhöre verwendete.

»Setz dich hier hin, ich ruf mal den Arzt an. Danach zerbrechen wir uns den Kopf über alle Hinweise, die wir bisher haben«, sagte Sarah zu ihr.

Sie nahm ein Tablet aus der obersten Schublade ihres Schreibtisches. Die Technik hatte mittlerweile auch bei der Kriminalpolizei Einzug gehalten. Mit diesen neuen Geräten konnten die Kollegen der Streifenpolizei rascher an Informationen kommen und so erfahren, ob etwa ein Autolenker offene Strafen hatte, und sie bei der Kripo konnten leichter mit anderen Stellen kommunizieren oder ebenfalls wichtige Daten abfragen. Skypen war an sich sehr mit Vorsicht zu genießen, doch Fred hatte auf ihrem Tablet eine eigene Firewall eingerichtet. Wenn ihr Partner etwas für sicher hielt, dann vertraute sie ihm.

Bastian Wehring, der Rechtsmediziner, dürfte wohl auf ihren Anruf gewartet haben. Sie musste sich gar nicht lange gedulden, da erschien schon das Bild des Arztes. Er saß ebenfalls in seinem Büro und schmatzte gerade genüsslich.

»Oh ...Hallo Sarah!«, grüßte er sie und schluckte schnell hinunter. Sie konnte eine Wurstsemmel erkennen. Ähnlich wie sie selbst konnte er wirklich viel essen ohne zuzunehmen. Wenn Sarah genauer darüber nachdachte, war Bastian eigentlich immer dabei etwas zu essen.

»Hey Bastian. Mahlzeit! Na, schon mal zu Hause gewesen, oder noch immer im Dienste der Allgemeinheit?«

»Wie immer voller Pflichtgefühl. Aber jetzt werde ich dann doch bald gehen. Ich habe mal wieder die Nacht durchgearbeitet. Ist ja nicht so alltäglich, mehr oder weniger direkt bei einem Mord dabei gewesen zu sein.«

Da war sie sich sogar ganz sicher. Dafür steckte er es erstaunlich gut weg, vielleicht kamen die schrecklichen Gedanken erst, wenn er versuchte, Schlaf zu finden. Viele Menschen stürzten sich nach traumatischen Erfahrungen in ihre Arbeit oder sonstige Aktivitäten. Nur ja nicht zu lange mit den eigenen Gedanken alleine sein.

»Nun, einer der Gründe warum ich mich melde. Es gab neue Entwicklungen, daher kann ich nicht vorbeikommen. Da die neue Staatsanwältin auch hier bei mir ist, könnten wir es ja eine Leichenbeschau 2.0 nennen«, meinte Sarah.

»Ja, wie auch immer. Wo soll ich beginnen?«

»Was hast du eigentlich dort gemacht? Was hast du genau gesehen? Ist vielleicht jemand bei dir vorbeigekommen, den du zuerst nicht wirklich beachtet hast?«, begann Sarah mit ihren Fragen. Wehring war hier nicht nur der Experte im Bereich der Rechtsmedizin, sondern eben auch der einzige Zeuge der Tat. Auch wenn er sie nicht direkt gesehen hatte, so gab es im Vorfeld in der Regel Details, die man zunächst als unwichtig erachtete, aber bei der Aufarbeitung stellte sich alles ganz anders dar. Als Ermittler musste man hier den Spagat schaffen, Erinnerungsbrocken aus dem Gedächtnis eines Zeugen hervorzulocken, dabei keine Suggestivbefragung anzuwenden und auch nicht alles für bare Münze zu nehmen. Das beste Beispiel waren Phantombilder. Sie waren sicher ein wichtiges Mittel, doch die Erfahrung zeigte immer wieder, dass die Menschen sich alles Mögliche einbildeten. Bei zehn Fragen erhielt man gerne mal auch zehn verschiedene Antworten.

»Gut, ich war dort laufen, ich trainiere für den Vienna City Marathon. Da möchte ich ja eine gute Figur machen.«

»Wow, eisern. Bei diesem Wetter gehe ich nur raus, wenn ich wirklich muss«, bewunderte Sarah den Ehrgeiz.

»Es gibt kein schlechtes Wetter, nur schlechte Bekleidung. Was wirklich seltsam war, ich habe dort niemanden getroffen. Einfach nur diesen Jungen liegen gesehen. Also müssen die Täter von der anderen Richtung gekommen sein.«

»Täter? Denkst du, es waren mehrere Leute involviert?«

»Entweder mehrere Täter oder ihr jagt Doctor Oktopus. Justin Bartner bekam so viele Schläge ab, dass es für mich unmöglich nur eine Person getan haben kann. Er hatte mehrere Brüche. Darunter in beiden Unterarme, was vermutlich von Abwehrhaltungen stammt, außerdem waren die Nase und das Jochbein gebrochen, die Augenhöhle und vier

Rippen. Ein Schlag hat auch zu einer schweren Knieverletzung geführt. Schwer zu sagen, was zuerst kam. Mit diesem Bein war es Justin aber unmöglich wegzulaufen. Zur Tatwaffe würde ich sagen, es handelte sich um Schläger. Also Baseballschläger, Eishockey oder so. Ein paar Zähne hat er auch eingebüßt. Umgebracht hat ihn dann ein wuchtiger Schlag in den Nacken. Der zertrümmerte den zweiten und dritten Halswirbel. Da der Bruch sehr sauber ist, denke ich mal, Justin kniete vor seinen Mördern.«

»Oh Mann, keine Ahnung wer dieser Oktopus sein soll, aber der Mord klingt furchtbar. Da hast du nichts gehört? Es war ja schon spät, keine Menschen unterwegs und ich gehe davon aus, dass Justin vor Schmerzen geschrien hat.«

»Denke ich auch, leider laufe ich immer mit Kopfhörern und lauter Musik. Im Gebüsch habe ich eine Gestalt verschwinden sehen. Leider konnte ich nicht viel mehr als einen Schatten erkennen. Ehrlich, ich wünschte, ich könnte euch mehr sagen. Da war einfach Justin in dem Licht einer Straßenlampe. Dann habe ich natürlich versucht, sofort Erste Hilfe zu leisten. Leider hat es nichts gebracht.«

Wehring wirkte nun etwas zerknirscht und durch den Wind. Diese Situation schien ihm doch zuzusetzen. Bei diesem Wetter war der Boden gefroren. Fußabdrücke würden sie vermutlich nicht finden, trotzdem schickte Sarah sofort einen Kollegen des Bundeskriminalamtes an die bezeichnete Stelle, um etwaige Spuren zu sichern.

»Um ehrlich zu sein, ist der Befund aktuell noch nicht sehr spektakulär, abgesehen von den gebrochenen Knochen. Der junge Mann war körperlich in einem sehr guten Zustand, Laboruntersuchungen stehen natürlich noch aus. Seine Angreifer müssen nicht nur kräftig gewesen sein, sondern auch schnell und gezielt gehandelt haben. Auch wenn ich nie Eishockey gespielt habe, vermute ich einmal, dass man dort ganz schön einstecken können muss. Trotzdem ist er ihnen nicht entkommen.«

»Okay, dann warten wir mal ab, ob es auf dem Leichnam Faserspuren oder so gibt. Falls du wen zum Reden brauchst, melde dich. Laufen gehe ich aber nicht mit dir bei dieser sibirischen Kälte, nur damit du nicht auf dumme Gedanken kommst.« Sie versuchte ihm aufmunternd zuzulächeln.

»Alles klar, schöne Grüße an alle und ich melde mich.«

Damit beendete er das Videotelefonat.

Die Zeit flog nur so dahin, Fred fluchte leise vor sich hin, während er versuchte, die Spur von diesem ominösen Luzifer zu finden. Eine IP-Adresse führte ihn zur nächsten. Anandita Devi durchforstete das Handy von Justin. Sarah beobachtete sie immer wieder dabei. Es war absolut unüblich, dass eine Staatsanwältin hier aktiv mitarbeitete. Eigentlich war es mehr die Regel, dass die Ermittler und die Justiz wenig bis gar nicht miteinander sprachen. Dies führte dann immer wieder zu Missverständnissen oder untergetauchten Verdächtigen. Die rochen den Braten oft früh genug und gaben Fersengeld. Bis die Kriminalpolizei eine Aufforderung zur Verhaftung einer Person erhielt, konnte schon einige Zeit vergehen. Die junge Anwältin verbarg etwas vor Sarah, das spürte sie genau und weckte ihren Argwohn. Als Ermittlerin sollte man schließlich immer etwas skeptisch sein. Die Versetzung zu ihnen war aber sicher nicht als Belohnung zu verstehen. Der Ruf ihrer Abteilung hatte in den letzten Monaten innerhalb der Staatsanwaltschaft empfindlich gelitten. Den Totalausfall von Handler schob man Sarah in die Schuhe. Sie hätte ihm gewisse Informationen vorenthalten, deshalb hätte er diese folgenschwere Entscheidung getroffen. Darin war schon auch ein Kern Wahrheit vorhanden, doch Sarah war sich keiner Schuld bewusst. Sie hätte ihm schon alles gesagt, wenn Roux ihr nicht zuvorgekommen wäre und Handler damals nicht den Cowboy hätte spielen müssen.

Anandita gab sich aber wirklich Mühe, zumindest schien es Sarah so. Einzig ihr blumiges Parfum, gemischt mit dem Geruch des Kaugummis bereitete ihr wirklich Kopfschmerzen. Sie kaute praktisch ununterbrochen auf so einem Kaugummi herum. Doch auch Sarah war nicht auf dem Damm. Die Kopfschmerzen selbst waren nicht nur wegen Devi, sie hatte sie seit Wochen praktisch täglich. Es fiel ihr auch schwer, sich auf die Arbeit und den Fall zu konzentrieren.

Der Vorfall damals beim Eishockeyspiel, was danach mit den Beteiligten geschah ... Die Familie Preetz hatte nach den Informationen im Internet, dem Polizeibericht von damals und den Aussagen der Zeugen eigentlich allen Grund, Justin Bartner zu hassen. Jedoch nicht nur den Jungen, denn die Vereine, wie auch die Liga, wiesen jede Verantwortung von sich. Eine spezielle Versicherung zahlte einen Betrag aus, wenn denn die Berichte stimmten. Der Vater von Markus Preetz scheute den Weg vor Gericht aber nicht. In diversen Interviews, alle geführt von einer gewissen Selina Bruckner, beschwerte er sich über die Situation. Er beschuldigte Justin, seinen Sohn absichtlich so schwer verletzt zu haben. Diverse Gutachter widerlegten diese Aussage allerdings. Natürlich war es ein schrecklicher Unfall, aber eben nicht mehr als das. Ein Unfall.

Die wahre Tragödie begann nach dem Zusammenstoß. Viel zu lange lag Markus Preetz auf dem Eis, Schiedsrichter, Spieler, aber auch Trainer erkannten zu spät die Gefahr. In dieser Zeit verschluckte Markus seine Zunge, die Sanitäter vor Ort schafften es nicht, sie so schnell wieder aus seinem Rachen zu bekommen. Also wurde sein Gehirn nicht mit genug Sauerstoff versorgt. Die anschließende Reanimation rettete sein Leben, doch der Schaden war schon irreparabel. Selbst wenn Markus aus dem Wachkoma aufwachen sollte, er würde vermutlich für den Rest seines Lebens ein Pflegefall sein.

Im Endeffekt war die Opferfamilie danach ein Spielball von Behörden, Versicherungen und Funktionären geworden. Sie bekamen das Minimum ausbezahlt und wurden mit ihrem Schmerz alleine gelassen. Solche Situationen waren der perfekte Nährboden für ein Verbrechen. Wenn da nicht dieses Alibi gewesen wäre.

Sarah hatte es sofort überprüft, Nikolas Preetz hatte die Wahrheit gesagt. Die Tatsache, dass alles so schön vorbereitet wirkte, steigerte allerdings ihr Misstrauen. Solche Abrisse hoben sich nur ganz wenige Menschen auf. Zudem waren sie sichtlich unbeeindruckt von einem

Besuch der Polizei. Das Alibi konnte sie ja auch nur so schnell überprüfen, weil ihr Markus noch die Telefonnummer seines Freundes gegeben hatte. Es handelte sich um einen gewissen Arthur König-Fischer. Nun musste sie auch über ihn Informationen sammeln.

Zwischendurch rief sie dann einmal ihren Freund Christoph an. Es war in der jetzigen Situation absolut unmöglich, nach Hause zu kommen. Er würde es auch sicherlich verstehen, aber trotzdem quälte Sarah das schlechte Gewissen. In der letzten Zeit war es überhaupt sehr eigenartig. Meistens war sie eher in einem tiefen Loch, konnte nur kurzfristig an etwas Freude empfinden. Dann waren da wieder diese Schuldgefühle. Sie redete sich ein, nicht genug für Christoph da zu sein. Schließlich war er schwer verwundet worden und auch diesen Anschlag auf sein Leben kreidete sie sich an. Wenn Sarah nun wieder tagelang nicht zu ihm in ihre gemeinsame Wohnung kommen konnte, fühlte sie sich nur noch schlechter.

Christoph hob praktisch sofort ab.

»Hallo, ich bin es. Also es haben sich da neue, sehr schlimme Komplikationen ergeben. Ich schaff es heute sicher nicht mehr nach Hause«, schuf Sarah sogleich vollendete Tatsachen.

»Ich habe es im Internet schon mitbekommen. Da hat sich eine Reporterin sofort darauf gestürzt und bringt jetzt stündlich ein Update, wie schlecht die Polizei sei.«

»Ach, wie nett.«

»Noch was, also wenn du dann wieder zu uns kommst. Es hat sich was ergeben. Wie soll ich's sagen, meine Mutter ist von ihrer Italienreise zurück und wohnt jetzt ein paar Tage bei uns.«

»Wow, schön. Schön, also ja, also ich meine natürlich, ganz toll deine Mutter einmal kennenzulernen.« Sarah war etwas überrascht.

Seine Mutter hatte nach dem Tod von Christophs Vater einige Jahre in Italien gelebt. In dieser Zeit entdeckte sie ihre spirituelle Seite, legte Karten und erstellte Horoskope. Also kam auf Sarah noch so einiges zu.

»Gut, dann störe ich dich nicht länger. Hoffentlich findet ihr diesen Irren.«

»Danke, ich gebe alles.«

Damit beendeten sie das Gespräch. Plötzlich wollte Sarah gar nicht mehr so sehr nach Hause zu Christoph. Irgendwie war das Kennenlernen seiner Mutter bisher etwas weit Entferntes gewesen. Sie wusste nicht so richtig, wie sie sich verhalten sollte. Dann war hier auch wieder eine Reporterin, die natürlich nichts Besseres zu tun hatte, als Stimmung gegen die Polizei zu machen. Damit konnte man eindeutig mehr Publikum erreichen als mit gut recherchierten Artikeln.

Die Stunden zerronnen ihnen zwischen den Händen. Anandita Devi war irgendwann verschwunden, nachdem sie lange Zeit über der Karte mit dem Teufel gebrütet hatte. Noch erschloss sich für Sarah nicht so wirklich, welche Botschaft der Täter ihnen da eigentlich übermitteln wollte. Fred hingegen hatte sich in die IP-Adressen verbissen. Kaum konnte er eine diese Nummernfolgen ansteuern, wurde er wieder auf eine neue Adresse verwiesen. Immer und immer wieder drehten sie sich im Kreis. Die Zeit lief eindeutig gegen sie und das zukünftige Opfer. Wenn es denn nicht schon längst ermordet worden war. Schließlich konnte Sarah nicht wissen, ob die Person hinter diesem perfiden Plan auch wirklich ihr Wort hielt. Diese Taktik konnte auch dazu dienen, die Polizei einfach lange genug zu beschäftigen. Der Tag war schon wieder vergangen und in Wien hatte die Nacht Einzug gehalten. Die Temperatur sank in neue Tiefendimensionen, kaum ein Mensch ging freiwillig vor die Türe.

Es gab einfach kaum richtig gute Hinweise, einzig diese IP-Adresse, von der der gesuchte Mörder gewollt hatte, dass sie gefunden wurde, war etwas Brauchbares. Mit dem Opfer hatte sonst niemand ernsthafte Dispute gehabt, die Familie Preetz war natürlich im Fokus, allerdings war sich Sarah nicht sicher, wie sie diesen Mord hätten bewerkstelligen können. Erstaunlich war für die beiden Ermittler nur die Ruhe. Die Arbeit war langwierig, selbst ihr Chef Baumeister hielt sich zurück, baute keinen zusätzlichen Druck auf, um neue Hinweise von seinen Ermittlern zu erhalten. Sie hätten diese ohnehin nicht liefern können, aber eigentlich waren sie darüber ein wenig verwundert. Etwas verloren in ihren Gedanken starrte Sarah auf den kleinen Zettel, der neben Fred lag. Er hatte sich hier die einzelnen Adressen notiert. Sie führten ihn einmal um die ganze Welt. Überall waren BOT-Netzwerke erschaffen worden. Echte Computer wurden mit einem Virus gekapert, doch um Ermittler noch mehr in die Irre zu führen, waren sie ebenfalls mit einer künstlichen IP-Adresse ausgestattet. Irgendetwas war seltsam daran. Die Zeit verstrich und es waren nur mehr wenige Stunden, bis der nächste Mord geschehen sollte.

Diese Zahlen, etwas war damit nicht richtig. Dann erkannte Sarah es. Sie nahm sich den Zettel und schrieb hastig etwas unter die Ziffern.

»Was ist denn jetzt los?«, wollte Fred wissen. Seine Augen waren rot, er wirkte mehr als nur ausgelaugt. Seine Haut war blass und dunkle Augenringe zeichneten sich ab.

»Die IP-Adresse, sie verändert sich immer nur an einer Stelle«, erklärte Sarah erregt.

Sie schnappte sich ihren Notizblock, kritzelte schnell drauf los und betrachtete immer wieder den Bildschirm.

»Echt? Ich meine, ja ist mir irgendwann auch schon mal aufgefallen, aber egal, wie intensiv ich suche, es kommen einfach nur neue Adressen.«

Da war was dran. Fred hatte mittlerweile schon dutzende Zahlen aufgeschrieben. Erst jetzt war Sarah aber aufgefallen, was vermutlich dahintersteckte.

»Ruf Baumeister an und lasse Verstärkung kommen. Da müssen wir hin. Es ist ein Zahlencode. Ein sehr simpler noch dazu. Dieser Typ, wer auch immer er sein soll, dürfte uns nicht gerade für clever halten. Für jeden Buchstaben eine Zahl, ganz simpel«, murmelte Sarah.

Mit diesen Worten zeigte Sarah ihm das Blatt Papier. Die Abfolge von Zahlen war nichts weiter als ein simpler Code. Jede Zahl markierte eine Stelle im Alphabet. Es ergab sich eine Adresse und eine fürchterliche Botschaft.

Halirschgasse hahahahahaha.

»Was meint er mit dem Lacher?«, fragte Fred.

»Egal wie lange du noch weitersuchst, du wirst nur noch dieses Lachen bekommen. Ich fürchte, es war eine Falle. Er hat uns abgelenkt. Los jetzt.«

Sarah stürmte sofort aus dem Büro, mit ihrem Handy rief sie nun selbst Baumeister an. Fred kümmerte sich um Verstärkung. Schon nach wenigen Minuten setzten sich mehrere Zivilstreifen mit Blaulicht in Bewegung. Vom zweiten Bezirk in den siebzehnten war es ein weiter Weg, allerdings war es schon wirklich spät in der Nacht, also war nicht sonderlich viel Verkehr zu erwarten. Schon nach ein paar Minuten Fahrzeit gesellten sich Streifenwagen zu ihnen. Diese konnten teilweise nur schwer mit Sarah mithalten. Sie drückte das Gaspedal gnadenlos durch, schoss durch die dunklen Straßen der Stadt. Fred versteifte sich wie so oft in seinem Sitz. Mit Sarah war es nicht immer ein Vergnügen zu fahren.

Die Straße selbst war sehr lang. Schöne, alte Gebäude befanden sich dort, wenn man den Bildern im Internet glauben konnte. Fred fungierte als ihr etwas furchtsamer Navigator. Hoffentlich kamen sie nicht zu spät.

Eine Rechnung wird beglichen

Lukas Klaussen saß wie fast immer in seinem Bürosessel vor einem breiten Flatscreen. Sein PC und eigentlich die gesamte Hardware waren sein ganzer Stolz. Sehr viel mehr hatte er an Talent vermutlich von seinen leiblichen Eltern nicht mitbekommen. Nicht, dass er diese jemals gekannt hätte. Schon als Säugling war er vom Jugendamt herausgeholt worden und hatte seit dieser Zeit einige Pflegefamilien gehabt. Manche waren ganz okay gewesen, andere hatten kaum Interesse an dem eher molligen Jungen gehabt. Lukas hatte mit seiner introvertierten Art praktisch schon immer Schwierigkeiten gehabt, wenn es darum ging Freunde zu finden. Selbst seine Pflegegeschwister gingen ihm die meiste Zeit aus dem Weg. In der Welt der Elektronik und auch der Software war aber er der Überflieger. Programmiersprachen lernte er fast wie von selbst und was vielen anderen Menschen meist wie ein wirrer Haufen von Zahlenfolgen vorkam, war für Lukas ein Weg aus sich heraus. Es dauerte nicht sehr lange, bis er erste Erfahrungen mit Hackern und deren Arbeit machte. Doch auch in dieser Disziplin konnte man dem Einzelgänger nichts vormachen. Sicher, es war ein großer Sport, die Firewalls von Firmen oder Regierungsseiten zu knacken. Nicht aber für Lukas. Schon sehr bald erkannte er den finanziellen Vorteil dahinter, in Chatrooms nach arglosen Männer suchen, die vorzugsweise verheiratet waren und mit der Hoffnung im Internet waren, junge Frauen kennenzulernen. Lukas erstellte mehrere falsche Frauenprofile, um diese Männer zu ködern. War erst einmal ein Gespräch begonnen worden, war ihm der Sieg sicher. Es wurden diverse Bilder gesendet, die Lukas natürlich im Internet geklaut hatte.

Aber diese Tatsache erfuhren die Männer erst später, genauso wie von dem Trojaner den Lukas in einige Bilder einbaute. Damit hatte er Zugang zu den Computern seiner Opfer und kaperte sensible Daten. Besonders die Kontaktdaten der Ehefrauen. Die Männer waren dann in der Regel sehr großzügig, wenn es um die Bezahlung ging. Im Gegenzug plauderte er nicht die geheimen Hobbys der Ehegatten aus.

Doch damit nicht genug: Lukas hatte das Beste aus seiner neuen Unterkunft gemacht. Dieses betreute Wohnen war im Endeffekt eine Goldgrube gewesen. Auf seinem Konto bunkerte er ein beachtliches Vermögen für einen Siebzehnjährigen und Lukas wusste es zu investieren. Minikameras mit Funkverbindungen über WLAN-Stationen im ganzen Gebäude halfen ihm eine neue Geldquelle zu erschließen. Es stellte Lukas vor keine große Herausforderung, eine Homepage im Darkweb zu erstellen. Dort konnte man gegen Bitcoins Zugang erwerben und die Hausbewohner in den einzelnen Zimmern beobachten. Auf der Toilette, unter der Dusche oder im Schlafzimmer. Es gab echt überall Perverse, dachte sich der Junge zufrieden.

Es war zuerst gar nicht so einfach, in die einzelnen Wohnungen zu kommen. Die Betreuer waren aber ziemlich ahnungslos, wenn es um Computer ging und hatten ihn gebeten auszuhelfen. Es klopfte an der Türe. Sie war wirklich pünktlich.

Lukas öffnete und sah in die geröteten Augen der Rothaarigen aus der dritten Etage. Sie zitterte ein klein wenig, aber ging sofort an ihm vorbei in das Zimmer. Unschlüssig drehte sie sich um.

»Damit ist dann wirklich alles erledigt? Meine Eltern bringen mich sonst um ...«, stammelte sie nervös.

Ihre Eltern ... die ignoranten Bauern würden sie wahrscheinlich mit Fackeln durchs Dorf treiben, wenn sie ihre abgeschobene Tochter bei Sexspielen mit der Mitbewohnerin sehen würden. Er lächelte abfällig. Eigentlich war ihm die Kleine zu fett.

»Logisch. Alles wird gelöscht und du bist fein raus.«

»Hör mal ... eigentlich will ich das nicht wirklich ... kann ich dir nicht einfach was geben?«, versuchte sie zu verhandeln.

»Was denn? Dein Crystal? Nein, danke. Ich bin doch eh großzügig. Ein kleiner Blowjob und die Sache ist für dich vorbei.«

Sie schüttelte sich angewidert. Diese Geste verletzte jetzt doch seine Gefühle.

»Los jetzt, runter auf die Knie und hol ihn raus.«

Sie kam auf ihn zu und ging hinunter. Zögerlich öffnete sie seine Hose und holte seinen steifer werdenden Penis heraus. Schnell und hektisch begann sie damit, ihm einen zu blasen.

Lukas stöhnte leise vor sich hin, in diesen Momenten wollte er es so lange als möglich hinauszögern. Es kam nicht sehr oft vor, dass ein Mädchen bei ihm war. Er wusste noch nicht einmal, wie alt sie war, aber da man unter sechzehn nicht hier leben durfte, war er auf der sicheren Seite. Ihre dumme Art würde ihr auch noch eine Retourkutsche einbringen.

Immer mehr beeilte sich die Teenagerin, damit sie es endlich hinter sich hatte. Er stöhnte, schob ihr seinen Schwanz tief in die Kehle und hielt ihre Haare fest umschlossen. Ja keine Gelegenheit auslassen, sie noch weiter zu demütigen und ihr dann in den Mund zu spritzen. Er keuchte jetzt lauter und seine Stimmlage rutschte deutlich nach oben, es klang fast schon wie ein Quieken. Fertig, noch ein paar Mal stieß er ihn ihr tief in den Rachen. Ein breites Grinsen wanderte über sein Gesicht. Sie war aber auch wirklich brav und musste nur ein kleines bisschen würgen. Lukas grinste abfällig. So machte es ihm auch am meisten Spaß. Frauen zu demütigen erregte ihn wie sonst nichts.

»Du mieses Schwein, ich könnte dich auch einfach auffliegen lassen.«

»Klar, jetzt hast du mir einen geblasen und willst was genau sagen? Ich hätte ein Video von dir? Viel Spaß beim Suchen. Bedenke, deine Eltern und die ganze Welt würden es dann sehen. Und deine liebe kleine Freundin ebenfalls. Ob es ihr Recht wäre?«

»Irgendwann ...«

»Ja, ja, jetzt verpiss dich lieber. Sonst will ich vielleicht noch einen Dreier mit euch oder lade das Video doch noch hoch«, unterbrach er sie. Mit einer Hand schob er sie durch die Zimmertüre und schloss sie schnell wieder.

Sie waren ja auch wirklich zu dumm und machten es ihm auch zu leicht. Hier im Zimmer hatte er ja auch Kameras, die das ganze Spiel gefilmt hatten. Hierfür würde er sicher wieder einige zahlungskräftige Kunden finden.

Er nahm wieder an seinem Schreibtisch Platz und begann damit das neue Video zu bearbeiten. Schließlich hatte er keine Lust, erkannt zu werden. Die Lesbe konnte man aber ruhig sehen. Er überlegte, es »Sie konnte die Miete nicht bezahlen« zu nennen. Solche Titel wirkten wahre Wunder. Auf der anderen Seite war es nicht einmal gelogen. Lukas musste lächeln und rieb sich den Schritt. Sie war gar nicht so schlecht gewesen, obwohl die Kleine kaum Übung darin hatte. Immer wieder nutzte er seine kleinen Filme nämlich, um eine der ohnehin schon eingeschüchterten Frauen noch ein wenig mehr auszunutzen. Er machte sich ja keinerlei Illusionen über sein Aussehen. Auf Sex konnte er im Normalfall lange warten, aber seine Gabe war es, die Schwäche dieser abgeschobenen Mädchen zu erkennen. Manche hätten ihm mit Sicherheit die Zähne ausgeschlagen, doch so eine wie dieser Bauerntrampel hatte kein Selbstwertgefühl und panisch Angst vor ihren Eltern. In wenigen Monaten würde sie die Wohneinrichtung ohnedies in Richtung Bergdorf verlassen müssen. Wieso also nicht noch ein wenig davon profitieren. Ein kleiner Blowjob genügte ihm ja schließlich. Vielleicht würde sie ja dadurch auch auf den Geschmack kommen.

Mit seinen Programmen konnte er ein wirklich beeindruckendes Video aus der Datei zaubern. Durch seine Routine war er schon nach wenigen Minuten fertig und hatte es in die weite Welt des Darknet geladen.

Lukas musste lächeln. Wenige Sekunden online und schon die ersten Zuseher. Aus dem damals ganz netten Vermögen war in den letzten Monaten ein echter Reichtum geworden. Mit achtzehn würde er dieses

Loch hier verlassen und dann seinen eigenen Weg gehen. Vielleicht sogar seine Eltern aufspüren. Diesen Versagern, er war sich sicher, dass sie nichts zuwege gebracht hatten, würde er dann sein Geld um die Ohren schlagen. Immerhin hatten sie ihn ja nicht haben wollen. Vermutlich war diesen Arschlöchern ein Leben voll mit Drogen und Alkohol wichtiger gewesen.

Wieder klopfte es an der Türe. Aber Lukas erwartete keinen Besuch, also ignorierte er die Laute. Falls einer der Betreuer etwas von ihm wollte, so konnte er ja morgen wieder kommen. Es war schließlich schon fast dreiundzwanzig Uhr. Sollte es doch die dumme Schlampe sein, so hatte Lukas noch viel weniger Lust auf ein Drama.

Wieder das Klopfen. Nicht viel stärker als vorher, aber abgehakt. Als klopfte jemand mit Nachdruck.

Allmählich wurde Lukas sauer. Was wollte diese kleine Schlampe denn noch? Er kratze sich am Kopf und wuschelte seine Finger durch die schwarzen Locken. Sollte die Bitch ihn verpfiffen haben, dann würde er sehr schnell mit dem Jugendknast Bekanntschaft machen. Dumm war er ja nicht. Er konnte sich ausmalen, wie seine Zukunft dort aussehen würde. Dort wäre er die Schlampe und würde einige Blowjobs geben müssen. Wenn die Bullen halbwegs fähig waren, würden sie auch seine Kohle finden und dann wäre er nur ein Sexualstraftäter ohne Geld und Zukunft. Ein ungutes Gefühl machte sich in seinem Magen breit.

Wieder klopfte es.

Der Zorn wog schwerer als das warnende Gefühl in seinem Kopf und er riss wütend die Tür auf.

Ein wuchtiger Tritt ließ ihn zurück in sein Zimmer taumeln. Eine Gestalt drehte das Licht ab und huschte gezielt zu seiner versteckten Kamera. Diese Aktion bekam Lukas aber nicht mit. Er war noch damit beschäftigt, sich nicht zu übergeben und endlich wieder Luft zu bekommen. Schlagartig war es stockdunkel in seinem Zimmer geworden, er hatte nicht die Kraft zu schreien, was ihm aber auch nichts genutzt hätte.

Ein grelles Licht blendete ihn plötzlich und starke Arme zogen ihn hoch. Jemand schob ihm etwas in den Mund, Lukas wollte dies abwehren, aber seine Arme wurden brutal nach hinten gedreht. Tränen schossen ihm in die Augen, es fühlte sich an, als würde ihm ein Schraubstock die Arme herausdrehen. Etwas fixierte ihn, machte ihm jede Bewegung unmöglich. Mehrmals drehte er seinen Oberkörper, wollte seinen Kopf freibekommen, doch diese Versuche wurden mit harten Schlägen in den Magen bestraft. Unsanft wurde er auf seinen Sessel gesetzt. Das Licht seines Zimmers ging wieder an, jenes grelle Licht verschwand. Vermutlich war es eine Taschenlampe gewesen.

Jetzt konnte er seinen unliebsamen Besuch erkennen. Sofort wünschte sich Lukas die Dunkelheit zurück. Er blickte in kalte Puppenmasken. Seine Bewegung war stark eingeschränkt und so konnte er nur die Person zu seiner Linken sehen. Sie zog ihm den Kopf in den Nacken. Seine Kopfhaut brannte, es fühlte sich an, als ob der Kerl ihn skalpieren wollte.

Mühsam versuchte er etwas hervorzubringen. Der Knebel in seinem Mund verhinderte aber ein Gespräch.

»Mhhhmmhhmm ...mhmm«

Mehr brachte er nicht hervor. Die Gestalt legte ihren Kopf mal nach links und dann wieder nach rechts. Lukas konnte keine Augen erkennen, er sah einfach nur dunkle Löcher und sie musterten eindeutig ihr Opfer. Ein mechanisches Lachen erklang. Es erinnerte ihn an eine Puppe. Immer wieder ertönte das Gelächter. Lukas bemerkte eine Bewegung hinter sich. Etwas wurde über seinen Kopf gehalten und dann traf ihn eine Flüssigkeit.

Eine Gestalt weiter hinten hielt die Szene mit einer kleinen Videokamera fest. Kaum hatte ihn der Inhalt der Kunststoffflasche in die Augen getroffen, zuckte Lukas zusammen und quiekte durch seinen Knebel wie ein abgestochenes Schwein. Die Hand, geschützt durch einen schwarzen Handschuh, hielt seinen Kopf wie in einem Schraubstock, doch langsam riss sich der Typ selbst die Haare aus. Er bäumte sich auf, was aber nur zur Folge hatte, dass die Flüssigkeit über seinen Mundwinkel in den Mund lief. Nun röchelte er und schaumiges Blut kam zum Vorschein. Von seinen Augen war ohnehin nichts mehr übrig. Sie hatten sich schon in eine gallertartige Flüssigkeit verwandelt. Damit nicht genug bekam er einen ordentlichen Schuss des Elixiers in die Nase. Sein Ende war längst besiegelt, doch als die Chemikalie seine Bronchien traf, konnte man förmlich hören, wie sich die Lunge auflöste. Der Körper wurde von wilden Krämpfen und einer Art Husten geschüttelt. Blut spritzte herum, Schleim und aufgelöstes Gewebe tropfte auf den Boden. Sein Gesicht sah aus, als würde eine Wachsfigur schmelzen.

Als der Junge kaum noch zuckte, wandten sich die Gestalten mit den Puppenmasken von ihm ab und verließen das Zimmer. Lukas blieb alleine zurück, aber davon bekam er nichts mehr mit. Nach wenigen Momenten kam wieder eine Person zu dem leblosen Körper. Er machte ein Foto und legte danach eine Karte auf den Tisch. Wie ein Schatten verschwand er wieder aus dem Raum. Die Türe ließ er offen stehen. Schließlich sollte man Lukas ja finden.

Chancenlos

Sarah war trotz ihres Tempos nicht die erste Polizistin am Tatort. Die Sorge zu Beginn, sie müssten die lange Wohnstraße Haus um Haus absuchen, war bei dem Anblick von Rettung, Feuerwehr sowie Streifenwagen dahin. Sicherlich hätte es auch eine alternative Erklärung geben können, allerdings war Sarah eine erfahrene Ermittlerin. Ihr Bauchgefühl täuschte sie ebenfalls nur sehr selten. Streifenpolizisten in Uniform hatten schon damit begonnen, die Straße mit einem Absperrband abzugrenzen. Trotz der eisigen Temperaturen und der späten Stunde versammelten sich dutzende Menschen mit ihren Smartphones, Fenster wurden geöffnet und ebenfalls Handys rausgehalten. Zorn stieg in ihr hoch. Wenn es etwas Widerwärtiges gab, dann wohl diese sensationsgeilen Gaffer. Hauptsache noch schnell ein Bild von einer Leiche, rauf damit auf soziale Plattformen. Man musste schon ein außergewöhnlich komplexbeladener Haufen Dreck sein, um solche Dinge zu machen. Vor einem Hauseingang standen Feuerwehrmänner und Sanitäter, alle blickten schockiert zu dem Haus und unterhielten sich erregt.

Sarah und Fred stellten den Wagen ab, zückten ihre Dienstausweise, damit sie durch die Menschenmenge und auch die Absperrung gelangen konnten, und marschierten los. Dabei nahm Sarah keinerlei Rücksicht auf die Möchtegernjournalisten mit ihren teuren Handys. Sie rempelte sich durch die Meute, fauchte immer wieder kurz etwas von Polizei und ignorierte aufgebrachte Kommentare.

»Hey, was is?!«, schrie ein junger Mann. Er war vielleicht zwanzig Jahre alt.

»Gar nichts für dich, zieh Leine du verdammter Gaffer. Sonst unterhalten wir uns die ganze Nacht auf dem Revier«, zischte Sarah.

Der Angriff war wütend genug gewesen, denn der eher schmächtige Typ zog sich beleidigt zurück und entgegnete kein Wort mehr.

»Was haben wir hier?«, wollte Sarah von einer Polizistin wissen.

»Also wir wurden wegen einem vermeintlichen Unfall herbeordert. Inklusive Rettung und Feuerwehr. Die Dame dort hinten hat uns alarmiert«, dabei zeigte sie auf eine Blondine, die Sarah bekannt vorkam.

»Ah, da ist ja auch schon Frau Spielmann. Was sagen Sie zu diesem neuen, erschreckenden Fall? Wieso konnte die Polizei dies nicht verhindern? War man zu nachlässig?«, fragte die Dame Sarah.

»Jetzt weiß ich's. Frau Selina Bruckner. Reporterin von so einem Klatschmagazin. Sie scheinen ja mehr zu wissen als ich. Wir sind gerade erst gekommen. Soll ich jetzt hellsehen? Was zum Teufel machen sie eigentlich hier? Und weg mit diesem Mikro, hier gibt es kein Interview!«, schnauzte Sarah sie an.

Die Journalistin verzog beleidigt die Lippen.

»Ich bin einfach am Puls der Zeit.«

»Wissen sie, wenn Menschen sich an einem angeblichen Tatort aufdrängen, anscheinend sogar vor uns von einem Verbrechen wissen, dann rutschen sie in der Hitliste der Verdächtigen ganz schnell in eine Spitzenposition. Also, sie warten jetzt mal hier bei meiner Kollegin. Wir unterhalten uns noch.«

So drehte sich Sarah weg und ignorierte die Proteste der Reporterin. Etwas sehr Merkwürdiges ging hier vor sich. Feuerwehrmänner rüsteten sich mit Atemschutz aus, doch auch das war ihr egal. Letztendlich musste sie endlich einmal wissen, was hier los war. Sie betraten das Gebäude, aus dem gerade Menschen evakuiert wurden. Schon nach wenigen Metern machte sich ein beißender Gestank bemerkbar. Sarah hatte so etwas noch nie gerochen, aber es reizte auch allmähliche ihre Lunge und ihre Augen. Fred erging es nicht viel besser. Der Gestank war zusätzlich wirklich bestialisch. Wie gekochtes, aber verdorbenes

Fleisch. Sie hatte schon viele Leichen gerochen, aber so einen Geruch kannte selbst sie nicht.

»Sie gehen hier auch sofort raus!«, herrschte sie ein Mann in Uniform an.

»Kriminalpolizei. Dies ist ein Tatort und wir müssen ...«

»Sie müssen hier raus. Selbst wenn Sie der Präsident wären, es ist zu gefährlich. Wir müssen erst Messungen durchführen. Hier wurde eine aggressive Säure verschüttet.«

Ehe Sarah Protest einlegen konnte, zog Fred sie an der Schulter nach draußen.

»Sarah, das hat keinen Sinn. Ich krieg nicht mal Luft. Was auch immer da drinnen ist, ich will es nicht in meinen Bronchien haben.«

»Hm, dann holen wir uns mal diese Lois Lane für Arme.« Ihre Stimmung war mittlerweile auf einer Stufe mit der Temperatur dieser Nacht.

Busse der Verkehrsbetriebe waren angekommen, dort sollten die Bewohner aus dem Haus Zuflucht vor der Kälte finden. Diese Selina Bruckner konnte Sarah ebenfalls nicht sehen. Vielleicht war sie ja auch zu einem dieser Busse gegangen. Die Feuerwehrmänner hatten allerhand Geräte bei sich, Atemschutzmasken auf ihren Gesichtern und machten sich auf den Weg in das Gebäude.

Für so ziemlich jeden Ermittler ein Horror. Natürlich machten die Kollegen der anderen Organisationen auch nur ihren Job, versuchten logischerweise möglichst nichts zu zerstören, leider hatten sie aber keinerlei Schulung im richtigen Umgang mit Beweisen und dem Verhalten an einem Tatort. Warum auch, es war ja schließlich nicht deren Aufgabe. Doch damit wurden oftmals Beweise kontaminiert, im schlimmsten Fall sogar vollständig vernichtet. Griffen dann Sanitäter, Ärzte oder Feuerwehrleute auch noch ohne Handschuhe Türen oder andere Gegenstände an, musste man mühsam Fingerabdrücke ausschließen, manchmal sogar fremde DNA. Sollte natürlich hier Säure im Spiel sein, dann musste man eben alle Vorsichtsmaßnahmen ergreifen, auch wenn man damit die eigentliche Arbeit erschwerte.

Immer wieder wurden Fotos gemacht, aber schon nach einer Weile verstummten die Blitzlichter. Fassungslos schauten sich die Menschen in der Menge der Schaulustigen etwas auf ihren Handys an. Es folgte ein wildes Gemurmel, Aufschreie. Eine Frau übergab sich plötzlich. Selbst ohne kriminalistische Ausbildung war sofort jedem klar, dass ein neues Foto auf die Polizei und die Öffentlichkeit warten würde. Ein brennendes Gefühl machte sich in ihrem Magen breit, gute Nachrichten würden es keine sein.

Sarah holte ihr Handy raus, öffnete Instafame und drehte sich zu Fred. Dann bekamen beide Ermittler allerdings kein Foto zu sehen. Auf dieser Plattform konnte man nämlich auch Videos hochladen. Denn die Betreiber rühmten sich offiziell damit, keine Zensur zuzulassen. Anonymität und keinerlei Regeln. Ein Paradies für gestörte Verbrecher.

Selbst Fred und auch Sarah fehlten die Worte für das Geschehen auf diesen Bildern. Ein Junge wurde offensichtlich brutal ermordet. Eine durchsichtige Flüssigkeit wurde ihm in die Augen gegossen, Rauch stieg auf, er schrie und zuckte. Blasen bildeten sich auf der Haut und die Augen verwandelten sich in eine schleimige Flüssigkeit. Es waren Szenen wie aus einem Horrorfilm, nur mit dem Unterschied, dass Sarah sich jetzt zu gut vorstellen konnte, was sie in diesem Haus schon sehr bald erwarten würde. Sie drückte das Video weg.

»Heilige Scheiße«, keuchte Fred.

»Hoffentlich finden wir eine Spur zu diesem Irren. Der wird so schnell nicht aufhören.«

Sie ging nun schnell zu den Bussen und sah sich nach Selina Bruckner um. Beim dritten Bus hatte sie Glück, sie erkannte die Blondine im Inneren. Sie hatte es sich gemütlich gemacht und auch ihre Jacke ausgezogen. Die Busse verfügten über eine Standheizung, damit die Menschen darin nicht frieren mussten. Die Journalistin gewährte großzügige Ausblicke auf ihr großes Dekolleté und führte Gespräche mit ein paar Teenagern. Sarah machte sich gar nicht erst die Mühe, freundlich mit der Reporterin umzuspringen.

»Woher wussten Sie von diesem Mord?«, wollte sie wissen.

»Ich gebe meine Quellen nicht preis. Schließlich muss ich auf meine

Informanten aufpassen, sonst sagen die mir nie wieder etwas«, gab sie trotzig zurück.

Jetzt war es Sarah zu blöd, sie deutete einer Kollegin in Uniform und wandte sich an Bruckner.

»Nehmen sie die nette Dame mit ins LKA Ost. Ich fürchte, wir müssen uns unterhalten, wenn ich mit diesem Tatort fertig bin. Da hier aber alle so schrecklich gerne plaudern, will ich von allen, die sich in den Bussen befinden, eine Zeugenaussage.«

»Sie können mich nicht einfach ...«, protestierte Selina.

Den Protest hörte Sarah schon nicht mehr, sie hatte sich schon wieder auf den Weg gemacht, den Tatort zu untersuchen. Ihr kamen wieder Feuerwehrleute entgegen und nach einem kurzen Gespräch durfte sie mit Fred und den Spezialisten des BKA endlich in das Zimmer mit der Leiche.

Der Weg war nicht sonderlich weit. Das Zimmer befand sich im ersten Stock, praktisch gleich beim Stiegenaufgang. Die Tür stand offen, doch auch wenn keine Gefahr mehr bestand, lag ein stechender Geruch in der Luft. Sarah und Fred hatten sich so wie alle anderen nicht nur mit Einwegoveralls und Plastiküberzügen für die Schuhe ausgerüstet, sondern auch mit Feinstaubmasken, die einen speziellen Filter hatten. Damit konnte man sich vor einigen Gefahren schützen. Vermutlich nicht vor dieser Säure, aber in einen Gasschutzanzug wollte Sarah im Leben nicht steigen. Auch durch die Maske war der Geruch wirklich stechend scharf und wurde noch deutlich schlimmer, als Sarah das Zimmer betrat. Die Feuerwehr hatte die beiden Fenster geöffnet, kalte Winterluft strömte hinein. Durch das Video lag es für Sarah auf der Hand, dass man Säure verwendet hatte. Obwohl sie ja eigentlich wusste, was gleich auf sie zukam, traf sie die Szene mit voller Wucht. Der Gestank von verätztem Fleisch, Blut und Exkrementen mischte sich mit den Resten der Säure. Vor ihr lag ein Teenager, dem man praktisch das ganze Gesicht weggebrannt hatte. Ihre Kopfschmerzen meldeten sich wieder. Sie fühlte sich wieder an den Tag zurückversetzt, als ihr Roux eine seiner Moorleichen in ihre ehemalige Wohnung gebracht hatte. Die Eindrücke sammelten sich zu einem Keulenschlag und Sarah bemerkte die aufsteigende Übelkeit. Eigentlich hatte sie nie ein Problem an Tatorten, schließlich war sie ja auch schon an einigen besonders schrecklichen gewesen. Doch der Körper des Jungen war selbst für Sarah dann an Grauen kaum zu überbieten. Seine Hände waren noch vom Todeskampf verkrampft. Der Kopf war nach hinten gestreckt. Da die Lippen und Teile der Wangen wegefressen worden waren, zeigte die Leiche ein bizarres Grinsen. Wo einst die Augen lagen, waren nun blutrote Höhlen. Ein Blick auf seine Hose zeigte Sarah, dass er sich kurz vor seinem Tod noch eingenässt hatte. Haare waren ausgerissen, ein Bein war seltsam verdreht, wahrscheinlich hatte er es sich bei seinem Kampf sogar gebrochen. Ätzspuren befanden sich praktisch überall, wo die Säure hingelaufen war. Was durchaus eine Chance darstellte. Eventuell hatten sich ja die oder der Täter selbst verletzt. Sie wollte sich bei der Anzahl der Beteiligten nicht zu früh festlegen. Solche Fehler passierten immer wieder mal. Ermittler konzentrierten sich sehr früh schon auf eine bestimmte Person, dabei wurden Beweise falsch gedeutet oder einfach übersehen. So würden sie aber nur noch mehr Opfer zu beklagen haben. Wer auch immer hinter diesen Taten steckte, er hatte einen wohldurchdachten Plan.

Fred kämpfte ebenfalls mit den Eindrücken des Tatortes, lenkte sich aber mit dem PC und den Bildschirmen ab. Da der Schirm nicht gesperrt war, konnte man nach einer kurzen Bewegung mit der Maus des Computers auf den Desktop sehen. Dort waren viele kleine Videos. Genau genommen signalisierten kleine grüne Lämpchen, dass die Bilder live waren.

»Sarah, schau mal. Der Bursche war wohl ein Stalker oder Voyeur. Big Brother, sag ich nur.«

Damit lag Fred wohl auch sehr richtig. Sie sah in mehreren Zimmern Polizeibeamte, die sich entweder umsahen, oder mit Personen sprachen. Anscheinend waren schon einige Bewohner wieder zurück in ihre Räumlichkeiten gegangen, was ihnen Sarah bei der Eiseskälte auch nicht verdenken konnte.

»Okay, dann sollten wir mal dringend diesen PC sichern, alle Kameras aufspüren und wirklich jeden befragen. Wenn dem so ist, dass der Bursche hier alles und jeden ausspioniert hat, dann haben einige Bewohner auch ein Motiv. Wem gehört diese Unterbringung eigentlich?«, wollte Sarah wissen.

Einer der Ermittler des BKA kam zu ihr, auf einem Notizblock hatte er sich etwas aufgeschrieben.

»Also diese Einrichtung ist für Problemkinder. Drogen, kleinere Straftaten, Ausreißer und so weiter. Man will ihnen hier einen Neustart ermöglichen. Noch haben wir keine genaueren Informationen über die Bewohner, aber finanziert wird alles über eine Stiftung. Wenn ich Google Glauben schenken darf, dann ist der Vorstand ein gewisser Hugo Ignaz König-Fischer.«

»Hm, irgendwoher kenne ich diesen Namen sogar. Vielleicht können wir ja auch mit diesem Herrn sprechen«, meinte Sarah.

Bei diesem Namen klingelte es sofort. Sarah machte sich eine Notiz, hier und jetzt, in diesem Chaos, konnte sie keine ruhige Nachforschung anstellen. Hinzu kam die gesamte Situation rund um den Leichnam. Der surreal zugerichtete Körper auf dem Stuhl, das Video seiner Ermordung. Die Gewaltbereitschaft bei diesem Mord war noch ein ganzes Stück größer als bei Justin. Natürlich war viel Hass dabei, wenn man einen Menschen totschlug, aber ihn mit irgendeiner Säure zu verätzen, bis er starb, war mehr als nur grausam. Waren vielleicht noch Zweifel bei der Ermordung von Justin Bartner nicht endgültig weggewischt gewesen, spätestens jetzt war es soweit. Hier waren eindeutig mindestens zwei Täter beteiligt. Die Spirale der Gewalt drehte sich weiter, es war bereits eine unfassbare Steigerung zu sehen. Sie konnte sich gar nicht ausmalen, was noch passieren würde, wenn sie die Täter nicht stoppen konnten. Zu den ganzen Gedanken, die um sie kreisten, kamen wieder die Bilder aus dem Moor hoch. Sarah konnte diese Reaktionen einfach nicht kontrollieren, sie begann leicht zu zittern und Schweiß trat auf ihre Stirn. Für eine erste Einschätzung der Mordwaffe, mussten sie herausfinden, um welche Flüssigkeit es sich handelte. Solche Stoffe konnte man ja nicht einfach so an jeder Ecke kaufen. Hoffte Sarah zumindest.

Rechtsmediziner Bastian Wehring betrat in diesem Moment den Tatort, ebenfalls von Kopf bis Fuß in einen Overall eingehüllt und mit einer Maske vor dem Mund.

Immerhin hatte er diesmal nichts zu essen dabei. Bei diesem Gedanken musste sie schmunzeln. Es war schon komisch, auf welche Details man manchmal so achtete. Er wirkte ebenfalls etwas abgehetzt und nickte zur Begrüßung nur kurz in die Runde. Dann widmete er seine Aufmerksamkeit gleich dem toten Jungen auf dem Schreibtischstuhl. Er betrachtete teilweise mit einer Taschenlupe die Wunden, nahm ein paar Proben und führte auch Messungen durch, wie die der Körpertemperatur. Schließlich mussten sie auch den Todeszeitpunkt eingrenzen. Sarah musste daran denken, dass sie ihn ja noch hätten retten können. Wäre sie einfach nur früher auf diesen dummen Code gekommen. Er lag ja praktisch vor ihr, doch sie hatte viel zu viel Zeit damit verplempert, über alles Mögliche nachzudenken.

Irgendetwas kam ihr an der Szene seltsam vor.

In Österreich war es eigentlich üblich, bei einer Tatortbeschau, wenn sogar noch eine Leiche dort lag, neben den Ermittlern und einem Rechtsmediziner auch noch einen Vertreter der Staatsanwaltschaft dabei zu haben. Anandita Devi war aber nirgends zu sehen. Hatte Simon Baumeister vielleicht vergessen, sie zu benachrichtigen? Sarah sah sich im Zimmer um, ging sogar ins Stiegenhaus, um dort nach der Anwältin zu suchen. Nirgends war sie zu sehen. Jedoch war ihr Chef in diesem Moment gerade zu ihnen unterwegs, er hatte vor Ort den Journalisten ein erstes Statement gegeben. Mehr oder weniger hatte er geäußert, dass er zu diesem Zeitpunkt nicht viel sagen konnte. Was ja nicht einmal gelogen war. Schließlich tappten sie alle wirklich noch im Dunkeln, nicht nur wenn es um die Täter ging, sondern auch hinsichtlich des Motivs. Sollte der Bursche hier aber wirklich ein kleiner Stalker gewesen sein, würden sich jede Menge Menschen mit einem Motiv finden lassen. Was die Sache aber auch nicht einfacher machen würde. Man musste damit jeden einzelnen Verdächtigen ausschließen und dabei wichtige Beweise zurückhalten, um dann doch noch ein Ass im Ärmel zu haben. Zu diesem Zeitpunkt trieben sich die wahren Mörder noch herum und konnten natürlich weiter Menschen umbringen.

Simon kam auf Sarah zu, er hatte sich aber nicht in einen Anzug gezwängt, er würde also nicht direkt zum Tatort gehen.

»Der Arzt ist schon da? Also Sarah, keine Ahnung was mit dieser Devi ist. Sie geht nicht an ihr Handy. Wir haben ihre Adresse, fahr mal eben zu ihr und sieh nach, was genau los ist«, fiel Simon sofort mit der Tür ins Haus.

»Klar, kein Problem. Nur was ist mit dem Tatort ...«

»Fred kann sich darum kümmern. Die sollen alles mitnehmen, was irgendwie ein Datenträger ist und sonst auch alles, was ein Beweis sein kann. Jeder Bewohner wird befragt und ich habe schon angeordnet, auch ehemalige Mieter aufzuspüren und ins LKA zu bringen. Diese Reporterin, die vermutlich hellseherische Fähigkeiten hat, wird schon bald dort sein und auf dich warten. Nimm sie dir zur Brust. Der Fall ist überall in den Medien. Mit überall meine ich, dass sich sogar schon britische und amerikanische Medien angemeldet haben«, knurrte er.

»Hm, ein Mord, der Live gestreamt wurde, ist sicher eine tolle Story«, meinte Sarah.

»Leider. Der BVT versucht gerade die Seite oder wenigsten das Video offline zu kriegen. Ich befürchte aber, da kämpfen wir gegen Windmühlen. Genau genommen gibt es im Moment nichts im Netz, was mehr geteilt und diskutiert wird. Finden sie mal Frau Devi, Fred und Doktor Wehring werden hier schon keinen Blödsinn machen.«

Da war sich Sarah auch ganz sicher. Fred war äußerst penibel, Bastian ein wirklich großartiger Rechtsmediziner. Wenn es etwas zu finden gab, würden sie es auch finden. Die Tatsache, dass nun so ziemlich jeder Mensch auf diesem Planeten den Mord gesehen hatte, machte es aber nicht leichter für sie. Schon sehr bald würden sich Trittbrettfahrer zu Wort melden, diese würden sie dann in Kleinstarbeit ausfiltern müssen und ein derartiges, mediales Echo würde die eigentlichen Mörder auch nur weiter aufstacheln. Jetzt waren sie Stars und die Polizei wieder einmal in der Rolle der ahnungslosen Ermittler. Die Medien liebten es, sie als unfähig hinzustellen, denn dies steigerte die Auflage und man konnte sich so herrlich über die langsame Polizei aufregen. Nicht immer war dies eine schlechte Sache. Wenn sich Verbrecher zu sicher wurden und die Ermittler unterschätzten, dann machten sie häufiger Fehler. Es war manchmal sogar besser, sich im Hintergrund zu halten. Doch dieser Fall ging Sarah an die Nieren und sie hasste auch nichts mehr, als dass man ihre Fähigkeiten infrage stellte.

Was aber Devi betraf, war ihre Neugierde geweckt. Sie hatte es noch nie erlebt, dass ein Staatsanwalt oder eben eine Staatsanwältin sich so einen Tatort entgehen ließ. Die dazugehörigen Interviews zu geben oder einfach die Details vor Ort zu kennen, war eigentlich immer sehr wichtig. Nicht einfach nur, um sich einen Namen zu machen, sondern auch um einen Täter später bei Gericht die Fakten nur so um die Ohren hauen zu können.

Nachdem sie sich von Fred verabschiedet hatte, ging Sarah zu ihrem Fahrzeug und dachte an die letzten Stunden. Wenn man sich das Verhalten von Anandita so durch den Kopf gehen ließ, war sie aus irgendeinem Grund plötzlich sehr aufgewühlt gewesen. Sie hatte eigentlich relativ schnell ihr Büro verlassen und seitdem war auch nichts mehr von ihr zu hören gewesen. Die Adresse selbst sagte Sarah auch nicht viel, aber mit ihrem Navi würde sie sicher hinfinden. Fred konnte sicher bei Baumeister mitfahren, aber die Arbeit am Tatort würde ihn noch einige Stunden aufhalten. Dann noch die Befragung all dieser Menschen und die anschließende Auswertung. Ganz zu schweigen von den Daten auf dem Computer. Wer weiß, was sie dort finden würden. Der Fall wurde nun wirklich größer. Nach ihrem Besuch bei der Anwältin würde sie mit Simon über die Gründung einer Sonderkommission sprechen müssen. Sie konnten ja nicht rund um die Uhr arbeiten, es brauchte hierfür wirklich viel mehr Personal, das jeden Tag die Beweise sichtete, so dass Sarah sich darauf konzentrieren konnte, dieses Rätsel zu lösen. Außerdem musste sie ja auch mal wieder nach Hause. Dabei kam ihr auch wieder die Mutter von Christoph in den Sinn. Ganz wohl war ihr nicht bei der Sache, aber irgendwie war sie auch aufgeregt. Immerhin hatte sie ja noch nie diese Möglichkeit gehabt. Nach dem Tod seines Vaters war sie wohl auf eine Selbstfindungsreise gegangen. Dies geschah alles, bevor sie Christoph kennengelernt hatte. Bei dem Gedanken an dieses Treffen musste Sarah sogar kurz lächeln. Alles in allem war sie nun wirklich in einer richtigen Beziehung. Daran hatte sie eigentlich nie geglaubt, also dass sie sich mal so sehr verlieben konnte.

Die Fahrt selbst ging sehr zügig voran. Es war schon spät, der Verkehr hielt sich in Grenzen. Zu dieser Jahreszeit zogen es die Wiener vor, lieber mit den öffentlichen Verkehrsmitteln zu einem der vielen Adventmärkte zu fahren. Dort wurde Punsch in allen Variationen ausgeschenkt. Parkplätze waren ohnehin Mangelware und den Führerschein wollten sie auch lieber behalten. Genau zu diesen Zeiten kontrollierte die Polizei natürlich verstärkt, um Alkoholsünder aus dem Verkehr zu ziehen. Sarah überlegte sich, dass genau so ein Adventmarkt, oder Christkindlmarkt wie man in Wien sagte, ein idealer Ort wäre, um etwas mit Christoph zu unternehmen. Auch wenn der Fall sie wirklich sehr belastete, musste Sarah einfach den Kopf freibekommen. Immer wieder mal riss sie die Stimme des Navigationssystems aus ihren Gedanken. Anandita wohnte in einem der Randbezirke von Wien. In Simmering hatte sie eine Wohnung gefunden, viel mehr wusste Sarah aber auch nicht. Überhaupt war ihr die Anwältin eigentlich ein Rätsel. Sie gab nichts von sich preis, schon gar nicht, warum sie eigentlich als Nachfolgerin von Handler bei ihnen gelandet war. Ihr war schon bewusst, dass sie selbst ein Hauptgrund für den durchwachsenen Ruf ihrer Abteilung war. Auch wenn sie die Fälle aufklären konnte, musste Sarah sich jetzt etwas mehr zusammenreißen und auch mit der Staatsanwaltschaft kooperieren. Selbst Simon Baumeister hatte ihr deswegen schon ins Gewissen geredet. Er war ja wirklich ein sehr verständnisvoller Vorgesetzter, aber irgendwann würde auch dieser Mensch seine Geduld verlieren. Überhaupt fühlte sich Sarah im Moment in einer Bringschuld.

Und das gegenüber fast allen Personen ihres Umfeldes. Sie musste einfach mehr für Christoph da sein, der in Wirklichkeit ja sehr nachsichtig war, mehr auf Fred eingehen und eben auch auf Baumeister hören. Einzig mit Wehring war sie immer ziemlich gut ausgekommen. Seine humorvolle Art ließ auch kaum Platz für Spannungen. Bei der Arbeit selbst wusste er aber, wann es besser war, einfach nur Fakten auf den Tisch zu legen. Schließlich ging es immer noch darum, Morde aufzuklären. Da in Wien, wie auch überall anders eisern gespart werden musste, hatten man die Rechtsmedizin ordentlich ausbluten lassen. In vielen Fällen wurden sogar bei unklaren Todesursachen einfach Pathologen hinzugezogen. Diese Ärzte hatten einfach nicht immer die Erfahrung mit kriminalistischen Methoden und konnten schon mal etwas Wichtiges übersehen. Also war es mehr als ein Segen für Sarah, die meiste Zeit mit einem Profi wie Bastian Wehring zusammenarbeiten zu können. Er schien ihre Fälle praktisch immer bevorzugt zu behandeln und auch so kamen sie alle gut miteinander aus. Wenn Sarah sich jetzt auch noch mit Ärzten herumschlagen müsste, die von Ermittlungstaktik keine Ahnung hatten, würde sie diese Mordserie niemals beenden können.

Wie sie ihren Gedanken so nachging, war Sarah schließlich doch bei der Adresse von Anandita Devi angekommen. Ihre Wohnung lag in einer modern wirkenden Wohnhausanlage, die sie nicht an einen der vielen Gemeindebauten in Wien erinnerte. Vermutlich musste man für eine Wohnung in dieser Gegend schon etwas mehr Geld locker machen. Was für den Bezirk an sich gänzlich untypisch war. Von je her galt Simmering als ein sogenannter Arbeiterbezirk. Sie parkte ihr Auto und ging zum Eingangstor. An der Gegensprechanlage waren keine Namen vermerkt, sondern nur die Nummern der Wohnungstüren. Sarah betätigte die Klingel und wartete. Nichts geschah, also läutete sie mehrmals Sturm, drückte immer wieder den Knopf, bis nach gefühlt zehn Minuten ein knackendes Geräusch die Türe freigab.

Ihr Misstrauen war nun vollständig geweckt. Zwar rechnete Sarah nicht mit einer gefährlichen Situation, denn wer sollte es plötzlich auf die junge Anwältin abgesehen haben, aber hier war etwas ganz und gar merkwürdig. Sie verzichtete auf den Fahrstuhl und eilte die Treppe nach oben. Die Wohnung selbst befand sich im obersten Stockwerk. Oben angekommen verfluchte sich Sarah selbst, weil sie die letzten Wochen ihren Trainingsplan ordentlich hatte schleifen lassen. Nicht nur wegen ihrem dicken Mantel begann sie zu schwitzen und rang keuchend nach Luft. Der schmale, lange Gang führte nach links weg. Dort befanden sich nur zwei Wohnungen und bei einer war die Tür angelehnt. Sarah sah die Nummer und konnte erkennen, dass Licht brannte. Anandita war offensichtlich zu Hause. Trotzdem war das Verhalten sehr seltsam.

Sie näherte sich mit wachsendem Misstrauen dieser Wohnung, dabei war jetzt auch Musik zu hören. Das Radio trällerte eine weitere belanglose Melodie der aktuellen Charts. Dass Anandita wirklich hier war, konnte Sarah jetzt auch schon riechen. Das blumige Parfum war an der Tür so stark wahrzunehmen, dass ihr beinahe die Tränen in die Augen stiegen. Wie man diesen Geruch aushalten konnte, war ihr immer noch ein Rätsel. Die Eingangstür selbst war aus massivem Holz. Da Sarah auch keine offensichtlichen Einbruchsspuren erkennen konnte, schloss sie auch deshalb einen Einbruch aus. Wenn überhaupt erwartete Anandita jemanden.

Trotzdem stieß Sarah die Tür langsam auf, spähte vorsichtig in den Eingangsbereich der Wohnung, damit sie nicht vielleicht doch in die Hände eines Einbrechers lief. »Hallo?«

»Dasch Geld komm scho ... Noch n Moment«, hörte Sarah die Staatsanwältin lallen.

Jetzt hörte sie auch Schritte auf sich zukommen und nach einem kurzen Augenblick stand sie Devi gegenüber. Sie wirkte sehr überrascht, als sie Sarah erkannte.

Devi war in keiner guten Verfassung. Ihre Haare waren strähnig, ihr schmales Gesicht aufgedunsen und die Augen waren stark gerötet. Es wirkte, als hätte sie stundenlang geweint und getrunken. Vielleicht auch beides gleichzeitig. Sie trug nur ein weites T-Shirt und eine Jogginghose. Sarah konnte kaum abschätzen, wie lange sich die junge Anwältin wohl schon dem Alkohol hingegeben hatte. Das Stehen fiel ihr merklich schwer, immer wieder schwankte sie von einer Seite auf die andere. Sarah schloss die Tür und ging auf sie zu. Jetzt konnte sie deutlich die Fahne riechen, was auch immer sie sich und ihrer Leber zugemutet hatte, Devi roch aus allen Poren danach.

»So kann man seine Karriere auch wegwerfen. Eigentlich solltest du längst auf dem Weg sein. Leichenbeschau in der Rechtsmedizin. Was ist denn nur los?«, fragte Sarah ganz ruhig.

Sie tat ihr in erster Linie leid. Auch wenn das furchtbare Parfum sie immer wieder an den Rand einer Migräneattacke brachte, so war Devi eine wirklich sympathische Frau. Außerdem würde sie der Staatsanwaltschaft nicht die Genugtuung geben und einen weiteren Konflikt heraufbeschwören. Schließlich war sie ja nicht dumm. Man hatte Devi nicht einfach so zu dieser Abteilung versetzt. Bei der Richterschaft und den meisten Staatsanwälten war Sarah für ihre ruppige Art sehr gut bekannt. Man konnte ihr nur nicht viel anhaben, schon gleich nicht, nachdem sie ihren letzten Fall aufgeklärt hatte und dabei noch die entführte Tochter des damaligen Innenministers retten konnte.

Devi stand immer noch unschlüssig da, wankte und schien sich eine gute Antwort überlegen zu wollen.

»Alllllscho ... Nein, ich mein ... schludigung. Was'n los?«

»Einiges ist los, aber dabei wirst du jetzt nicht sehr viel helfen können. Bringen wir dich mal ins Bett. Von dieser kleinen Geschichte erzählen wir niemandem etwas. Einfach bei einer Ermittlung verschwinden und dann betrunken sein, keine sonderlich gute Idee. Morgen reden wir beide dann aber mal so ganz von Frau zu Frau. An der Ehrlichkeit hapert es bei uns, nicht wahr?«

Mit diesen Worten bugsierte Sarah Anandita in die Richtung, wo sie ein Schlafzimmer vermutete. Diese wollte noch etwas erwidern, doch Sarah nahm sie fest an beiden Armen und zog sie einfach mit sich. Auch wenn sie durch ihre schlanke Figur oftmals schwach wirkte, war Sarah an sich sehr gut in Form. Eine zierliche, betrunkene Anwältin stellte keine große Herausforderung dar.

Das schlauchförmige Vorzimmer machte noch einen Knick nach

rechts und zog sich außerdem ein paar Meter nach hinten in die Länge. Zu jeder Seite führten je zwei Türen in weitere Zimmer, so auch am Ende des Ganges. Eine der Türen war geöffnet, wie auch eine weitere Tür rechts. So erkannte Sarah das Schlafzimmer und auch eine großzügige Wohnküche. Devi murmelte immer wieder etwas, doch Sarah ignorierte sie einfach. Mit sanfter Gewalt brachte sie die junge Anwältin zu ihrem Bett und schubste sie hinein. Kaum war sie dort, schlief Anandita sofort ein. Eigentlich war es mehr ein tiefes Alkoholkoma, aber es kam nicht wirklich darauf an.

Auf ihrem Weg hinaus, sah sie sich noch kurz in der Küche um. Am Ende kochte etwas auf dem Herd und würde damit einen Brand auslösen. Doch schon auf den ersten Blick war klar, Anandita Devi hatte sich seit geraumer Zeit nur flüssig ernährt. Einige leere Weinflaschen und auch eine Flasche Gin standen auf einem Tisch, der vermutlich auch als Esstisch fungierte. Dort befand sich auch das Bild eines alten Mannes und eine Tarotkarte, die praktisch identisch zu der war, die sie am Tatort gefunden hatte.

Dieses Detail weckte ihre Neugierde. Sarah nahm ihr Handy und machte ein Foto. So oder so würde ihr Devi morgen eine richtig gute Erklärung bringen müssen. Leise ging sie hinaus. An der Tür traf sie einen verdutz dreinblickenden Pizzaboten. Sie bezahlte ihn und legte die Pizza auf den kleinen Tisch im Wohnzimmer. Für den Fall einer Hungerattacke, wobei sie nicht wirklich daran glauben konnte. Dann rief sie ihren Chef Simon Baumeister an, damit er wusste, dass heute keine Leichenbeschau stattfinden würde. Dabei deckte sie Devi so gut es eben ging. Sarah hoffte inständig, dass es Anandita gut ging, aber jetzt musste sie wieder zu Christoph nach Hause. Ihr Kopf schwirrte von all den Entwicklungen der letzten Stunden und sie musste auch endlich wieder ihre Reserven aufladen. Immer wieder war ihr auch die Tatsache durch den Kopf gegangen, dass sie ja nun auch seine Mutter kennenlernen würde. Sie war aufgeregt, unsicher und auch etwas ängstlich. Im Gebiet der Beziehungen und Schwiegermütter war sie schließlich mehr als unerfahren.

Sarah kam relativ schnell ins LKA und brachte ihren Dienstwagen zurück. Dann begab sie sich zu ihrer Wohnung. Dort angekommen sperrte sie leise die Wohnungstür auf. Alles war dunkel, was auch zu erwarten gewesen war. Sie bemühte sich keinen Lärm zu machen und ging dann ins Schlafzimmer. Sie konnte Christoph leise schnarchen hören und legte sich zu ihm ins Bett. Die letzten Tage forderten ihren Tribut und Sarah schlief praktisch sofort ein.

Die liebe Familie

Wenn man durch alle Gesellschaftsschichten sah, konnte man unzählige Konstellationen ausmachen. Viele Familien waren größtenteils voller Harmonie, dann gab es wieder Streit um allerlei Dinge wie Geld und Erbe oder doch nur Banalitäten, wenngleich dies auch für ein Erbe gelten mochte. Der Kern der Familie hielt jedoch meisten zusammen und man trotzte einfach allen widrigen Umständen des Lebens. Kamen dann auch noch Kinder dazu, übernahm jeder seine Rolle in dieser Gemeinschaft. Der wesentlich kleinere Teil der Menschen hatte entweder keine Familie oder war vielleicht eher suboptimal im zwischenmenschlichen Bereich aufgestellt. Sarah zählte sich selbst eher zu den letzten beiden Gruppen. Ihre Großeltern waren tolle Menschen gewesen, doch der Tod von Sarahs Eltern hatte die beiden innerlich zerbrochen. Sie verbrachte den Großteil ihrer Kindheit und Jugend in Internaten, die ihr eine großartige Ausbildung boten, doch vor allem auf Leistung getrimmt waren. Nur an Feiertagen wurde sie von ihnen abgeholt, um einige Tage in dem riesigen Haus zu verbringen, das für sie aber niemals den Begriff »Zuhause« prägte. Man redete dort nicht über seine Ängste oder Gefühle, ebenso wenig auf dem Internat. Wichtiger war es, sich zu behaupten. Im Haus ihrer Großeltern erinnerte Sarah diese schmerzlich an den schrecklichen Unfall, der Sarah zur Waisen gemacht hatte. Dabei dachte niemand an sie, die auf solch dramatische Weise zum Waisenkind wurde. Es gab keine Umarmungen, keine tröstenden Worte, wenn sie sich die Knie aufgeschlagen hatte. Man sah es einfach als Pflicht an, dem Enkelkind eine möglichst gute Ausbildung angedeihen zu lassen und sie dann möglichst schnell in die Welt zu entlassen. Ab und zu bekam sie von ihrer Großmutter lobende Worte, wenn Sarah in ihren Kursen gute Leistungen erbracht hatte. Was praktisch immer der Fall war. Sie lernte schon im Unterricht gut, vergaß praktisch nichts und eignete sich weiteres Wissen ohne Mühe an. Selbst im Sport tat sie sich leicht. Diese Vorteile halfen Sarah aber nicht unbedingt, Freunde zu finden. Sie war zeit ihres Lebens eine Außenseiterin. Wenn man immer auf sich alleine gestellt war, tat man sich später schwer, Nähe zuzulassen. Als ihre Großeltern starben, war für Sarah das Leben in den Staaten beendet. Sie wollte etwas über ihre Wurzeln erfahren und so verschlug es sie nach Wien. Und dann in die Arme eines Entomologen, der ihre Mauern langsam aber sicher niederriss.

Ein leises Gemurmel weckte Sarah auf. Ihr Blick fiel auf die Seite, auf der normalerweise Christoph lag. Sie war leer, sogar das Bett war gemacht. Ein Blick auf ihr Handy zeigte ihr, dass es noch früh am Morgen war. Auch heute würde sie wieder in das Landeskriminalamt fahren müssen. Mörder und andere Verbrecher nahmen leider keine Rücksicht auf das Leben der Ermittler. Aber es war noch Zeit, da Sarah jetzt auch noch den Geruch von Kaffee wahrnahm, wollte sie ihrem Freund Gesellschaft leisten. Dann war da allerdings noch die unbekannte Person, mit der er sich leise unterhielt. Sie zog sich ihre Jeans und ein Shirt an, ging ins Badezimmer, das sich neben dem Schlafzimmer befand, und machte sich schnell fertig. Auf großartiges Make-up verzichtete sie, es sollte nur so viel sein, dass sie nicht wie eine wandelnde Tote wirkte. Gänzlich ausgeschlafen war Sarah noch nicht, vielleicht sollte sie nach Abschluss dieses Falles mal eine ganze Woche einfach nur im Land der Träume sein und sich erholen.

So fiel zumindest ihr Fazit aus, als sie sich beim Frischmachen im Spiegel betrachtete. Sie war blass, hatte tiefe Augenringe und ihre Wangen waren eingefallen. Durch die viele Arbeit vergaß sie oft zu essen, dann spülte sie ihren Hunger immer wieder mal mit Energydrinks fort. Wenn sie so weitermachte, würde Sarah vermutlich die erste Ermittlerin in Wien sein, die an Skorbut erkrankte. Das Gespräch in der Wohnküche war verstummt und Schritte näherten sich. Die Türe im Vorzimmer, die den Bereich zu ihrem Bad- und auch Schlafzimmer abtrennte, öffnete sich und Christoph erschien.

»Ach, du bist schon munter. Wie schön. Frühstück ist fertig und wie ich ja schon erwähnt habe, eine kleine Überraschung ist für dich da.«

»Deine Mutter ist hier?«, erwiderte Sarah zögerlich.

»Tja, ich habe mich nun mal in eine Kriminalistin verliebt. Dir kann ich einfach nichts vormachen!«, antwortete er und grinste von einem Ohr zum anderen.

»Wow, also darf ich mich gleich mal von meiner übermüdeten Seite zeigen. Wie schön, der erste Eindruck ist ja auch nicht so wichtig ...« Jetzt sprühte wieder der Sarkasmus aus ihr heraus.

»Herrlich, du bist wirklich schon wach. Alles halb so wild, wirst schon sehen. Mama ist sehr ... wie soll ich sagen ... speziell. Ihre Sicht der Dinge konnte sie aber erst wirklich nach dem Tod meines Vaters ausleben. Ach, du wirst schon sehen.«

Damit drehte er sich um und ging wieder zurück zur Wohnküche. Etwas verunsichert folgte Sarah ihm. Was auch immer er mit diesen Worten meinte, ihren Optimismus steigerte es nicht unbedingt. Komisch war es schon, denn wenn sie einem Killer hinterherjagte, war sie weit weniger nervös. Die schlimmsten Verbrechen, die man sich nur denken konnte, waren im Endeffekt ein weit vertrauteres Terrain für Sarah. Was jetzt nicht unbedingt ein gutes Licht auf ihr bisheriges Leben warf, wenn sie genauer darüber nachdachte.

Der Weg schien plötzlich kilometerlang zu sein und jeder einzelne Schritt von ihr war unsicher. Ihr Herz klopfte heftig in ihrer Brust und Sarah konnte spüren, wie das Adrenalin sich in ihrem Körper ausbreitete. Sie war aufgeregt wie in den schönen Tagen ihrer Kindheit, als sie am Morgen zum Weihnachtsbaum ging und auf Geschenke hoffte. Jetzt mischte sich aber auch Angst dazu. Angst, der Mutter ihres Freundes nicht zu genügen, nicht gut genug zu sein oder das Falsche zu sagen. Ganz langsam ging Sarah weiter und irgendwie wollte sie eigentlich niemals zum Wohnzimmer kommen. Lieber diesen Moment unendlich lange aufschieben, als sich dieser irrationalen Angst zu stellen. Vielleicht war genau dies das Problem. Es war völlig unlogisch, deswegen fast schon Panik zu bekommen. Was sollte denn nur passieren? Christoph war ein wirklich toller Mensch, geduldig und zuvorkommend. Intelligent, aber nicht abgehoben. Also in vielen Punkten sozialer als Sarah. Seine Mutter hatte ihn zu diesem Menschen erzogen, also wovor musste sie Angst haben? Trotzdem kam sie sich wie ein kleines, unsicheres Kind vor und am liebsten wäre sie weggelaufen. So wie sie aus ihrem alten Leben entflohen war. Christoph hatte die Tür nicht ganz geschlossen, sie war nur angelehnt und Sarah blieb vor ihr stehen. Tief atmete sie ein und aus, schloss kurz die Augen und zählte in Gedanken bis Drei. Dann drückte sie die Holztüre auf und betrat den Raum.

Sarah sah Christoph am Esstisch sitzen. Das Zimmer war hell erleuchtet und ein vertrauter Geruch stieg ihr in die Nase. In der Küchenzeile wirbelte eine ältere Dame herum. Sie war groß gewachsen und sehr schlank. Ihr Äußeres war elegant, die Frisur perfekt, wie auch ihre Kleidung. Eine modische, schwarze Hose und eine rote Bluse. Obwohl sie gerade dabei war, ein Frühstück zu kochen. Natürlich war es Christophs Mutter. Sie war so sehr mit ihrer Arbeit beschäftigt, dass Sarah sie weiter betrachten konnte. Es war ihr praktisch unmöglich, ein genaues Alter zu schätzen. Nicht etwa, weil Botox im Spiel gewesen wäre, seine Mutter war natürlich gealtert, aber doch in einer sehr zu beneidenswerten Art und Weise. Sicherlich würden unzählige Frauen für diese Gene einen Mord begehen.

Christoph war Sarah aber nicht entgangen und er begrüßte sie mit einem Lächeln.

»Mama, darf ich meine Freundin Sarah vorstellen?«, begann er.

Seine Mutter stellte sofort alles zur Seite, wischte sich die Hände an einem Geschirrtuch ab und ging direkt auf Sarah zu. Jetzt wusste sie, woher ihr Freund sein entwaffnendes Lächeln hatte.

»Oh, wie schön. Ach, was habe ich mich schon darauf gefreut. Endlich lerne ich diese tolle Polizistin kennen, von der mir mein Sohn immer schreibt. Ich war ja wirklich viel unterwegs, leider hat es so lange gedauert. Na ja, was soll ich sagen. Nach dem Tod seines Vaters brauchte ich einfach diese Auszeit, diese Entdeckung meines Selbst. Gott, bist du eine hübsche Frau. Ja, mein Sohn hat wirklich einen ausgezeichneten Geschmack. Nur ein bisserl blass bist du mir. Sarah, nicht wahr? Ja natürlich, Sarah, Christoph hat es mir ja schon mehrmals gesagt, er schreibt mir nämlich sehr viel. Habe ich das schon erwähnt?«, sprudelte seine Mutter los. Ihre Stimme war hell und freundlich, hatte aber auch etwas sehr Beruhigendes. Sarah fühlte sich fast ein wenig in ihre Kindheit zurückversetzt. Zu mehr als einem verlegenen Lächeln kam sie jedoch nicht. Seine Mutter schob Sarah mit sanfter Gewalt zu einem freien Stuhl am Esstisch. Dort stand auch schon ein leerer Teller bereit, der wohl für sie gedacht war.

»Da rede und rede ich, dabei habe ich mich nicht einmal vorgestellt. Also ich bin die Elisabeth, aber sag ruhig Eli zu mir. Machen ja irgendwie alle Menschen die mich länger kennen. Mein Kind, du isst wohl nicht sehr vernünftig. Nur Haut und Knochen, so kann man keine Mörder fangen, nicht wahr?«

»Also eigentlich …«, protestierte Sarah zaghaft.

»Papperlapapp! Ganz blass bist du und diese Augenringe. Herrje, da muss man schon anständig essen, auf sich achten. Sicher schläfst du auch zu wenig. Kein Wunder, wenn man immer so viele schreckliche Dinge sieht, will ich mir gar nicht vorstellen. Ich könnte nicht in so einem Beruf arbeiten. Weißt, ich selbst war ja immer zu Hause beim Buben, habe gekocht und den Haushalt gemacht. Ach, sein Vater war ja nur unterwegs, hat so schrecklich viel gearbeitet. Ein paar Groschen habe ich mir mit selbst gemachtem Schmuck verdient, oder dem Legen von Karten. Da fällt mir ein, ich lasse das Essen anbrennen und habe auch gleich ein Geschenk für dich«, damit drehte sich Eli um und holte eine Pfanne. Christoph sah Sarah einfach nur an, breit grinsend.

»Danke, wie nett. Ich sollte jetzt aber wirklich dringen ins LKA, wir haben da einen neuen Fall …«

»Papperlapapp! Du isst erst etwas Gescheites. Der Mörder wird euch schon nicht davonlaufen, nur weil die begabteste Ermittlerin der Einheit eine gute Eierspeis isst, wie sie schon meine Mutter zubereitet hat«, insistierte sie. Ohne lange auf Sarah zu achten, leerte sie den Inhalt der Pfanne auf ihren Teller. Sarahs Augen wurden groß, wie sollte sie nur eine solche Riesenportion schaffen?

Eli nahm rechts von ihr Platz und sah sie erwartungsvoll an.

»Da ... Danke.«

Langsam begann sie ihr großzügiges Frühstück zu essen, wobei es wirklich ausgezeichnet schmeckte. Eli konnte einfach nicht stillsitzen und sprang plötzlich von ihrem Stuhl auf, um ins Vorzimmer zu eilen.

»Da schau ich und schau ich und vergesse doch glatt mein Geschenk, weil der Bub mir gesagt hat, du hast ja immer so schlimme Kopfschmerzen. Ich mache ja Schmuck, da habe ich gleich mal was aus ein paar Heilkristallen und auch einen Glücksstein für dich gemacht«, redete sie weiter, mehr zu sich selbst.

»Deine Mutter ist ja wirklich der Wahnsinn«, flüsterte Sarah.

»Du hast ja noch gar keine Ahnung. Abwarten.« Christophs Grinsen wurde immer breiter, während er an seiner Tasse Kaffee schlürfte.

»Da bin ich auch schon wieder. Ach, diese Kette wird dir in so vielen Lebenslagen helfen. Schlaflosigkeit, Gereiztheit und selbstverständlich deine Kopfschmerzen. Hier habe ich Topas, Sodalith, Lapislazuli und Chalcedon verarbeitet.«

Die Kette funkelte im künstlichen Licht, es war eine Mischung aus Bernsteinfarbe, Blau, Schwarz und Weiß. Alle Steine waren kunstvoll geschliffen worden, glichen sich in keiner Weise und passten trotzdem gerade wegen ihrer Unterschiede harmonisch zusammen. Elisabeth beugte sich über Sarah, um ihr die Kette um den Hals zu legen. Ein Geruch durchströmte ihre Nase, einen den sie von irgendwo her kannte. Es war fast wie damals, als sie als Kind ihre Großeltern besuchte. Es hatte etwas Beruhigendes, Herzliches. Diese Wärme vermittelte für Sarah schlagartig Geborgenheit. Eli zog sie in ihren Bann, ganz ohne etwas dafür tun zu müssen. Einfach nur, weil sie so eine positive Art hatte.

»Die Kette wird irgendwie etwas warm«, meinte Sarah.

»Völlig normal, es sind die Steine, die zu dir passen. Das bemerkst du schon bald nicht mehr. Jetzt iss aber fertig, damit du Kraft für den Tag hast. Heute werde ich noch die Karten legen, damit ich auch wirklich weiß, wie es dir in nächster Zeit ergehen wird.«

»Tarotkarten?«

»Genau. Warum?«

Christoph war jetzt etwas unsicher. Er wusste wie sehr Sarah diese Dinge als Humbug ablehnte, aber er missverstand ihre Absichten. Sie hatte ein Foto auf ihrem Handy, von der Tarotkarte am Tatort.

»Was bedeutet diese Karte genau?«, wollte sie wissen und zeigte Elisabeth das Bild.

»Oh, der Teufel! Hier muss ich gleich mal mit Vorurteilen aufräumen; in der Bedeutung der Tarotkarten ist der Teufel kein Symbol für das Bösartige. Jeder Mensch strebt nach Moral, hat aber auch Begierden in sich und ist leicht verführbar. Erscheint im Tarot der Teufel, will die Karte darauf hinweisen, dass wir uns von festgefahrenen Ansichten und überholten Glaubenssätzen befreien sollen. Außerdem steht die Karte für die Befreiung von Ketten der Angst. Der Weg ins Licht der Erkenntnis. Zeigt sich im Tarot der Teufel, haben wir die Chance, unser Leben eigenverantwortlich zu gestalten. Wir müssen nicht um das Materielle kämpfen. Die Schattenseite des Teufels im Tarot spiegelt unser Ego wieder, das zu stark mit dem Materiellen verhaftet ist und in eine belastende Abhängigkeit gerät. Die hindernden Aspekte beziehen sich auch auf Doppelzüngigkeit und Scheinheiligkeit«, erläuterte sie.

Sarahs Miene versteinerte wieder. Dies war nur ein weiteres Indiz, dass diese Morde eine ganz schlimme Bedeutung hatten. Eine, die noch mehr Morde erahnen ließ.

»Eli, du hast mir wirklich geholfen. Danke, und bitte sag niemandem etwas wegen des Bildes. Gilt auch für dich, mein Liebling. Ich muss aber los, die Arbeit ruft«, sagte sie und wollte sich auf den Weg machen.

»Papperlapapp! Keine Ursache. Ich halte den Mund, aber wenn du weg musst, dann nicht, ohne etwas zu essen mitzunehmen. Einen Moment.« Mit diesen Worten ging Elisabeth wieder zur Küche.

Sarah telefonierte kurz mit Fred, der ihr sagte, dass er schon auf dem Weg zu ihr sei. Mit Anandita Devi im Schlepptau. Sie würden in wenigen Minuten bei ihr sein.

»Hier, was zu essen und ein Kaffee in meiner Thermoskanne. Das Zeug in diesen Modeläden kann man ja nicht trinken. Wenn du nach Hause kommst, gibt es noch einen leckeren Kuchen mit Ananas. Habe ich gestern im Supermarkt für wenig Geld bekommen. Die Wunder der freien Marktwirtschaft.« Sie drückte Sarah etwas in die Hand, das in Alufolie gewickelt war.

Wieder betrachtete sie Eli. Ihre Haut war praktisch makellos, gerade wegen ihrer Falten. Mochte sie sechzig sein? Jede Firma, die Hautcremes verkaufte, die das Altern aufhalten sollten, hätten für ihr Geheimnis vermutlich ein unverschämt großes Vermögen bezahlt. Eli drückte ihr noch zwei Küsse auf die Wangen und ging zum Badezimmer.

»Habe ich gerade echt Brotzeit bekommen?«, stammelte Sarah.

»Jause, bei uns heißt es Jause. Klar, Mama schaut auf dich!«, lächelte er.

»Natürlich, wir sind ja hier in Österreich. Sagen mir die Kollegen auch immer.«

»Was soll ich sagen ... Pass auf dich auf, ich liebe dich.«

»Ich dich auch!«, sie küsste Christoph zärtlich auf den Mund.

»Eines noch ... Was meinte sie mit Ananas?«

»Erdbeeren, sie meinte eine Erdbeertorte mit frischen Erdbeeren im Winter.«

Sarah war jetzt doch verwirrt, aber das Klingeln ihres Telefons sagte ihr, dass Fred angekommen war. Sie machte sich auf den Weg und war schon kurz darauf bei ihrem Partner im Wagen angelangt.

»Wir sollen zuerst in die Rechtsmedizin. Dann gebe ich dir noch ein Update und der lieben Anandita auch.«

Die Begrüßungen von Fred waren auch schon mal herzlicher gewesen, dachte sich Sarah. Doch auf der anderen Seite hatten sie wirklich mehr als genug zu tun. Schließlich waren zwei Teenager brutal ermordet worden, wer auch immer dafür verantwortlich war, hatte sicherlich noch nicht genug. Überraschend sportlich fuhr ihr Partner los, in Richtung des neunten Bezirks. Die Rechtsmedizin war dort in der Sensengasse zu Hause. Ein passender Name, wie Sarah immer wieder fand. Vielleicht hatte der Mörder oder hatten die Mörder, eine Spur hinterlassen. Irgendwann machte schließlich jeder einmal Fehler. Anandita hatte Sarah nur kurz zugenickt und beschränkte sich während der Fahrt darauf, die Straßen von Wien zu hypnotisieren. Hinter einer dicken Sonnenbrille, was Sarah nachvollziehen konnte. Wenigstens hatte sie diesmal auf ihr penetrantes Parfum verzichtet. Sarahs Laune wurde sogar noch etwas besser.

»Weißt du, warum die Mutter meines Freundes Ananas zu Erdbeeren sagt?«, wollte sie wissen.

Fred lachte laut auf.

»Wie geil, diesen Ausdruck habe ich schon lange nicht gehört. Meine Großeltern haben auch immer Ananas gesagt. Ich vermute, es geht auf eine Sorte zurück. Es gibt die Ananas-Erdbeere und die war in Österreich immer sehr beliebt«, meinte er.

Da hatte sie wieder was gelernt. Dieses Land hielt auch nach all den Jahren immer noch Überraschungen für sie bereit. Aber erst seit sie Christoph hatte, fühlte es sich so langsam an wie ein Stück Heimat. Was gar nicht so selbstverständlich war. Eigentlich durfte man keine Doppelstaatsbürgerschaft haben. Diese wurde nur in Ausnahmefällen vergeben. Ihre Großeltern waren zum Glück nicht nur reich, sondern auch gut vernetzt. Es hatte für Sarah vieles leichter gemacht, als sie damals nach Wien gezogen war.

»Übrigens eine tolle Kette! Aber jetzt kommen wir mal zu den nicht so schönen Aspekten unseres Berufs«, riss sie Fred aus ihren Gedanken. Sarah griff sich unbewusst das Geschenk von Eli und schob es unter ihren Pullover. An die Kette hatte sie gar nicht mehr gedacht, sie fühlte sich keinen Moment fremd auf ihrem Körper an. So als wäre sie schon immer ein Teil von ihr gewesen.

»Was gibt es denn, um mir den Tag doch noch zu versauen?«

»Eine Menge. Die Spuren am PC des Jungen auszuwerten, wird wohl eine Ewigkeit dauern. Verdächtige? Dutzende. Eher hunderte. Der kleine Perversling war fleißig. Hat nicht nur die Zimmer ausgekundschaftet, sondern auch die Mädchen in diesem Heim erpresst. Davon hat er dann Videos gemacht.«

»Schlimme Dinge?«

»Sex, aber viele Kids dürften minderjährig sein. Also einen Grund, um ihn zu töten, hätten einige gehabt. Wird nicht ganz leicht werden. Bei den ersten Befragungen hat sich das Mitleid in Grenzen gehalten. Viel Hilfe brauchen wir hier nicht zu erwarten«, führte Fred aus.

»Was ist mit der Reporterin?«

»Der Anwalt von der Zeitung, wenn man das Schundblatt so nennen will, war schneller am Revier als sie selbst. Sie hat keine Aussage gemacht, weil sie ihren Informanten schützen will. Die hat komplett dichtgemacht.«

»Fuck! Sie ist eine heiße Spur, und sie weiß mehr, als sie sagt«, fluchte Sarah.

»Ganz genau. Mach dir da mal keine Sorgen. Wenn wir wieder in unserem Büro sind, habe ich einen Plan! Übrigens, vielleicht kommt dir da ein Name bekannt vor. Rate mal, wem dieses betreute Wohnheim gehört.«

»Keine Ahnung, schieß los.«

»Einer Holding, die wiederum einem gewissen Hugo Ignaz König-Fischer untersteht. Und rate mal, was. Sein Sohn Arthur war angeblich immer wieder mal mit Nikolas Preetz unterwegs. Berichten zumindest Schulkollegen von Preetz.«

»Ich finde solche Zufälle ja unfassbar toll. Wann können wir denn mit der Familie sprechen?«, wollte Sarah wissen.

»Erst fahren wir in die Rechtsmedizin zu Bastian, danach haben wir schon im Haus von Familie König-Fischer einen Termin«, mischte sich Devi ein. Bisher war sie still gewesen. Sarah wusste auch, warum.

»Sehr gut, Frau Kollegin«, sagte sie.

»Können wir dann später noch kurz ...«

»Klar, das machen wir unter vier Augen«, sagte Sarah zu Anandita und setzte ein Lächeln auf.

Fred runzelte die Stirn, kümmerte sich dann jedoch nicht weiter darum. Die Fahrt hatte nicht lange gedauert, sie hatten die Rechtsmedizin erreicht.

Die Temperaturen waren in Wien wieder etwas milder geworden, doch die Eiseskälte war noch lange nicht fertig mit dieser Stadt. Mit einem Blick auf Staatsanwältin Devi war sich Sarah sicher, dass die frische Luft ihr ganz guttun würde. Die Atmosphäre bei dem Rechtsmediziner Doktor Wehring war dafür ganz sicher nicht ideal. Sie machte sich ernsthafte Sorgen, ob Devi dies durchstehen würde. Doch die junge Anwältin war im Endeffekt stärker, als man es ihr zutraute.

Wortlos zogen sich die beiden Ermittler und die Staatsanwältin die Einwegoveralls über die Kleidung, dünne OP-Hauben über den Kopf und Schuhe und Einweghandschuhe an. Fremde Spuren sollten ja schließlich nicht eingebracht werden. Damit hätte man die gesamte Polizeiarbeit gefährdet und die Kollegen des BKA hätten einen Tobsuchtsanfall bekommen.

Leichenhalle

Bastian Wehring wartete schon auf sie, er saß wie so oft an seinem Schreibtisch, der direkt im Sezierraum war und biss gerade genüsslich in ein Croissant. Der Raum roch stark nach Desinfektionsmittel, hatte aber auch den eindeutigen Geruch des Todes an sich. Süßlich, ekelerregend für Menschen, die damit nichts zu tun hatten. Jedoch weit besser als das Odeur einer Leiche, die mehrere Wochen in ihrer Wohnung gelegen hatte und schon stark verwest war. Da konnte es sogar erfahrenen Beamten jederzeit den Magen umdrehen.

Anandita hielt tapfer stand. Sie setzte sich wie die anderen eine dieser Schutzmasken auf, legte sogar ihre Sonnenbrille ab und gab sich alle Mühe, möglichst normal zu wirken. Jeder Mensch mit etwas Taktgefühl hätte den kleinen Makel eines Katers übersehen. Bis auf den sehr freundlichen, aber stets direkten Bastian Wehring.

»Guten Morgen, liebe Sorgen, habt ihr mir da unsere neue Staatsanwältin mitgebracht? Inklusive kleinem Kater?«, begrüßte er sie.

Immerhin schoss nun Farbe in ihr Gesicht. Devi winkte zögerlich mit ihrer Hand und versuchte sich hinter Sarah zu verstecken.

»Schon gut, nur ein kleiner Spaß. Dann können wir ja mal alles durchgehen.« Er stand auf und ging zu einem der Tische. Ein Tuch war über einen Körper gespannt und Wehring entfernte es. Darunter kam der unbekleidete Leichnam von Lukas Klaussen zum Vorschein. Selbst Sarah hielt für einen Moment den Atem an. Fred dreht sich weg und musste sich bemühen, um nicht sofort seinen Mageninhalt auf dem Boden zu verteilen. Noch nie hatten sie eine so übel zugerichtete Leiche gesehen. An ihm war praktisch nichts Menschliches mehr zu erkennen. Seine Augäpfel, das Nasenbein und Teile des Oberkiefers waren mehr oder weniger verschwunden. Eine dunkle, fleischige Höhle grinste den Beamten entgegen. Es gab weder eine Zunge noch Zähne. Die Wangen hatten sich ebenfalls fast vollständig aufgelöst. Bastian war auch schon dazugekommen, die weiteren Verletzungen zu markieren. Die Kopfhaut hatte sich im vorderen Bereich ebenfalls teilweise gelöst, man konnte sogar als medizinischer Laie den blanken Schädelknochen erkennen. Dort, wo einmal Augen und die Nase waren, sah man jetzt Knochen und Gewebe, es war an manchen Stellen merkwürdig geschwärzt, an anderen Stellen sah es beinahe unwirklich aus. Als würde man eine Puppe betrachten, die vor wenigen Momenten noch in einem Horrorfilm mitgewirkt hatte. Sarah bemerkte, dass sein Oberkörper ebenso Verätzungen aufwies. Dies konnte bedeuten, dass sich der oder die Angreifer ebenfalls verletzt hatten.

»Womit haben wir es hier zu tun?«, wollte Sarah wissen. Den Ekel hatte sie überwunden.

»Ich lehne mich mal weit aus dem Fenster und sage, es nennt sich Flusssäure. Die Zerstörung des Gewebes ist sehr typisch dafür. Wenn ich an den Tatort denke, fällt mir auf, dass etwa der Bürostuhl nichts abbekommen hat. Trotz eindeutiger Spuren. Flusssäure zersetzt nur organisches Material.«

»Gut zu wissen, kommt man leicht daran?«, erwiderte Sarah.

»Ja, so unüblich ist sie nicht. Wenn der Täter dann säurebeständige Handschuhe getragen hat, was ihm dringend zu raten gewesen wäre, wird er von Verletzungen verschont geblieben sein. Selbst kleine Wunden, verursacht von dieser Säure, können tödlich sein. Flusssäure ist nämlich hochgiftig. Dann sollte man noch möglichst einen Atemschutz haben. In welcher Form genau kann ich auch nicht sagen. Vielleicht reichen Filtermasken auch für einen kurzen Moment aus. Schließlich habt ihr ja gesehen, wie die Feuerwehrmänner angezogen waren. Das Zeug ist nicht lustig, die Dämpfe will man nicht in der Lunge haben«, führte der Arzt weiter aus.

»Diese Säure wird unter anderem in der Glasindustrie eingesetzt«, murmelte Fred und blickte dabei auf sein Smartphone.

»Was würden wir nur ohne Inspektor Google machen?«, schmunzelte Wehring. Er trug keine Maske, hielt aber Abstand vom Leichnam.

»Die Wunder dieser Zeit. Kann man diese Säure nun leicht kaufen oder nicht? War noch etwas merkwürdig am Tatort?«, mischte sich Devi ein.

»Also im Supermarkt um die Ecke wird man es vermutlich sehr schwer bekommen, in einer Firma, die diese Säure benötigt, könnte man sich dagegen zum Beispiel schon was mitnehmen. Sonst habe ich nur einen Teenager ohne Gesicht zu bieten, falls dies nicht merkwürdig genug sein sollte. Ja, er dürfte dem Mageninhalt zu schließen Rhabarberkuchen in rauen Mengen verdrückt haben. Ich meine, wer isst bitte Rhabarberkuchen? Für die weiteren Abläufe und das Rätselraten an sich sind aber die beiden entzückenden Kollegen zuständig. Ich habe alle von mir gesicherten Spuren an das BKA weitergeleitet. Die sichern alle Beweise und listen sie auf. Zumindest die Leiche wies wirklich erstaunlich wenige Spuren auf, einzig sein Penis zeugt von oraler Befriedigung. Logischerweise habe ich die Spuren zu einem DNS-Abgleich gesendet. Sein Tod war im Endeffekt extrem schmerzhaft, dürfte aber in sehr kurzer Zeit eingetreten sein. Immerhin hatte er sich an der Säure verschluckt, denn seine Lunge existiert im Grunde auch nicht mehr. Armer Junge, so sollte man wirklich nicht abtreten.«

»Danke, Bastian. Dann machen wir uns mal wieder auf die Jagd«, bedankte sich Sarah und gab ihren Kollegen ein Zeichen, dass sie sich wieder auf den Weg machen sollten. Die Überzüge entfernten sie, stopften diese in einen speziellen Müllbeutel und gingen zum Wagen zurück. Fred fluchte, als sie auf die Straße kamen. Der Weg zum Auto war nur kurz, allerdings hatte es zu schneien begonnen. Dieser Umstand war in Wien immer sehr speziell. Praktisch augenblicklich hatte ein Großteil der Bevölkerung in diesem Fall verlernt, wie man Auto fuhr und es kam immer wieder zu Unfällen. Wenn sie Pech hatten, würden sie sehr viel länger zurück ins Landeskriminalamt brauchen.

Schmerz

Wenn man genau darüber nachdenkt, so ist die Sache mit dem Schmerz eine sehr spezielle. Zum Beispiel ist nicht jeder Reiz, jede Verletzung gleich schlimm für jeden einzelnen. Man könnte manche Tiere verprügeln, foltern, schneiden und sogar mit glühenden Haken brandmarken, sie würden nach einiger Zeit trotzdem wieder Vertrauen fassen, wenn man sie nur ausreichend fütterte. Andere Lebewesen schienen weder Schmerz noch Liebe oder Freude zu empfinden. Liebe selbst konnte in so schlimme Schmerzen umschlagen, dass sich viele Menschen das Leben nahmen. Mit diesen Gedanken lag er mal wieder da. Sinnierte über dieses Kuriosum, welches der Schmerz in seinen Augen darstellte. Er kannte Schmerz. In all seinen Facetten. Sein Leben wurde schon immer von Kälte und Rücksichtslosigkeit dominiert. Liebe war für ihn im Grunde ein Fremdwort. Isolation, emotionale Kälte, sie konnten sehr schmerzhaft sein. Am Anfang zumindest. Dann hatte man die Wahl. Man hatte immer die Wahl. Sich ergeben, den Tod erwarten wie eine süße Erlösung. Die Ausfahrt nehmen und in das nächste Leben gehen. Wenn es so etwas wie ein Jenseits überhaupt gab. Daran glauben mochte er nicht. Sollte er sich allerdings irren, würde sein Aufenthalt vermutlich ein paar Etagen tiefer in einem großzügig geheizten Bereich, mit einem teuflischen Kerkermeister sein. Bei diesem Gedanken musste er lächeln. Immer wieder kam er zu diesem Punkt, den er so sehr als Humbug ablehnte, der aber trotzdem immer wieder auch wirklich Sinn ergab. Er war sich seiner Rolle sehr wohl bewusst. Das zu tun, was eigentlich notwendig war, hieß noch lange nicht, dass er nicht um die Illegitimität der Taten selbst wusste. Über ihn konnte man sicher viel sagen. Irgendwann würde auch der Zeitpunkt kommen, wo man sehr viel über ihn sagen würde. Erlogene Dinge, doch auch die Wahrheit. Neben all diesen Dingen konnte man ihm Dummheit nicht nachsagen. Er war allerdings von dieser falschen Moral losgelöst. Eine Moral, die immer dem Stärkeren helfen würde, der skrupellos war und über Leichen ging. Liebe? Ein Fremdwort, zumindest hatte er es so, besser gesagt, so nicht, von seinen Eltern gelernt.

Jetzt war es aber egal, diese Rückblicke waren nicht mehr von Bedeutung. Diesem Stein, den er nach dieser langen Zeit losgetreten hatte, würden die moralischen Fesseln der Gesellschaft nicht standhalten können.

Logischerweise war die Polizei jetzt involviert, die Ereignisse der letzten Tage waren das Thema auf allen Kanälen und natürlich im Internet. Genau so sollte aus ja auch sein. Waren die Opfer jetzt ausschließlich Opfer, würden schon sehr bald die neuen Informationen dieses Bild erschüttern und ihre Leben in einem ganz anderen Licht erscheinen lassen. Es war an der Zeit, eine echte Revolution anzuzetteln. Bei diesem Gedanken durchströmten ihn herrliche Gefühle. Nicht ganz so kräftig wie die während der Morde, aber doch sehr erregend. Würde man in hundert Jahren noch von ihm reden? Völlig egal in welchem Kontext. Er wollte einfach einen unauslöschlichen Eintrag in die Geschichtsbücher der Menschheit erschaffen. Niemals wieder sollte man ihn wie Luft behandeln, er war jetzt endlich an der Reihe aus dem Schatten zu treten, den Menschen in diesem Land das Licht zu bringen. Er konnte zeigen, was Schmerz war, was es hieß, wenn man Gerechtigkeit erlangte. Wenn man die Ketten zerriss. Wenn die Polizei wirklich glauben sollte, dass es bald vorbei sei, dann würde sie in wenigen Stunden eine Überraschung erleben. Luzifer würde schon sehr bald wieder online gehen, der geifernden Menge ihr Brot und ihre Spiele liefern. Damit sie johlen konnte, Blut sehen, dem Tod wieder einmal ins Auge blicken, ohne dabei selbst verletzt zu werden. Keinen Schmerz empfinden, trotzdem leiden, lieben, lachen, schockiert sein. Noch immer lag er da, dachte an den Triumph und ein Lächeln zauberte sich auf seine Lippen. Jetzt musste er nur wieder die Fäden ziehen.

Die Polizisten hingegen liefen immer noch wie weiße Laborratten durch das von ihm geschaffene Labyrinth, unfähig auch nur einen Schritt weiter zu denken. Sie suchten nur nach den Brotkrumen, die er sorgfältig streute. Alle, bis auf eine. Sarah Spielmann als die Protagonistin seines Spiels hatte er schon länger auf seinem Radar. Mit großkotzigen Racheengeln und hungrigen Serienmördern war sie zwar fertig geworden, aber jetzt hatte sie die Gelegenheit sich zu beweisen. Ohne davon zu wissen. Denn seine Lieblingslaborratte war schon längst in diesem Kreislauf des Todes, ahnte es bloß nicht.

Unbequeme Wahrheiten

Das Anwesen der Familie König-Fischer befand sich in einer Gegend des neunzehnten Wiener Gemeindebezirks Döbling, wo man generell viele große Villen vorfand. Doch dieses Gebäude war sicherlich eines der beeindruckendsten der ganzen Stadt. Das dunkle Gelb der Fassade erinnerte gemeinsam mit der Bauweise aus der Zeit, als es in Österreich noch einen Kaiser gab, an den Status dieser Familie. Wann auch immer Sarah zu einem Gespräch mit Zeugen oder Verdächtigen fuhr, bereitete sie sich gut darauf vor. Man musste möglichst alles über diesen Menschen in Erfahrung bringen. Bei der Familie König-Fischer war es so eine Sache. Dieses beeindruckende Herrenhaus zeigte so ziemlich jedem Menschen, der vorbeikam, dass man hier Geld hatte. Der Familie gehörten auch Wälder, Grund und Boden und auch Mietshäuser. Nicht nur in Wien, ja noch nicht einmal nur in Österreich. Das Geflecht der Stiftungen, auf die Sarah mit dem neuen Diensttablet gestoßen war, konnte sie aktuell noch nicht einmal richtig überblicken. Firmen, Liegenschaften oder gleich ganze Seen, überall auf der Welt, waren im Besitz dieser Familie.

Bis zum ersten Weltkrieg waren sie ein Adelsgeschlecht gewesen, den Titel durften sie aber in Österreich nicht mehr tragen. Auf solche Familien konnte man in diesem Land schneller stoßen, als es einem lieb war, wenn man ein wenig recherchierte. Die meisten von ihnen hängten ihren Wohlstand nur einfach nicht an die große Glocke. Mit der Familie König-Fischer hatte es Sarah aber nun zu tun und sie waren ein sehr reiche und einflussreiche Familie. Im Umgang mit ihnen war auf jeden Fall

Vorsicht geboten. Sie musste schließlich auch noch den Sohn befragen, weil er als Zeuge in Frage kam.

Das Haus beeindruckte die Ermittler immer noch. Sie standen vor einem schweren, gusseisernen Tor. In genau diesem Moment hatte Sarah einen Anruf von ihrem Vorgesetzten Simon Baumeister erhalten. Die Informationen waren keineswegs erbaulich, sie machten ihnen das Leben noch schwerer, als es ohnehin schon war. Wieder hatte es die Reporterin Selina Bruckner geschafft, Unruhe zu verbreiten. Es ging ihr ja nur um Aufmerksamkeit, Klicks im Internet und Beachtung. Es hob ihre Laune nicht und auf der Liste der unbeliebtesten Menschen in ihrem Leben kletterte die hartnäckige Journalistin in Windeseile ganz weit nach oben. Sie hatte ganz einfach gemacht, was Fred und Sarah auch schon erledigt hatten. Die dunklen Geschichten hinter den beiden Opfern ausgegraben und dann aber ans Licht der Öffentlichkeit gezerrt. Für Ermittler war es immer wichtig, viele Informationen zurückzuhalten. Aus taktischen Gründen, oder auch nur, weil es die Öffentlichkeit im Grunde nichts anging. Sicherlich war es verwerflich, dass Justin Bartner kurz nach dem tragischen Unfall damals weiter ordentlich feiern ging. Seine Eltern hatten praktisch jede Form von Besitz an den Bruder von Herrn Bartner übertragen. Als es dann um die Auflistung ihres Vermögens ging, damit man die Familie Preetz entschädigen konnte, war nicht mehr viel da. Das Unfallopfer vegetierte seit diesem Tag vor sich hin und alle Beteiligten sowie deren Versicherungen schoben sich den schwarzen Peter zu.

Die sexuelle Ausbeutung, das Stalking und die Verbreitung von Pornografie zeichneten ein schlechtes Bild von Lukas Klaussen. Selina Bruckner hatte den Namen der Seiten, wo man das Material nach wie vor finden konnte, veröffentlicht. Dabei war ihr auch der Opferschutz der missbrauchten Frauen nicht sonderlich wichtig. Mehrere, nur leicht unkenntlich gemachte Bilder waren in ihrem Online-Artikel zu sehen. Dank des Tablets konnte Sarah sich sofort selbst überzeugen. Sie hatte wirklich ganze Arbeit geleistet. Die Mordopfer standen in diesem Artikel nun als Menschen da, denen nur Gerechtigkeit widerfahren war. Ein Freifahrtschein für Selbstjustiz.

»Wow, ich bin ehrlich sprachlos«, meinte Fred, nachdem Sarah ihm alles erzählt hatte.

»Ich werde jetzt bald mal zu der netten Dame fahren. Ihr Informant kommt mir wirklich sehr gut informiert vor. Zu gut«, sagte Sarah.

Devi kam zu ihr und zog sie kurz an ihrem Ärmel. Der Schnee fiel nicht mehr, immerhin. Denn der Hausherr ließ die Ermittler einfach in der Kälte warten. Fred hatte geläutet, doch eine Stimme erklärte ihnen, Herr König-Fischer sei noch in einer Besprechung.

»Was ist los?«, wollte Sarah wissen. Ihre Laune war jetzt dem Gefrierpunkt nahe.

»Ich muss dir noch erzählen, wie leid es mir tut und was da genau los war«, stammelte Devi.

»Wieso du als Staatsanwältin lieber besoffen zu Hause bist statt an einem neuen Tatort? Ich bin gespannt«, meinte Sarah und zog Anandita etwas zur Seite.

Sie nickte betreten, doch dann kam sie mit einer sehr überraschenden Wahrheit heraus.

»Du bist die erste Person, der ich jetzt diese Geschichte erzähle. Bevor ich zu euch versetzt wurde, war ich einfach nur ein kleines Rad im Apparat der Staatsanwaltschaft. Nun, ich bin es natürlich noch immer, aber ich hatte es halt nicht mit Mordfällen zu tun. Während dieser Tätigkeit lernte ich einen älteren Richter kennen. Sein Name war Horst Lesch. Wir verstanden uns immer besser, er wurde so etwas wie ein Mentor für mich. Mit der Zeit kam uns eine Idee. Die Kinderpornografie im Darkweb auf eigene Faust aufhalten.«

Sarahs Blick drückte die Skepsis aus, die sie in diesem Moment empfand. Devi bemerkte sie.

»Ich weiß, ich weiß. Aber was soll's. Wir haben uns privat getroffen, Fake-Profile erstellt und ich habe dann mit Perverslingen gechattet, Beweise gesammelt so gut es nur ging. Immer wieder haben wir auch

Treffen vereinbart, davor Videomaterial erhalten und dieses auch gesichtet.«

Bei der Erinnerung an diese Bilder verzog Devi das Gesicht. Sarah konnte es sehr gut nachvollziehen. Es gab sogar wirklich hart gesottene Kollegen, die nach solchen Videos eine intensive Therapie benötigten, um das Gesehene verarbeiten zu können.

»Alles in eurer Freizeit? Nicht ungefährlich«, antwortete Sarah.

»Da hast du recht. Also, wann auch immer wir der Meinung waren, genug in der Hand zu haben, stellten wir diesen Männern eine Falle. Dadurch konnten wir eine Menge von diesen Monstern aus dem Verkehr ziehen. Intern waren wir mit der Zeit fast schon Berühmtheiten. Genehmigt war diese Aktion natürlich nicht, doch man sah darüber hinweg. Immerhin war es auch für die Politik gut, wenn man einen Kinderpornoring sprengen konnte. Sie haben alle weggesehen, wir selbst haben natürlich auch unseren Alltagsjob machen müssen. Richter Lesch war eigentlich auch mehr für Bagatelldelikte zuständig, doch er liebte seinen Beruf. Wie dem auch sei, wir haben auf diese Weise fast zwei Jahre lang praktisch jeden Tag miteinander verbracht.«

»Eine lobenswerte Sache, was aber hat es jetzt mit gestern zu tun?«

»Moment, ich komme noch darauf. Du musst es einfach nur zuerst verstehen. Wie wichtig dieser Mensch war. Für mich, für diese Kinder. Wie wichtig uns beiden dieses Projekt war. Wir wollten mit unseren Erfolgen eine eigene Task-Force gründen. Um ganz gezielt Jagd auf diese Schweine zu machen. Aber es kam dann alles anders.«

Sarah bemerkte, wie Devi ganz allmählich die Fassung verlor. Tränen rollten ihr über die Wangen und sie schluchzte heftig.

»Hey, was ist los?« Sie nahm die Anwältin in den Arm.

»Es ... geht schon.« Devi wischte sich die Tränen ab.

»Die Sache war ein Schock. Richter Lesch ging es von einem Tag auf den anderen schlecht. Er war alleinstehend, hatte niemanden. Ich war für ihn da, kochte für ihn, doch die Beschwerden wurden immer schlimmer. Also rief ich die Rettung und man brachte ihn ins Krankenhaus. Was ich dort sah, lässt mich auch heute noch nicht wieder schlafen.

Es ging immer rapider abwärts mit seinem Zustand. Haare fielen ihm büschelweise aus, er blutete aus allen Körperöffnungen, konnte seinen Stuhl nicht mehr halten. Es war wirklich schrecklich. Er verweste praktisch, obwohl er noch lebte. Trotzdem hatte ich Hoffnung. Dann kamen die Ärzte. Sie hatten einen Verdacht gehabt und dieser bestätigte sich nach ein paar Untersuchungen. Er war mit Thallium vergiftet worden. Weißt du, was an diesem Zeug wirklich schlimm ist?«

Sarah schüttelte den Kopf.

»Es ist ein Schwermetall, hochgiftig. Doch wenn man genug zu sich nimmt, gibt es schon bei einer einzigen Einnahme kein Zurück. Egal was man auch macht, man wird sterben. So war es auch bei meinem Mentor und Freund Horst. Er siechte über mehrere Tage im Krankenhaus dahin. Als es dem Ende zuging, war sein Gehirn, sein Verstand schon nicht mehr als Pudding. Bevor es aber so weit war, sagte er mir noch, dass er einmal Pralinen geschenkt bekommen hatte. Sie wären noch zu Hause in seinem Büro. Ich blieb bei ihm, bis es vorbei war. Er hat geschrien und geweint vor Schmerzen. Der Gestank, er war so widerlich. Selbst in meinen Träumen kann ich es noch riechen.«

»Darum dein Hang zu Parfum?«

»Ja ... Du hast es bemerkt. Ich bin dann schnell zu ihm nach Hause gefahren, habe diese Pralinen gesucht. Sie waren wirklich noch dort. Man sagt Kindern, sie sollen keine Süßigkeiten von Fremden annehmen, aber als Erwachsener lässt man anscheinend alle Vorsicht fallen. Sie lagen dort, er hatte vier Stück zu sich genommen. Aber dort, unter den Pralinen, fand ich noch etwas. Eine Karte. Eine Tarotkarte mit dem Teufel darauf, die gleiche, die wir auch bei den Mordopfern gefunden haben.«

Jetzt wurde Sarah eiskalt. Hatte der Killer schon einmal zugeschlagen?

»Es tut mir wirklich unendlich leid. Wo können wir diese Karte finden?«, fragte sie.

»Hier, die Pralinen habe ich auch. Ich wollte diesen feigen Mörder auf eigene Faust suchen.«

Sie gab Sarah eine Tüte aus Kunststoff. Darin waren eine Pralinenbox und die Karte mit dem Teufel.

»Du hast es nicht bei der Polizei angezeigt und einfach so Beweise an dich genommen? Bist du eigentlich völlig irre?«, entfuhr es ihr. »Dafür kannst du mehr als nur deinen Job verlieren«, fauchte Sarah sie an.

»Es tut mir leid. Ich war so wütend«, jetzt weinte sie wieder.

»Egal, lass mich mal machen. Wir finden eine Lösung, aber bei Baumeister wirst du mal Farbe bekennen müssen. Für alles Weitere finde ich schon einen Ausweg.«

Sie drückte Devi die Beweise in die Hand und schickte sie damit zum Wagen. Bei der Befragung brauchte diese Details ja niemand zu sehen und auch Fred wollte sie damit nicht belasten. Seine Karriere sollte nicht auch noch zerstört werden. Weitere fünf Minuten später öffneten sich die Tore zu der Luxusvilla und das Ermittlertrio wurde von einem Angestellten in das Haus gebracht.

König-Fischer

Hatte diese alte Villa schon von außen etwas Herrschaftliches, war sie im Inneren noch beeindruckender. Marmorboden, hohe Wände, Gemälde von längst verstorbenen Ahnen dieser Familie. Dunkles Holz an den Wänden, teure Lüster an den Decken, die Licht spendeten. Diese Eindrücke prasselten auf Sarah ein, während sie durch die Empfangshalle in eine Bibliothek gebracht wurden. Trotzdem bemerkte sie, wie der Angestellte, der sie dorthin brachte, seinen Tremor in der rechten Hand zu verbergen versuchte. Sein Äußeres war überhaupt ein wenig seltsam. Von einem Mann, der für eine Adelsfamilie arbeitete, hatte sich Sarah ein gepflegtes Erscheinungsbild erwartet. Seine Haare waren ungepflegt, er war auch nicht rasiert und dann kam immer wieder das Zittern seiner Hand dazu. Dennoch bestaunte sie dann den Raum, diese riesige Bibliothek. Sie war vermutlich größer als ihre eigene Wohnung. Die Regale waren gut und gerne fünf Meter hoch, auf einer Länge von weit über zwanzig Metern. Der Raum war einfach nur riesig und wunderschön. Die Regale waren voller Bücher und im Zentrum der Bibliothek stand ein wuchtiger Schreibtisch aus schwarzem Holz. Davor befand sich ein Ledersessel, der wahrscheinlich mehr gekostet hatte, als Sarah im ganzen Jahr verdiente. Aber Geld dürfte hier so und so keine Rolle spielen. In diesem Sessel saß ein hagerer, sehr großer Mann. Er erhob sich, sobald die kleine Gruppe auf ihn zusteuerte. Der Anzug, den er trug, war marineblau und ganz sicher maßgeschneidert. Alles war wirklich absolut stimmig, selbst seine Kurzhaarfrisur war perfekt. Einige graue Haare breiteten sich an den Schläfen aus, verliehen ihm aber Würde. Die Augen waren eisblau und stechend. Ohne dass er sich vorstellen musste, wusste Sarah, wem sie gegenüberstand. Hugo Ignaz König-Fischer höchstpersönlich hatte sie empfangen.

Er war groß, aber sehr schlank. Dann war es auch schon mit dem positiven Eindruck vorbei. Mit einem Blick, der einem das Blut in den Adern gefrieren ließ, musterte er die beiden Frauen und Fred. Sarah begann sofort sich unwohl zu fühlen. Hugo Ignaz strahlte eine sonderbare Kälte aus, an seiner Miene war nichts Freundliches oder Liebenswertes abzulesen. Der Blick, mit dem er sie bedachte, war der, den andere Menschen höchstens einem Insekt zuwarfen, wenn es sich gerade aus einem dunklen Spalt in das Licht der Welt traute. Kurz bevor man es mit einer eingerollten Zeitung erschlug. Ungefähr wie ein solches Insekt fühlte sie sich jetzt gerade.

»Guten Tag! Meiner Familie war es schon immer wichtig zuerst der Krone und später der Regierung zu dienen. Damit auch der Polizei. Meine Zeit ist begrenzt, also, wie kann ich Ihnen helfen?«, begann er das Gespräch.

Fred hielt ihm die Hand zu Begrüßung hin, wollte sich dabei vorstellen. König-Fischer beachtete ihn noch nicht einmal und durchbohrte Sarah mit einem tiefen Blick.

»Danke für Ihre Zeit, also wie Sie vielleicht erfahren haben, ist in einer Ihrer Immobilien ein Mord verübt worden. Bei einem weiteren Fall wurde Ihr Sohn als eine Art Zeuge benannt. Dazu hätten ...«, sagte Sarah. Ihre Stimme strahlte Unsicherheit aus.

»Natürlich weiß ich davon. Eine wirklich sehr schlimme Sache. Selbstverständlich werden wir den Hinterbliebenen helfen, die Unterkunft renovieren und die anderen Jugendlichen optimal betreuen. Meine Anwälte werden Ihnen natürlich immer mit Informationen zur Seite stehen. Sie, Frau Spielmann, können mit Herrn Heintz zu meinem Sohn gehen. Er und seine Mutter sind vermutlich in seinem Zimmer, da sie ihm Hausunterricht angedeihen lässt. Ihre beiden Kollegen dürfen solange in der Halle warten«, sprach er sehr nasal.

Diese näselnde Aussprache bemerkte Sarah erst jetzt, ganz davon abgesehen, dass er ihr gerade mitteilte, dass auch er seine Informanten hatte. Schließlich hatte sie sich noch gar nicht vorgestellt. Mit einem letzten Blick voller Verachtung blickte er in die kleine Runde und deutete seinem Angestellten mit einem Kopfnicken an, dass er sie zu seinem Sohn bringen sollte.

Der Weg war doch erstaunlich weit, bedachte man, dass sie sich immer noch in einem Haus aufhielten. Es schien ihr der Westflügel dieses Anwesens zu sein. Heintz hielt vor einer hohen, schwarzen Türe. Fest klopfte er dreimal an.

Eine Frau, auch sehr schlank und mit einer ebenfalls perfekten Frisur, öffnete und blickte Sarah milde an. Karoline König-Fischer dürfte wohl die Gütige dieser Familie sein. Wie sie es mit einem Mann wie Hugo Ignaz aushalten konnte, erschloss sich Sarah nicht. Hatte wahrscheinlich ein paar Millionen gute Gründe. Sie schien aber nicht viel jünger als ihr Mann. Diesen schätzte Sarah auf Mitte sechzig, vielleicht war Karoline doch etwas jünger.

Sie lächelte Sarah an.

»Kommen Sie rein. Wir waren mit dem Unterricht ohnedies schon fertig. Mein lieber Sohn kann ja den Rest dann alleine lernen.«

»Vielen Dank«, damit betrat Sarah das Zimmer.

Auch dieser Raum war riesig, ebenfalls größer als eine einzelne Wohnung. Auf der linken Seite reihten sich Terrarien aneinander. Sarah hatte wenig Lust, die Bewohner kennenzulernen. Auf der Hinterwand des Zimmers war die gesamte Wand ebenfalls ein einziges, großes Buchregal. Es mussten einige hundert Exemplare sein.

»Dreihundertachtzig«, beantwortete eine junge Stimme diese nie gestellte Frage.

»Danke, du musst also Arthur sein.«

Der Junge sah wie sein Vater aus. Nach ihren Informationen war er gerade einmal dreizehn Jahre alt, doch schon jetzt über einen Meter achtzig groß. Er wirkte deutlich älter. Sein Blick war der seines Vaters. Eiskalt und lauernd. Kein Lächeln kam über seine Lippen und er schickte sich auch nicht an, Sarah die Hand zu reichen.

»Mutter, du kannst ja schon mal zu Vater gehen. Ich mache das hier schon.«

»Also eigentlich muss ein Elternteil bei der Befragung anwesend sein«, protestierte Sarah.

Arthur schürzte verächtlich die Lippen.

»Für den Fall, dass Sie mir eine Falle stellen und mich einsperren wollen? Da wünsche ich Ihnen viel Glück«, meinte er überheblich. Die Stimme selbst war immer noch die eines Kindes.

»Ach, Frau ...«

»Spielmann.«

»Frau Spielmann, unser Arthur wird hier unterrichtet, weil er einfach viel zu weit ist für eine reguläre Schule. Einige Freunde von uns, Professoren aus diversen Universitäten, kommen hierher und lernen mit ihm.«

»Für die Matura?«, wollte Sarah überrascht wissen.

Arthur lachte laut auf.

»Nein, dafür habe ich keine Hilfe gebraucht und sie schon vor zwei Jahren gemacht. An einer Privatschule, versteht sich. Dann wurde ich Mitglied bei Triple Nine«, erklärte er Sarah.

Davon hatte sie noch nie etwas gehört.

»So etwas wie Mensa? Ein Klub für extrem intelligente Menschen?«, wollte sie wissen.

»Sehr brav, sie scheinen ja eine tolle Allgemeinbildung zu haben. Ja, in der Art. Neunundneunzig Komma neun Prozent der Menschen würden diesen Aufnahmetest nicht bestehen. Und jetzt muss ich halt meinen Verstand schärfen. Ich stehe ja quasi noch am Anfang meiner Karriere. Mutter, du kannst jetzt gehen.«

Karoline ging leise aus dem Zimmer. Die Atmosphäre kühlte ein gutes Stück weiter ab und Sarah begann sich sehr unwohl zu fühlen. Dieser Junge strahlte dieselbe Kälte wie sein Vater aus, gepaart mit einer überdurchschnittlichen Intelligenz.

»Ich wollte nur fragen, wie ein Bursche aus so gutem Hause zu einer

Freundschaft mit dem in eher bescheidenen Verhältnissen lebend Nikolas Preetz kommt.«

»Ganz einfach, meine Familie hat diesem Land schon seit Jahrhunderten sehr viel zu verdanken. Wir waren uns unserer Verantwortung immer bewusst. Also unterstützen wir sozial schwache Menschen. Wir haben das Krankenbett für seinen Bruder gekauft, zahlen Nikolas einen Nachhilfelehrer und ab und zu unternehme ich etwas mit ihm. Er muss ja auch mal raus aus diesem Loch. Ach Gott, wie Menschen nur so leben können.«

Keine Regung, nicht mal ein Zucken im Gesicht. Noch weniger echtes Mitleid. Er spielte es Sarah noch nicht einmal vor.

»Wie großzügig! Ja, diese Menschen suchen es sich halt nicht immer aus. Warum denkst du, ist gerade jetzt Justin Bartner ermordet worden?«

»Eine wirklich hervorragende Frage, auf die sollten sie möglichst schnell eine Antwort finden. Eine derartige Dynamik, sofort folgte ein weiterer Mord, zeugt von einer Steigerung. Ich habe natürlich nur ein wenig Fachliteratur dazu geschmökert, aber danach wird das Morden wohl noch weitergehen. Wobei der Grund, ja, der Grund ist doch in allen Fällen immer sehr spannend. Vielleicht einfach, weil eines Morgens ein Mann aufgestanden ist und sich dachte, heute wäre ein guter Tag für einen Mord? Einfach nur, weil er es konnte?«

Sein Blick lauerte auf ein Anzeichen von Schwäche bei Sarah, das konnte sie richtig spüren. Mit hochbegabten Menschen hatte sie noch nie wirklich viel zu tun gehabt, doch vor diesem Jungen entwickelte sie allmählich Angst.

»Kommen Sie, ich möchte Ihnen etwas zeigen«, sagte er und wandte sich zu den Terrarien.

Widerwillig folgte Sarah ihm.

»Ich fand Schlangen und Reptilien schon immer sehr faszinierend. Sie leben völlig unabhängig und sind in der Natur perfekte Jäger. Geboren, um zu töten. Allen voran liebe ich Schlangen. Ich habe hier eine sehr ausgewählte Sammlung an Würgeschlangen, eine schöner und anmutiger als die andere. Diese Tiere hier sind in Gefangenschaft geboren worden. Noch nie haben sie den Dschungel gesehen, die Beutetiere dort gerochen. Doch wenn Sie nun in das untere Terrarium hineingehen sollten, meine Anakonda würde sie ohne zu zögern töten. Keine Gefühlsregung, kein Innehalten. Keine Zähmung. Selbst Löwen kann man dressieren, ihnen Zirkustricks beibringen. Niemand würde sich logischerweise in ein Gehege voller Löwen begeben, doch man kann ihnen einen großen Teil ihrer Wildheit nehmen. Sie brechen, formen und manipulieren. Diese Tiere hier nicht. Egal, wie oft ich mit ihnen arbeite, sie pflege und ihnen ihr Futter gebe. Bei dem kleinsten Fehler würden sie mich packen und mit ihrem Körper umarmen. Zugegeben, es wäre eine sehr letale Umarmung.«

In seinem Auge funkelte es, Sarah erkannte zum ersten Mal seit sie dieses Gespräch führten eine wirkliche Leidenschaft. Sie konnte nur nicht deuten, ob es an der Gefahr lag, dem Tod oder an den Tieren.

»Wirklich sehr interessant. Du kennst Nikolas also nur durch das Wohlwollen deiner Familie, hast du sonst auch Kontakt zu ihm?«

»Ich bitte Sie, wie stellen Sie sich das vor? Soll ich die Familie Flodder zu uns nach Hause einladen? Grillen wir dann ein Spanferkel und singen volkstümliche Lieder vor einem Lagerfeuer? Natürlich habe ich nur Kontakt, wenn ich ihn haben muss. Das sieht unser Protokoll nun einmal vor. Schließlich muss man der Gesellschaft ja auch etwas zurückgeben, sagt mein Vater immer. Ich war aber noch gar nicht mit meinen Tieren fertig. Sehen Sie mal.«

Er griff in eine Box, die etwas seitlich stand. Diese hatte Sarah noch gar nicht bemerkt, er zog geübt eine weiße Ratte hervor und betrachtete sie. Das Tier versuchte sich aus der Hand zu befreien, aber es ging alles viel zu schnell. Arthur öffnete eines der Terrarien und warf das Nagetier hinein. Oben, auf einem waagerechten Ast, hatte sich eine giftgrüne Schlange zusammengerollt und erwachte nun aus ihrer Starre. Sie züngelte aufgeregt, fixierte das hilflose Tier und schlängelte sich langsam vorwärts.

»Jetzt müssen Sie gut aufpassen. Eine Doppel-S-Haltung. Sie geht zum Angriff über«, erklärte er. Der Junge war ganz fasziniert von diesem Schauspiel.

Kaum waren die Worte ausgesprochen, schoss der Körper der Schlange hervor, packte die Ratte und rollte sich ein. Ein verzweifeltes Quieken erklang, doch es erstarb nach wenigen Sekunden. Die Beine des Tieres zuckten unkontrolliert und es verlor sogar die Kontrolle über seine Blase. Es pinkelte die Schlange voll und nach ein paar weiteren Zuckungen erstarb das Tier.

»Ähm ... ja ... Danke dafür. Wie gut kennst du Lukas Klaussen?«, wollte Sarah wieder zum Wesentlichen kommen.

»Den zweiten Toten? Gar nicht, tut mir sehr leid.«

Mit der Ratte starb auch jedes weitere Interesse an Sarah und ihren Fragen.

»Wie Ihnen mein Vater aber sicher mitgeteilt hat, haben wir sehr freundliche Anwälte. Bei Fragen können Sie die ja nerven.«

Wie auf einen unsichtbaren, lautlosen Befehl kam der Angestellte Heintz in den Raum und deute Sarah an, dass es Zeit war zu gehen.

»Liebe Frau Spielmann, wie war es eigentlich, diesen Serienmörder abzuknallen?«, wollte Arthur plötzlich wissen.

»Das geht einen Minderjährigen ja wohl gar nichts an. Triple Nine hin oder her.« Sie versuchte möglichst unterkühlt zu klingen. Er hatte ohne Probleme ihren wunden Punkt gefunden und auch getroffen. Diese Genugtuung wollte sie einem Teenager nicht geben. Sie eilte zu ihren Kollegen, die schon sehr ungeduldig auf sie warteten. Heintz brachte die Ermittler wieder nach draußen und sie fuhren zurück zum LKA.

»Was war da los?«, wollte Fred wissen.

»Ehrlich gesagt, ich weiß es nicht. Dieser Arthur aber auch sein Vater sind mir nicht geheuer. Ich habe noch nie ein derartiges Kind erlebt. Sollte Freddy Krueger Albträume haben, dann vermutlich von dieser Familie.«

So ging es zurück zum LKA Ost. Die Zeit war schnell vergangen und wie es im Winter üblich war, wurde es schon sehr früh dunkel. Der Hunger meldete sich auch langsam. Sarah war froh über die sogenannte Jause von Elisabeth. Sie versuchte, ihre dunklen Gedanken zu verscheuchen. Es war einfach viel angenehmer an die Herzlichkeit von Eli zu denken als an diese reiche, kalte Familie. Dies gab ihr Kraft, hellte auch gleich wieder ihre Laune auf. Selbst die Begegnung mit Arthur König-Fischer war für sie plötzlich surreal und weit weg. So konnte sie wieder neue Energie schöpfen und sich an die Arbeit machen. Ihre positive Einstellung sprang sogar auf Fred über. Er hatte kurz mit Elian telefoniert und war auch sichtlich besser aufgelegt. Voller Enthusiasmus machten sie sich auf den Weg zurück zum Landeskriminalamt, um endlich diesen irren Mörder aufzuhalten.

Zu diesem Zeitpunkt waren schon Vorbereitungen getroffen worden, die diesmal ein noch schrecklicheres Verbrechen einleiten sollten.

Schrottplatz

Mike wurde langsam ungeduldig. Es war schon spät und eiskalt. Natürlich hätte er das Seitenfenster seines Wagens schließen können, aber er wollte lieber eine Zigarette rauchen. Ein aufgeheiztes Auto, welches nach dem ganzen Qualm roch, konnte er auf den Tod nicht ausstehen. Die Nächte blieben konstant kalt, seit einiger Zeit war es nun schon so und wenn man dem Wetterbericht Glauben schenken konnte, würde es auch noch ein paar Wochen so weitergehen. Sein Bruder Paul war noch immer nicht zu sehen, was aber der defekten Straßenbeleuchtung zumindest teilweise geschuldet war. Im Normalfall gingen die Deals recht schnell über die Bühne. Leider hatten sie diesmal kaum Bargeld auftreiben können. Ihr Kontakt prüfte Objekte wie Handys oder Uhren, MP3-Player, Schmuck und sonstigen Tand immer sehr genau. Danach erhielt man aber trotzdem kaum Geld dafür. Nur konnte man sich schlecht beschweren. Wohin denn sonst mit heißer Ware? Schließlich brauchten sie nicht nur die Kohle zum Leben, sondern auch etwas Gras und Koks für ihre Partys.

Dieses Zeug konnten sie sich nicht von ihrer versoffenen Tante erhoffen. Dort lebte er jetzt schon seit fast fünf Jahren mit seinen Brüdern. Geändert hatte sich aber nicht sehr viel für sie alle. Gut, ihre Eltern hatten sich einen goldenen Schuss gesetzt und lagen jetzt ein paar Meter tiefer. Die Lebensumstände waren fast gleich geblieben. Ihre Tante hatte schon immer gerne etwas getrunken, doch mit dem Tod ihrer Schwester hatte sie dann so richtig eine Karriere in Richtung Leberzirrhose gestartet. Mike war es ziemlich egal. Wichtig waren nur

Paul und Gilbert. Die Drillinge wurden auf der Straße gerufen, wobei Mike mit seinen achtzehn, ja bald neunzehn Jahren, der Älteste war. Seine Brüder waren aber wirklich Zwillinge. Ihre ewig süchtige und überforderte Mutter hatte sich wohl gedacht, ein kleines Kind alleine reicht nicht aus, da braucht es schon noch Zwillinge. Seit er denken konnte, hatte er sich um seine Brüder gekümmert. Wenn jemand Stress machte, dann klärte er es auf seine Weise. Was so viel hieß wie blutige Lippen für seine Gegner. Sein Vater, wenn man diesen Typen je so nennen wollte, hatte ihnen einzig die Bedeutung von schnellem Geld beigebracht. Schule war etwas gewesen, wo sie sich maximal etwas von den anderen Schülern holen konnten. Schutzgeld, Smartphones oder ab und an auch neue Kleidung. Sicher war dies auch einer der Gründe, warum sie alle relativ bald keine Schule mehr besuchten.

Was aber auch nicht notwendig war. Seine Ideen begannen langsam zu greifen. Immer wieder knackten sie Kellerabteile in Wien, denn man mochte gar nicht glauben, was die Leute so alles in ihren Kellern hatten. Fahrräder, Skiausrüstungen oder sonstiges Zeug.

Allerdings brauchte man natürlich auch einen Hehler, denn wo sollte man alles zu Barem machen? Die Dealer der Stadt waren nicht sehr empfänglich für Sachspenden, zusätzlich war es auch besser, bei ihnen keine Schulden zu haben. Mike war nicht so dumm, wie viele vielleicht dachten. Er kannte einfach die Regeln der Straße, das Recht des Stärkeren. Ein Dealer mit einer Knarre war nun mal stärker als er mit seinem Totschläger. Einfache Rechnung. Doch vor Kurzem hatten seine Brüder ein altes Abbruchhaus am Rande von Wien gefunden. Dies bot sich ideal für eine Plantage an. Nur brauchten sie auch das notwendige Geld, um die Ausrüstung zu kaufen, denn die Pflanzen mochten es sehr warm und benötigten eine hohe Luftfeuchtigkeit. Die Sache mit einer Waffe wollte Mike dann in ein paar Wochen klären. Er hatte einen älteren Mann ausgekundschaftet, der unvorsichtigerweise bei einem Würstelstand von seiner Waffensammlung gesprochen hatte. Vollkommen betrunken hatte er damit geprahlt. Auch ein paar Stücke aus der Nazi-Zeit wollte er angeblich sein Eigen nennen, aber das war Mike herzlich egal. Eine Knarre, vielleicht sogar ein Gewehr und Munition. Darauf kam es ihm an.

»Scheiße Mann, mach doch mal das Fenster zu. Ich frier mir hier den Arsch ab«, meldete sich Gilbert von der Rückbank.

»Halts Maul! Ich rauche jetzt gerade eine. Siehst du doch.«

Sein Bruder verstand nur den harten Tonfall. Gilbert konnte sehr schnell aufmüpfig werden, wenn er glaubte, die Oberhand zu gewinnen. In dieser Hinsicht hatte er viel mit einem Hund gemeinsam. Man musste ihm regelmäßig zeigen, wer der Herr im Hause war. Dabei genügte ein scharfes Wort von Mike. In Wirklichkeit sah Gilbert zu seinem Bruder auf, bewunderte seine Entschlossenheit und Stärke. Mike konnte auch wirklich bedrohlich sein. Seinen Körper hatte er schon immer trainiert, die Haare rasierte er sich regelmäßig ab. Bullig und mit fast einem Meter neunzig wirkte er wie ein Mann, bei dem man lieber die Straßenseite wechselte. Was in der Regel auch besser war, es sei denn man wollte eine Tracht Prügel haben.

Gilbert war wie Paul eher schmächtig. Vielleicht lag es auch an dem Crack oder dem anderen Zeug, das sich seine Mutter reingezogen hatte, als sie mit den beiden schwanger war. Doch während Paul ruhig und besonnen war, konnte Gilbert leicht austicken. Nur zu gerne zückte er ein Messer und wenn man ihn herausforderte, dann verwendete er es auch. Manchmal auch dann, wenn man eigentlich kooperieren wollte. In diesen Situationen musste Mike dann schnell reagieren. Einschüchtern und ausrauben war eine Sache, Mord eine ganz andere. So waren sie nur eine Diebesbande von vielen in dieser Stadt, meist vermutete die Polizei ohnehin die Täter im östlichen Europa. Ein großer Vorteil für die drei. So konnten sie nach ihren Raubzügen im zehnten Bezirk untertauchen und wenn nach ein paar Tagen alles wieder ruhiger geworden war, die Ware zu Geld und zu Drogen machen. So wie heute Abend.

Jeder Winkel einer Straße musste unter Beobachtung stehen, man hätte sich Augen im Hinterkopf zulegen müssen. Immerhin warteten die Feinde und Neider nur darauf, einem ein Messer in den Rücken zu jagen. Im Prinzip wusste Mike so einiges, hatte er doch den Traum, eines Tages ein mächtiger Gangster zu sein. Nicht so wie es die Rapper besingen, auch wenn er gerne ihre Musik hörte. Die verdienten ihr Geld mit ihrer Musik. Er wollte das echte, harte Leben. Macht, Einfluss und Respekt auf der Straße.

Er sah weiterhin in die Dunkelheit, aus der sein Bruder Paul schon längst hätte auftauchen müssen, was wohl auch der Grund war, wieso er die schwarzen Gestalten mit den Puppenmasken in den Gesichtern im Seitenspiegel nicht wahrnahm. Sie kamen langsam auf den Wagen zu, ganz ohne Eile. Es schien so, als wüssten sie um die Aussichtslosigkeit einer Flucht. Dabei war Mike ein gefährlicher Gegner. Er war aber abgelenkt, denn in dem spärlichen Licht einer weiter entfernten Straßenlaterne konnte Mike eine Bewegung ausmachen. Es war sein kleiner Bruder Paul. Er schien sich stockend vorwärts zu bewegen. Wie ein Betrunkener wankte er unsicher von links nach rechts. Immer wieder griff er sich an den Kopf und schien mit sich selbst zu reden. Fast so, als könnte er nicht glauben, was gerade mit ihm passiert war

Mike zog an seiner Zigarette, die Glut leuchtete auf. Er inhalierte den Rauch ganz tief in seine Lunge. Das Nikotin verursachte ein Feuerwerk in seinen Synapsen. Langsam dämmerte es auch ihm.

»Hey, kleiner Bruder! Komm endlich her. Was ist los mit dir?«, rief er.

Paul reagierte nicht auf seinen Ruf, er wankte einfach weiter auf das Auto zu. Nun trat eine weitere Gestalt in das Licht. Mike bekam große Augen, als er sah, was sie vorhatte.

Mit einem heftigen Schlag auf den Kopf wurde Paul wie ein Boxer ausgeknockt. Er fiel wie eine Puppe genau auf sein Gesicht.

»FUCK! Du mieser Wichser!«, schrie Mike und warf die Zigarette aus dem Fenster.

Sein Versuch den Wagen zu verlassen wurde mit einem Elektroschocker unterbunden. Sein Körper verkrampfte sich und es war ihm noch nicht einmal möglich, diese Puppengesichter mit allen möglichen Ausdrücken zu verfluchen. Blieb also nur noch Gilbert, der mit seinem Messer schon bei weit weniger bedrohlichen Momenten einen Schritt zu weit gegangen war. Gilbert riss die Tür auf, sah zu Paul und wieder zu Mike. Zwei Angreifer, zwei Brüder, die seine Hilfe benötigten. Er zögerte einen Augenblick lang. Dieser Bruchteil einer Sekunde war bereits zu viel. Von der rechten Seite hatte sich ebenfalls eine Gestalt in Schwarz und mit einer Maske angeschlichen. Ein wuchtiger Hieb auf seinen Kopf beendete seine Rettungsaktion, noch bevor sie begonnen hatte. Im Fallen bekam er noch einen Stoß versetzt, der ihn auf die Rücksitzbank des gemeinsamen Autos fallen ließ.

Auch Paul wurde zum Wagen gezerrt und auf den Beifahrersitz verfrachtet. Dann begannen die unheimlichen Puppengesichter damit, ihre Opfer im Fahrzeug zu fesseln. Fliehen sollten sie auf keinen Fall, denn es wartete noch etwas weit Schlimmeres auf die Kerle.

Dröhnende Kopfschmerzen weckten Mike auf. Er konnte sich im ersten Moment kaum erinnern, wo er genau war. Ein Licht blendete ihn, es war genau auf ihn konzentriert. Allmählich gelang es ihm aber, Konturen zu erkennen. Er war in seinem Wagen, stand irgendwo drinnen. Die Fahrerseite war aber frei, doch auf der Beifahrerseite baute sich eine Art Wand auf. Er konnte sich jedoch nicht bewegen. Paul und Gilbert wachten auch gerade auf. Da kam Mike auch wieder diese Gestalt in den Sinn. Sie hatte Paul eins über den Schädel gezogen.

»Ihr Pisser, wenn ich euch in die Finger bekommen ...«, stöhnte er.

Als er sich aufrichten wollte, um aus seinem Auto zu kommen, bemerkte er erst, dass dies nicht möglich war. Er war am Fahrersitz festgebunden worden. Mit einem Klebeband war er von den Schultern bis zur Hüfte festgeklebt. Paul ging es auch so. Gilbert konnte er nicht sehen, aber da er hektisch hinter ihm hin und her ruckte, musste auch er gefesselt sein.

Mehrere Personen bewegten sich an der Fahrerseite des Autos auf und ab.

»Hört mal, ihr wisst echt nicht, mit wem ihr es zu tun habt!«, seine Stimme überschlug sich. Er kam nicht so bedrohlich rüber, wie er es sich gewünscht hatte. Sein Atem wurde nun schneller und Adrenalin machte sich in seinem Körper breit. Das Licht wurde etwas gedimmt. Mike, Paul und Gilbert konnten nun einen Blick auf die Typen vor ihrem Wagen werfen. Sie waren ganz in Schwarz gekleidet, hatten eine Kapuze hochgezogen und ihre Gesichter waren hinter Masken versteckt. Sie sahen aus wie lebendige Puppen. Direkt aus einem Horrorfilm entsprungen.

»Scheiße ... Was geht hier ab ...«, stammelte Gilbert ängstlich.

»Lasst uns gehen.«

»Ja ... uns ... lasst uns ...« Paul war noch immer benommen. Vielleicht hatte er ja sogar eine Hirnverletzung, dachte sich Mike.

Als Antwort ertönte ein mechanisches Lachen. Es klang wie eine Clownspuppe und erinnerte Mike nur noch mehr an einen Horrorfilm. Der leider gerade sehr real geworden war. Das Lachen ertönte immer wieder. Kaum endete es, ertönte es von Neuem. Es erinnerte Mike jetzt wieder an früher. Sein Vater hatte mal so einen Lachsack geschenkt bekommen. Es klang in etwa so. Er atmete nun immer hektischer. Diese Typen blickten sie nur eiskalt an, sagten kein Wort und dann drückten sie alle gleichzeitig auf einen roten Knopf.

Surrend begann sich etwas zu bewegen. Es klang wie eine große Maschine und sie waren wohl genau in ihrem Zentrum. Es war so laut, dass er kaum das hysterische Schreien von Gilbert hören konnte. Etwas knirschte. Es klang nach Metall.

Dann kam das Dach seines Autos auf sie zu. Immer tiefer wurde es gedrückt und Mike dämmerte jetzt, wo sie waren. In einer Schrottpresse.

»Hört auf!«, kreischte er verzweifelt.

»Ihr könnt alles haben. Wir haben Geld, Koks. Egal was. Lasst uns gehen. Wir sagen auch nichts.«

Kalte, regungslose Puppenmasken starrten sie stumm an. Das Dach kam näher, die Windschutzscheibe knirschte, sprang und wurde blind. Die Seitenscheiben bei Paul zerplatzten und rieselten auf ihn nieder. Er war wieder ohnmächtig geworden, sein Kopf hing leblos nach unten.

Mike versuchte sich kleiner zu machen, was ihm durch seine gefesselte Position natürlich nicht gelang. Immer tiefer kam das Dach, es berührte nun schon seinen Kopf und langsam aber unerbittlich wurde er in den Sessel gedrückt.

»Hilfe! Warum?«, schrie er verzweifelt, die Stimme schrill und voller Angst.

Gilbert weinte bitterlich auf der Rücksitzbank.

Die Presse senkte sich unaufhaltsam ab. Unter dem Auto der Brüder befand sich ein alter Wagen und auch über ihnen stand ein zu verschrottendes Auto. Sie waren in einer tödlichen Falle und hatten nicht den Hauch einer Chance.

Das Flehen um Gnade wurde zu einem hysterischen Schreien, bald schon war das Dach auf Höhe der Autotüren. Diese wurden allmählich ebenfalls nach unten gedrückt und verbogen sich unter der Last. Noch war es aber nicht zu Ende. Die Schrottpresse drückte unaufhaltsam nach unten, quetschte das obere Auto auf das der Brüder. Die Schreie erstickten mit einem gurgelnden Geräusch. Knochen knirschten und brachen mit einem furchtbaren Lärm. Blut spritzte hoch, eine Arterie war anscheinend verletzt worden. Wäre man näher dran gestanden, hätte man den Kot und den Urin riechen können, der aus den Körpern der Jungen gepresst wurde. Ihre Knochen wurden zermalmt, splitterten und ein roter Einheitsbrei aus Blut, Gehirn und Sekreten verteilte sich in dem Fahrzeug und in der unmittelbaren Umgebung. Doch erst als der Wagen in der Mitte fast nicht mehr zu sehen war, stoppten die Puppengesichter den Vorgang. Die Presse bewegte sich wieder nach oben. Davon unbeeindruckt waren sie schon wieder in der Nacht verschwunden. Nur eine andere Gestalt löste sich aus dem Dunklen.

Still hatte sie das schaurige Bild betrachtet. Die Person nahm ein Handy heraus und die eingebaute Taschenlampe erleuchtete die Szene. Blut tropfte aus dem Wagen, ein dünner, aber stetiger Rinnsal bahnte sich seinen Weg. Sie schritt näher und suchte auf der Fahrerseite, wo einmal eine Türe gewesen war, nach einer Lücke. Es gab eine winzige Öffnung und durch diese steckte sie ihre Hand und machte dann ein Foto vom Innenraum. Wenn man diesen noch so nennen konnte. Man konnte auf dem Bild aber nur den Ausschnitt eines Körpers und Blut erkennen. Manche weißen Stellen mochten Knochen gewesen sein. Im Grunde war es aber auch egal. Die Schockwirkung für die nach Blut lechzende Internetgemeinde war wichtig. Das Video und dieses Foto würden ihre Wirkung sicher nicht verfehlen.

Zum Abschluss steckte die Gestalt noch eine Karte in die Öffnung des Autowracks. Wieder war es eine Tarotkarte mit dem Abbild des Teufels.

Ein Gefühl von Hilflosigkeit.

Im Grunde waren die unzähligen Kollegen sehr gut vorangekommen. Dutzende Videos waren ausgewertet worden, sogar das letzte Opfer von Lukas Klaussen konnte identifiziert werden. Das rothaarige Mädchen hatte er zum Oralsex gezwungen, die Vermutung lag also sehr nahe, dass man ihre DNS-Spuren auf ihm finden würde. Noch war sie nicht vernommen worden, Sarah konnte allerdings ihren Namen relativ schnell herausfinden. Die Mitarbeiter dieser Betreuungseinrichtung zeigten sich äußerst kooperativ. Unter Umständen lag es an dem Besuch bei Familie König-Fischer, da war sich Sarah aber nicht so sicher. Weitere Kopfschmerzen bereitete ihr die Sache mit den Beweismitteln bei der Todessache Horst Lesch. Baumeister selbst kam zur Überzeugung, dass weder das Krankenhaus noch Anandita die Situation richtig eingeschätzt hatten. Da die Sache in ihre Zuständigkeit fiel, wurde Horst Lesch als mutmaßliches Opfer ihres Killers gewertet und die Pralinen forensisch untersucht. Damit stellte sich nun die Frage nach dem Motiv. Die Familie Preetz hatte zu diesem Richter keinen Kontakt gehabt. Selbst König-Fischer war nach ersten Informationen nie mit Richter Lesch konfrontiert gewesen. Auch wenn Simon Baumeister nicht sonderlich begeistert war, sie standen wieder am Anfang.

»Liebe Frau Devi, dies hier geschieht zum ersten und auch zum letzten Mal. Noch so eine Verfehlung und sie müssen die Suppe ganz alleine auslöffeln. Hier geht es aber um wichtigere Dinge, niemand will eine Hexenjagd in den eigenen Reihen. Verstanden?«, ermahnte er sie.

Anandita nickte zerknirscht und machte sich danach wieder an ihre Arbeit.

Fred hingegen versuchte immer noch die Spuren auszuwerten, einen Fehler zu finden. Schließlich war niemand perfekt, irgendwann musste dieser Luzifer ja etwas falsch machen. Zusätzlich nahmen sich die beiden vor, am nächsten Tag mit dem rothaarigen Mädchen, sie hieß Conny Hauser, ein ernstes Gespräch zu führen. Sie hatte sich der ersten Befragung entziehen können. Und dann wäre mal wieder eine Unterhaltung mit Selina Bruckner fällig.

»Sag mal, Sarah, haben wir von der lieben Frau Bruckner eine Handynummer?«, wollte Fred wissen. Er flüsterte es beinahe.

»Ja, also so eine offizielle Nummer halt. Vermutlich ihr Diensthandy oder so.« Sie gab ihm beiläufig die kleine Karte, auf der sie notiert war.

»Sehr fein, dann mache ich mal was. Bleibt es unser großes Geheimnis?«, fragte er mit einem gekünstelten Verschwörungstonfall.

»Ich verstehe eigentlich nicht so wirklich, was du machen willst. Technikzeugs?«

»Genau. Wenn man so Freunde hat wie ich, kann man diverse Programme benutzen. Damit schicke ich ihr eine SMS, die sie aber niemals wahrnehmen wird. Mit Hilfe dieser kleinen Errungenschaft kann ich mich dann in ihr Telefon hacken und komme so vielleicht an ihren Informanten.«

»Das geht? Big Brother ist ja ein Dreck dagegen.«

Sarah war ehrlich erstaunt, fast ein wenig beunruhigt. Davon hatte sie noch nie etwas gehört.

»Logisch, wie denkst du denn werden so moderne Smartphones überwacht? Eine Freundschaftsanfrage schicken? Keine Panik, niemand wird es merken.«

»Wie erklären wir dann diverse Hinweise?«

»Da kommst du ins Spiel. Wer könnte besser eine Zeugin, selbst so eine Superreporterin, besser in die Mangel nehmen als Sarah Spielmann, die Heldin aus dem Moor.«

»Sehr witzig. Tu, was du tun musst. Lass dich dabei bloß nicht erwischen. Wehe, du zapfst mein Handy eines Tages an, dann kannst du was erleben, Freundchen!«, drohte sie Fred und zwinkerte ihm dabei zu.

»Nebenbei bemerkt, ich würde dich und Christoph gerne zu einem Besuch am Christkindlmarkt einladen. Elian und ich würden euch gerne was sagen.«

»Okay, worum geht es? Elisabeth, Christophs Mutter, ist auch da, könnten wir sie mitnehmen?«, wollte Sarah wissen.

»Logisch, jetzt wo du so ein Familienmenschen wirst, muss ich es ja unterstützen. Ich gebe dir noch Bescheid. Vielleicht per SMS!«, schmunzelte Fred.

Das Treffen rückte jedoch in weite Ferne, denn schon blickten einige Kollegen fassungslos auf die Monitore ihrer PCs. Luzifer war wieder online, diesmal hatte er kein Rätsel für die Polizei. Keine Möglichkeit, Menschleben zu retten. Es war ein Video, noch schrecklicher als die Bilder davor. Fred setzte sich zu Sarah, dann, auf einen Wink von Baumeister hin, ging auch sie mit ihrem Computer online.

Spirale der Gewalt

In der gesamten Abteilung des Landeskriminalamtes Ost war es still. Man hätte sogar eine Stecknadel auf dem Boden aufkommen hören. Die Bilder hatten sogar die abgebrühtesten Kollegen kalt erwischt. Niemand wollte so recht glauben, dass dies gerade wirklich passiert war. Selbst im Internet, unter dem Video, gingen hitzige Diskussionen los. War es ein Fake, oder hatte die Welt gerade einen brutalen Mord live verfolgt? Die Diskussion war lächerlich, schließlich hatte dieser Luzifer schon längst klar gemacht, dass dies hier kein Spaß war.

»Der Wichser spielt mit uns. Mal eben sollen wir ein Rätsel knacken, jetzt tötet er wieder live und es gibt nicht einmal eine neue Warnung, die uns Hinweise liefern könnte. Wir wissen nicht mal, wo wir suchen müssen.« Es war Sarah, die ihre Fassung wiedergefunden hatte. Die Mehrheit der Kollegen sah sie an, als hätte sie jetzt die entscheidende Idee. Noch war es auch für Sarah ein Rätsel, nur eine andere junge Frau wusste anscheinend wieder mehr. Ein Bericht ging online, von einer Reporterin, die Sarah nur zu gut kannte. Selina Bruckner meldete sich soeben live vom Tatort.

»Fred, knack ihr verdammtes Handy. Meine Geduld ist erschöpft. Wirklich, diese Schnüfflerin wird mich sehr bald kennenlernen!« Sie stand auf und machte sich auf den Weg.

»Wo willst du hin?« Fred lief ihr nach.

»Zu diesem Tatort, du findest raus, wo ihr Handy ist und dann reden wir mal mit ihr. Wenn du mehr weißt, holen wir das BKA und praktisch jeden Polizisten in Wien hinzu. Ich habe es satt, hinter Luzifer Leichen wegzuräumen. Jetzt ziehen wir andere Saiten auf.«

»Klar, ich weiß nur nicht so ganz, was ich machen soll. Im Handy bin ich drin, aber die Nummern kenne ich natürlich auch nicht.«

»Kopiere sie alle und dann machen wir es ganz altmodisch. Mit anrufen. Los jetzt, sag mir, wo wir sie finden.«

In Wien gab es einige solcher Schrottplätze, doch mit dieser Presse war einzig ein etwas älterer Platz im zehnten Bezirk ausgestattet. Eine Information, die Fred wesentlich schneller erhielt, als den Standort eines Handys. Also machten sie sich mit Blaulicht dorthin auf den Weg. Spezialeinheiten, Spurensicherung und sogar die Diensthundestaffel hatte Sarah nun aktiviert. Sollte die liebe Frau Bruckner noch da sein, würde sie eine Überraschung erleben.

Relativ rasch waren sie zum vermeintlichen Tatort gekommen, noch bevor Verstärkung vor Ort war. Sarah konnte die Kamera mit ihrem Scheinwerferlicht sofort erkennen. Die angestrahlte Person schien etwas zu erklären und deutete immer wieder auf das Tor des Schrottplatzes hinter sich.

Sarah fuhr ganz nah an sie heran, stieg aus dem Auto aus und musste etwas lächeln.

»Hat ihr Informant keinen Schlüssel gehabt?«

»Hey, ich bin hier in einer Livesendung. Das dürfen sie mir nicht verbieten«, fauchte die Reporterin.

»Klar, hier dürfen Sie filmen, aber nicht direkt am Gelände. Vermutlich ist es ein Tatort. Dann werden wir uns auch mal über Ihre Kontakte unterhalten. Behinderung einer Ermittlung ist eine Straftat!«

Selina Bruckner schürzte trotzig die Lippen und begann wieder in ihr Mikrofon zu reden. In Wahrheit konnte sie ja nicht viel erzählen, denn man sah nicht in den Schrottplatz hinein. Doch Sarah hatte das ungute Gefühl, dass sie hier richtig waren. Sie inspizierte das Tor, da trafen auch schon die Kollegen der Spurensicherung ein. Der Eingang wurde durch eine dicke Kette und ein großes Vorhängeschloss verwehrt. Was auch sehr seltsam erschien. Wieso sollte man zuerst jemanden ermorden, dann aber brav alles zusperren? Sie machte ein Foto mit ihrem Handy, bevor ein Kollege mit einem Bolzenschneider den Zugang ermöglichte.

Die nächsten Stunden verbrachten sie in klirrender Kälte. Lichtfluter wurden aufgebaut, Zelte, in denen man allerhand Technik aufbaute, selbst ein Bereich für die Presse errichteten die Kollegen. Man fand das Auto mit insgesamt drei Leichen wie auf einem Präsentierteller. Dazu gab es noch eine Unmenge an vermeintlichen Spuren. Die Karte mit dem Antlitz des Teufels fanden Sarah und Fred auf den ersten Blick. Viel mehr war in dem zerquetschten Fahrzeug jedoch nicht zu erkennen. Blut, Knochen und Kot mischten sich selbst in der kalten Nachtluft zu einem ekelhaften Cocktail. Natürlich rief Sarah auch Bastian Wehring an, der sich ebenfalls sofort auf den Weg machte. Seine Einschätzung brachte er wie immer sehr nüchtern auf den Punkt.

»Immer, wenn man glaubt, man hat schon alles gesehen, kommt was Neues«, sprach er und biss von einem Bagel ab.

Wie der Arzt bei jeder Gelegenheit und diesem Geruch etwas essen konnte, würde Sarah wohl immer ein Rätsel bleiben. Aber mit der Einschätzung lag er richtig. So einen Tatort hatte auch sie noch nicht gesehen. Es würde eine Ewigkeit dauern, bis man die Leichen aus dem Fahrzeug bekam. Jedes abgetrennte Teil des Autos musste dokumentiert werden, da man ja keine Spuren verwischen durfte. Die Spirale der Gewalt drehte sich immer weiter nach oben, und auch diesmal hatte es, warum auch immer, keine Chance gegeben, den Mord zu verhindern. Wenn dieser Luzifer so weitermachen sollte, würde die nächste Leiche nicht mehr lange auf sich warten lassen. Spuren hatten sie praktisch keine.

»So, liebe Frau Bruckner? Das letzte Mal waren sie ja gleich wieder verschwunden und wir konnten gar nicht plaudern«, begann Sarah das Gespräch. Auf ihre Anweisung hin hatte sich die Reporterin nicht entfernen dürfen und ebenso wenig zu einem der Betreuungsbusse der

Polizei Zutritt bekommen. Sie zitterte, nur war sich Sarah nicht so sicher, ob es wegen der Kälte oder der Wut war.

»Glauben Sie, ich habe jetzt Angst? Ich verrate gar nichts.«

»Dann nehmen wir uns mal das Handy vor. Da finden wir sicher was.«

»Ach, das ist jetzt blöd. Gerade eben habe ich es auf die Werkseinstellung zurückgesetzt«, erwiderte Selina und grinste breit.

Sarah presste ihre Lippen aufeinander.

»Hör mal zu, wir haben bisher fünf tote Kids, zumindest gehe ich mal davon aus. Denn bei diesen drei Leichen erkennt man nicht mal das Geschlecht, geschweige denn das Alter. Das hier ist kein Spiel. Wer auch immer hier gerade im Blutrausch ist, er ist wirklich sehr gefährlich. Noch nie gewundert, warum gerade eine relativ unbekannte Journalistin einer Gratis-Zeitung wie durch ein Wunder immer Informationen bekommt? Der Killer dürfte auch Sie kennen. Ich an Ihrer Stelle würde lieber mit der Polizei zusammenarbeiten. Nicht dass Sie auch mal in einer Schrottpresse aufwachen«, fauchte Sarah sie an.

Die Warnung prallte wirkungslos an Selina ab. Sie verzog verächtlich die Lippen. »Darf ich gehen? Auf meinem Handy ist ja jetzt leider nichts mehr zu entdecken.«

Sarah hatte nicht genug in der Hand, außerdem war es immer sehr heikel, wenn man eine Reporterin mal eben in Haft nahm. Sie wartete, bis sie mit ihrem Team außer Hörweite war.

»Sag mir bitte, dass wir alles von ihrem Handy haben«, flüsterte sie Fred zu.

»Nicht nur alle Nummern, ich habe meine kleine Zaubernachricht auch an eben diese weitergeleitet. Bald schon sollten wir in der Lage sein, die Handys zu orten. Wird etwas dauern, aber ich bin dran. Übrigens lag neben dem Auto ein Führerschein. Einer der Jungs ist bei uns bestens bekannt«, führte ihr Partner aus. »Gemäß dem Fall, dass es sich bei einem der Opfer auch wirklich um den Inhaber dieses Ausweises handelt. Mike Söres. Neunzehn Jahre alt und wenn ich unserer Kundendatei Glauben schenken darf, kein sehr netter Zeitgenosse. Hier liegen zig Anzeigen vor, Erpressung, Raub, Drogendelikte, Körperverletzung. Zusammen mit seinen Brüdern Paul und Gilbert hat er statt auf eine Schulausbildung oder auf Arbeit lieber auf das schnelle Geld gesetzt.«

»Eine Frage ...«, unterbrach ihn Sarah.

»Was denn?«

»Findest du es nicht auch seltsam, dass wir auf diesen Hinweis regelrecht gestoßen werden? Ich meine, früher oder später hätten wir die Identität schon festgestellt, aber das hätte gedauert. Dann auch noch das zugesperrte Tor. Wenn du gerade drei Menschen ermordest, gehst du dann seelenruhig vom Tatort weg, sperrst noch zu und sendest dann einen Hinweis an eine Reporterin? Nur damit die Polizei dann noch schneller auf deine Spur kommt, legst du einen Ausweis so hin, dass die Polizei darüber stolpern muss? Finde mal raus, ob er mit irgendeiner Person öfters Probleme hatte. Müsste in den Akten stehen. Ich hole mal eine Auskunft ein, wem denn dieser Platz hier gehört. Auch wenn ich da schon eine Ahnung habe ...«

»Was meinst du?«, wollte Fred wissen.

»Um ein Frühstück wette ich mit dir, dass wir wieder einmal mit der Familie König-Fischer zu tun haben werden.«

Ihr Instinkt hatte Sarah nicht im Stich gelassen. Über den Zugriff zu den Meldedaten und anderen Registern konnte man schnell eine Firma ausmachen, die eigentlich nur auf dem Papier existierte. Diese gehörte wiederum der Stiftung von Familie König-Fischer. In den langen Jahren bei der Polizei hatte Sarah gelernt, dass es zwar Zufälle gab, aber nicht solche. Die Feuerwehrleute waren immer noch dabei, die Leichen aus dem Fahrzeugwrack zu bergen. Also machten sich die beiden Ermittler in der mobilen Kommandozentrale daran, mehr über diesen Ort sowie die mutmaßlichen Opfer in Erfahrung zu bringen. Die Kollegen des BKA drehten in der Zwischenzeit jeden Stein um, nahmen von allem Proben und überwachten die Arbeiten an dem PKW. Nichts sollte kontaminiert, zerstört oder übersehen werden.

»Sarah, da habe ich gar nicht lange suchen müssen. Jeremy Müller, Schüler einer Privatschule im ersten Bezirk. Wenn ich den Informationen der Schule vertrauen darf, dann hat unser lieber Arthur dort die Matura in Rekordzeit gemacht, sein Vater glänzt als Gönner und Spender. Dieser Jeremy dürfte sich wohl gegen die Schikanen gewehrt haben. Den Akten nach haben Mike und seine Brüder von den Elite-Schülern wohl Geld und Handys oder so erpresst. Dabei gab es insgesamt drei Anzeigen, bei denen Jeremy Müller als Zeuge und auch als Opfer aufgeführt wurde. Er hatte wohl genug von diesem Terror und hat sich gewehrt. Die haben ihn verprügelt, ausgeraubt und ... Oh Mann ...«, murmelte Fred.

»Was ist?«

»Als er augenscheinlich ohnmächtig am Boden lag, wurde das Opfer mit Urin überschüttet. Denen hat es nicht gereicht, ihn einfach zusammenzuschlagen, sie wollten ihn wohl so richtig fertigmachen. Haben ihn angepinkelt, als er wehrlos dalag. Was für miese Schweine«, schimpfte Fred.

»Miese, vermutlich sehr tote Schweine. Dieser Umstand trat auch nicht gerade freiwillig ein. Lassen wir uns mal nicht von Emotionen leiten. Der Junge hatte aber wohl einen wirklich guten Grund für einen Mord, was meinst du?«, sagte Sarah.

»Dann sollten wir ihm einen Besuch abstatten? Jetzt noch?«

»Warum nicht? Es ist zwar schon ein bisschen spät, aber lieber verhöre ich den Typen, als weiter in diesem Bus zu sitzen.«

Auch für Fred war es ein guter Einwand. Das Heizgebläse hatte den Bus schon sehr unangenehm aufgewärmt, dazu gesellte sich der Geruch von Schweiß und kaltem Kaffee. Es gab wahrlich bessere Orte, wenn auch nicht unbedingt draußen in der Kälte. Früher oder später mussten sie ohnedies mit Jeremy Müller reden. Da er ja laut der Akte erst sechzehn Jahre alt war, konnten sie ihn nicht ohne Vormund vernehmen. Laut den Daten des Melderegisters wohnte er mit seiner Mutter in einer an sich sehr noblen Gegend im dritten Bezirk. Im Hinblick auf die teure Privatschule durfte die Familie Müller über ein großzügiges Kapital verfügen.

Die Ermittler machten sich mit Blaulicht auf den Weg, diesmal durfte Fred wieder ans Steuer. Sarah schrieb Christoph eine Nachricht, dass sie wieder einmal in ihrer Abteilung des Landeskriminalamtes Ost schlafen würde. Er kannte es ja schon, machte ihr dabei auch nie einen Vorwurf. Was es für Sarah wesentlich vereinfachte. Der Beruf einer Kriminalistin war einfach nur sehr schwer mit einem funktionierenden Privatleben zu vereinen. Die Partner, da zählte sie auch Elian dazu, mussten sehr viel Verständnis und Zuneigung aufbringen. Manchmal waren sie und Fred tagelang nicht zu Hause und auch nur schwer zu erreichen. Hinzu kam die stetige Gefahr, wie sie es ja schon beim Fall mit Roux erlebt hatten. Im Hinblick auf ihre durchwachsenen Nächte war Sarah außerdem sehr froh, wenn sie nicht zum Schlafen kam. Diese Träume waren nicht sonderlich erbaulich, da blieb sie lieber wach und war übermüdet.

»Willst du nicht auch Anandita schreiben?«, meinte Fred.

»Nein, noch nicht. Es ist spät und wir wollen ja nur eine Befragung durchführen. Wir können dann bei der Leichenbeschau immer noch mit ihr reden. Bedenke, dieser Preetz-Junge hat ein Alibi, die ominöse Rothaarige konnten wir noch nicht finden. Keine Ahnung, was hier abgeht, aber ich fresse einen Besen, wenn die nicht doch was damit zu tun haben. Wenn wir Devi dann treffen, lasse ich mir noch eine Genehmigung geben. Wegen deiner kleinen Hacker-Aktion. Wir sollten uns ja doch noch an die Gesetze halten.«

»Ja, kann schon sein. Vermuten können wir viel, es gilt Beweise zu finden.«

»Danke für die Lektion, mein Freund. Pass lieber auf den Verkehr auf«, schmunzelte Sarah.

Fred lächelte ebenfalls.

Der Vorteil der späten Stunde war der mäßige Verkehr. Der Tatort selbst lag auch nicht so weit vom dritten Bezirk entfernt. Nach nicht einmal dreißig Minuten waren die beiden Ermittler vor Ort, mangels eines Parkplatzes stellten sie sich in eine Einfahrt und schalteten das Blaulicht ein. Als kleiner Hinweis für die Kollegen, falls sie gerufen werden sollten.

Die Wohnung lag im dritten Stockwerk eines neu sanierten Wohnhauses. Mitten im Botschaftsviertel, mit Aussicht auf das Belvedere, wo man neben wertvollen Kunstsammlungen sogar einen eigenen Wein anbaute. Böse Zungen behaupteten ja, dass es mit der Liebe des Bürgermeisters zum Traubensaft zusammenhing. Es war eine wirklich schicke Gegend, nicht weit entfernt vom ersten Bezirk. Allerdings eine kleine Weltreise zum Anwesen der Familie König-Fischer. Der Kontakt wurde also vermutlich in der Schule hergestellt. Was auch irgendwie auf der Hand lag.

Jeremy Müller

Mit einem äußerst modernen Fahrstuhl, bei dem man das gewünschte Stockwerk schon im Erdgeschoß in ein Display eingeben musste, fuhren sie in die dritte Etage. Im Inneren spielte sogar eine beruhigende Musik, es gab aber kein Bedienfeld für eine Etagenauswahl. Eine etwas heftigere Musik vernahmen sie im Flur, als sie sich auf den Weg zur Wohnung der Familie Müller machten. Eine erboste Nachbarin stand im Bademantel vor der Tür. Sie wurde offensichtlich um ihren Schlaf gebracht, was ihre Laune nicht gerade hob.

»Es reicht, ich ruf jetzt die Polizei!«, schrie sie zur geschlossenen Türe.

»Nicht nötig, wir sind schon da. Geht es um diese Wohnung?«, wollte Sarah wissen. Sie setzte ein Lächeln auf, einfach um die Dame etwas zu beruhigen.

»Ja, genau. Seit Stunden dieser Wirbel. Ich muss ja morgen wieder arbeiten. Dieser Nichtsnutz feiert sicher wieder mit ein paar Schlampen«, fauchte sie. Damit ging sie an Sarah und Fred vorbei in ihre Wohnung. Nicht, ohne dabei ihre Wohnungstüre heftig zuzuwerfen.

»Also, es sollte diese Tür hier sein. Feiert er schon mal den Tod dieser drei Prügler?«, meinte Fred.

»Finden wir es heraus.

Sarah hämmerte heftig an die Türe, was jedoch bei der lauten Musik untergehen konnte.

»Polizei, aufmachen!«, schrie sie.

Tatsächlich näherten sich Schritte. Nach wenigen Sekunden klackte das Schloss und die Türe wurde geöffnet. Ein Mädchen, kaum achtzehn Jahre alt, mit langen, schwarzen Haaren und in Dessous öffnete. Ihre Augen waren blutunterlaufen, Sarah konnte den Alkohol in ihrem Atem riechen. Hier war offensichtlich eine wirklich heftige Party am Laufen. Ohne auf das Mädchen zu achten, betraten sie die Wohnung. Fred bildete die Nachhut und schloss die Türe.

Die Schwarzhaarige nahm aber auch nicht wirklich Notiz von den beiden Kriminalbeamten. Sie zwängte sich an Sarah vorbei ins Wohnzimmer.

Dorthin folgten sie ihr. Was sie dort zu sehen bekamen, erstaunte Fred ebenso sehr wie Sarah.

Ein schlanker, großgewachsener Bursche stand nackt hinter einem rothaarigen Mädchen. Seine rhythmischen Stöße in ihr Becken ließen keinen Zweifel darüber zu, was gerade passierte. Das Mädchen stöhnte immer wieder. Sie sah der Gesuchten aus dem betreuten Wohnen wie aus dem Gesicht geschnitten ähnlich. Das andere Mädchen nahm bei einem Glastisch Platz und zog sich ein weißes Pulver in ihre Nase. Offensichtlich waren hier alle Beteiligten so sehr auf Drogen, dass sie noch nicht einmal die Polizei als solche wahrnahmen.

»Fred, jetzt kannst du Anandita rufen. Gleich auch noch die Kollegen der Drogenfahndung und ein paar Streifenwagen. Ich nehme mal an, die Mutter wird nicht zu Hause sein«, wies sie ihren Partner an. Mit schnellen Schritten war sie bei der Stereoanlage, die den infernalen Lärm erzeugte, und drehte sie ab.

Augenblicklich stoppte der Liebesakt. Jeremy Müller lächelte Sarah abfällig an, nur das rothaarige Mädchen bekam schreckgeweitete Augen. Mit einer unsanften Bewegung stieß er das Mädchen zur Seite und richtete sich auf. Sarah konnte nur mit Mühe ihren Blick von seinem steifen Geschlecht nehmen. In solch einer Situation war sie auch noch nie gewesen. Fred hingegen konnte ein Grinsen nur mit Mühe unterdrücken. Er schnappte sich ein Polster, das wohl in der Hitze des Gefechts auf den Boden gefallen war, und gab es dem jungen Mann.

Dieser nahm es zwar an sich, hielt es aber einfach nur an seiner Seite hinunter. Er schien diesen Moment zu genießen, von Scham keine Spur.

»Oh, kommt etwa Nachschub?«, grunzte er.

»Ich nehme mal an, du bist Jeremy Müller. Und du? Conny Hausser? Wir würden uns ja so schrecklich gerne mit euch unterhalten«, sagte Sarah trocken.

Die Farbe wich aus dem Gesicht von Conny, ihr Liebhaber spielte lieber weiterhin den Coolen. Völlig nackt kam er auf Sarah zu, die jeden Muskel in ihrem Körper anspannte.

»Was'n los? Chillt doch mal alle. Hier ist gar nichts passiert. Die Tussen wollten den Fick!«

»Wenn du noch einen Schritt näher kommst, dann lernst du mich kennen, Bürschchen«, drohte Sarah.

Ihr Tonfall schien Wirkung zu zeigen. Jeremy wirkte allmählich verunsichert. Sollte er aber wirklich auf Koks sein, dann würde sein aufgeblähtes Ego ihm noch eine ganze Weile die Sicht vernebeln. In einer Handtasche läutete ein Handy. Conny, die sich mittlerweile eine Decke umgeschlungen hatte, eilte mit hochrotem Kopf dorthin.

»Ha ... Hallo?«, meldete sie sich.

»Kannst schon wieder auflegen. Sarah, falls du wissen wolltest, welche Nummer die liebe Selina gespeichert hatte, es gab nur eine einzige und ist unter ›XY‹ abgespeichert«, sagte Fred und blickte triumphierend zu ihr. Er hielt sein Handy hoch. Wieso hatte eine Reporterin die Nummer von Conny?

»Mann, oh Mann. Ihr habt euch ja mal mächtig in die Scheiße geritten. Ist deine Mutter zu Hause? Wo sind deine Eltern und wer ist die da?«, wollte Sarah wissen. Sie deutete auf die Schwarzhaarige.

»Eine Nutte«, kommentierte Jeremy trocken.

»Ach, wie nett. Eine Nutte, die es einem Minderjährigen besorgt?«, fuhr Fred die Frau an.

Das zeigte Wirkung. »Er sagen ist schon achtzehn Jahre. Ich habe nix gewusst. Darf arbeiten, habe Papiere«, sagte sie nervös.

»Jaja, das klärt dann die Sitte. Hier geht mal keiner weg. Also, wo sind die Eltern?«, bohrte Sarah nach.

»Nicht da, meine Mutter hat einen Termin und kommt erst morgen wieder«, zeigte sich Jeremy unbekümmert.

Er stand immer noch nackt vor Fred und Sarah, Schweiß lief seinen drahtigen Körper hinunter. Seine braunen Haare hatte er zu einem Zopf zusammengebunden. Conny kramte unterdessen nach ihren Sachen, zog sich mühsam mit einer Hand an. Mit der anderen hielt sie sich verkrampft an der Decke fest. Tränen liefen ihr die Wangen herunter.

»Ich kann alles erklären«, stammelte sie.

»Du kannst auch dein Maul halten«, fuhr sie Jeremy an.

»Schön langsam, Junge, du verbietest hier niemandem das Wort. Sobald die Kollegen da sind, seid ihr erst mal wegen dem Besitz von Drogen festgenommen. Dann fahren wir zu uns ins Landeskriminalamt. Ich bin ja schon wirklich sehr auf eure Version der Geschichte gespannt«, meinte Sarah. Sie stellte sich dabei zwischen Conny und Jeremy, der sie um mehr als einen Kopf überragte.

In diesem Moment wurde die Wohnungstüre mit einem Schlüssel geöffnet.

»Wenn ich diese Scheißkerle erwische, die in der Auffahrt parken. Dann einfach ein Blaulicht aufdrehen. Als ob sie dann stehen könnten, wo sie wollten«, fluchte eine weibliche Stimme.

Sarah zog ihren Dienstausweis und kam auf die Frau zu. Sie war Ende vierzig, hatte braune Haare und wirkte abgekämpft. Ihre Wangen waren eingefallen, sie sah sehr blass aus. Dann war da noch die Tatsache, dass sie im Rollstuhl saß.

»Wer zum Teufel sind Sie?«, fuhr sie Sarah an.

»Die Scheißkerle von der Kriminalpolizei. Sind Sie Frau Müller?«

»Die bin ich. Was machen Sie in meiner Wohnung? Was ist mit Jeremy? Das waren sicher wieder diese drei Verbrecher. Die sollten sie endlich mal einsperren. Nicht immer laufen lassen, wie es die Richter in der Regel tun!« Sie schrie Sarah und Fred sofort an.

»Ihr Sonnenschein da drüben«, Sarah zeigte auf Jeremy, der sich nun doch eiligst anzog, »macht hier eine kleine Drogen- und Sexparty. Meinte, Sie würden erst morgen wiederkommen. Also zu den von Ihnen erwähnten Verbrechen hätten wir ein paar Fragen. Gerne in Ihrem Beisein auf dem Revier. Die Sache mit den Drogen, da werden sich andere Kollegen darum kümmern. Nicht mein Gebiet.«

»Was ist dann Ihr Gebiet?«, wollte die Mutter von Jeremy barsch wissen.

»Mord«, konterte Sarah.

Die wenige Farbe war nun gänzlich aus ihrem Gesicht gewichen. Mit weit aufgerissenen Augen starrte sie ihren Sohn und dann wieder Sarah an.

»Ich rufe sofort meinen Anwalt an. Zum Glück wurde das Meeting abgesagt, du hältst ab jetzt deinen Mund. Mama kümmert sich um alles«, sagte sie. Langsam rollte sie in den hinteren Teil der Wohnung, aufgeregt in ihr Handy sprechend. Die Dame schien zwar etwas geschafft zu sein, war es aber ansonsten gewohnt, das Kommando zu haben. Nicht nur das, so sehr der mittlerweile angezogene Bursche vor Sarah zuerst den Coolen markiert hatte, so sehr war seine Fassade seit der Ankunft seiner Mutter in sich zusammengefallen. Allem Anschein nach, nicht nur diese. Sarah konnte ein kurzes Lächeln nicht unterdrücken und drehte sich zu Fred. Dieser musste sich auch aufs Äußerste beherrschen, um nicht auf der Stelle laut loszulachen.

Plötzlich war Jeremy nicht mehr vorlaut, zog sich an und setzte sich auf die Couch. Conny stand zitternd neben Sarah, die Prostituierte fluchte in ihr Handy und nahm dabei wenig Notiz von den Anwesenden. Sarah sah schon eine lange Nacht auf sich zukommen.

Als die Kollegen eingetroffen waren, fuhren sie mit allen zurück ins Landeskriminalamt. Fred sollte sich um die Befragung des Jungen kümmern, Sarah wollte mehr aus dieser Conny Hausser herauskitzeln. Anandita hatten sie erreicht, sie war schon auf dem Weg ins LKA. Bei der Befragung wollten sie alle keine Fehler machen. Das Handy von Conny konfiszierten sie als Beweismittel. Jeremy gab an, nicht zu wissen, wo seines war.

Gegen Windmühlen

Alles war sehr hektisch, als man die Neuankömmlinge zum LKA Ost gebracht hatte. In verschiedenen Räumen wurden die Prostituierte, Conny Hausser und Jeremy Müller mit seiner Mutter untergebracht. Das Verhältnis zu ihrem Anwalt musste ein wirklich Gutes sein, wenn er zu so später Stunde noch hierher kam. Bis dahin machten beide von ihrem Recht Gebrauch, den Beamten nichts zu sagen.

Sarah hatte Conny zu sich in ihr Büro gesetzt. Auf der einen Seite des Büros waren ein paar Tatortfotos an der Wand angebracht worden, jedoch nicht die heftigsten Bilder. Auf der anderen Seite sah man die Aufnahmen aus dem Zimmer von Lukas in der betreuten Wohneinrichtung. Conny saß auf einem Bürostuhl und fixierte zuerst ihre Füße. Für Sarah war es nicht einfach, denn ohne ihre Eltern oder einen Vormund, durfte sie den Teenager nicht verhören. Doch schon das Verhalten sprach Bände. Zaghaft sah sie immer wieder zu den Bildern von Lukas, seinem Zimmer und den Aufnahmen von seinem Computer. Mit aller Macht weigerte sie sich, die Tatortfotos von der Donauinsel und dem Schrottplatz anzusehen. Sie wollte diese Dinge einfach nicht sehen. Wollte sie nur nicht wahrhaben, was sie getan hatte? Oder waren die Bilder doch zu viel für sie. War das Mädchen in die Taten involviert? Aber wie und warum?

Ihre Eltern waren zu dieser späten Uhrzeit nicht erreichbar gewesen, weshalb Sarah eine Nachricht mit der Bitte um einen Rückruf hinterließ. Fred wiederum saß mit der Familie Müller in einem anderen Raum, hatte Mona Müller etwas zu trinken gebracht und versucht mit ihr ein Gespräch zu beginnen. Nachdem diese ihm sehr unfreundlich zu verstehen gegeben hatte, dass sie ohne eine Rechtsvertretung nichts sagen würde, beließ er es dabei. Nur alleine wollte er sie nicht lassen. Anandita Devi war auch da, ungewohnt fröhlich erschien sie. Sehr zu Sarahs Freude hatte sie diesmal auf ihr blumiges Parfum verzichtet.

Danach wurde es ungemütlich. Simon Baumeister war einige Zeit im Erdgeschoß des Gebäudes gewesen, nun kam er in Begleitung zurück. Sein Gesichtsausdruck verhieß nichts Gutes. Hinter ihm marschierten mehrere Männer in dunklen Anzügen auf. Der Mann ganz am Schluss der Reihe ließ die Laune von Sarah sofort gefrieren. Hugo Ignaz König-Fischer kam persönlich, was einfach kein gutes Omen sein konnte. Wenn er Sarah erkannt hatte, dann war es ihm herzlich egal. Er musterte sämtliche Beamten der Dienststelle, als wären sie lästige Insekten. Immer wieder blickte er auf seine Uhr.

»Sarah, diese Herrschaften übernehmen die Vertretung von Jeremy Müller und Conny Hausser«, sagte Baumeister unglücklich.

Die Herrschaften entpuppten sich als Top-Verteidiger aus dem In- und Ausland und kamen auch sofort zur Sache.

»Wie ich Ihrem Vorgesetzten schon mitgeteilt habe, meine Mandanten sagen ab sofort nichts mehr. Sie haben viel zu wenig in der Hand, um sie weiter hier festzuhalten. Zu den mysteriösen Mordfällen können sie auch nichts sagen«, wandte sich ein großer, dicker Mann mit Glatze an Sarah.

»Nun, Frau Hausser hat die Telefonnummer von Selina Bruckner gespeichert, vermutlich ist sie der Hinweisgeber für die verschiedenen Tatorte ...«, wollte Sarah ausführen.

»Halt! Auf dem Handy ist einzig die Nummer, keine Nachrichten, soweit ich weiß. Was ja nicht verboten ist. Dann würde ich ja gerne mal nachfragen, woher Sie wissen was im absolut leeren Handy von Frau Bruckner zu finden war. Sie werden doch wohl keine Spionagesoftware eingesetzt haben? Bevor Sie mir mit den Drogen kommen, also die hat ja diese Prostituierte mitgebracht, dafür kann keiner meiner Mandanten etwas.«

»Sie sind erstaunlich gut informiert …«

»Das ist mein Job. Wir helfen den armen Kids aus dieser Einrichtung, helfen Schülern des Gymnasiums, wo mein Auftraggeber ein Stifter ist. Sie können ja gerne mit der Dame reden, sie wird es bestätigen. Bei Fragen wenden Sie sich bitte an mich, hier haben sie meine Karte«, gab der Anwalt zurück und überreichte ihr eine Visitenkarte.

Conny, Jeremy und seine Mutter wurden schon aus den Büroräumen gebracht und schickten sich an, den Anwälten zu folgen. Im Vorbeigehen gab Sarah Conny einen Zettel in die Hand. Es war ihre Karte.

»Falls etwas ist, ruf mich an«, flüsterte sie ihr ins Ohr.

König-Fischer musterte sie argwöhnisch, sagte aber nichts. Jeremy grinste von einem Ohr zum anderen.

»Bis zum nächsten Mal, liebe Frau Polizistin«, feixte er.

Am liebsten hätte sie ihm das Grinsen aus dem Gesicht geprügelt. So gingen also ihre besten Zeugen, vielleicht sogar Täter, einfach wieder nach Hause. Die Prostituierte wiederum hatte ebenfalls einen Anwalt erhalten, unterschrieb gerade ein Geständnis und durfte ebenfalls gehen. Schließlich konnte ihr keiner nachweisen, dass sie Sex mit einem Minderjährigen hatte. Die Sache mit den Drogen würde ihr sicherlich noch Probleme bereiten, wurde aber an die Abteilung für Suchgiftdelikte weitergeleitet. Für Sarah war die Sache damit erledigt. Sogar Devi nickte nur stumm. Ihre Augen funkelten vor Zorn. Langsam war Sarah mit ihrem Latein am Ende. Es wurde immer später, sie war müde und musste erst mal alles verdauen. Somit zog sie sich alleine in ihr Büro zurück, setzte sich dort auf den Boden, lehnte sich an die Wand und versuchte ihre Gedanken zu ordnen. Die Müdigkeit forderte ihren Tribut, schon sehr bald war sie über den Aktenstapeln eingeschlafen.

Sie sah nur diese Augen. Leere, tote Augen. Blutfontänen schossen aus allen Richtungen. Sie wollte weglaufen, aber ihre Beine steckten in einem Morast fest. Kalte, tote Hände durchbrachen das Erdreich, griffen nach ihr, zogen sie nach unten. Sie wehrte sich mit allen Kräften, schlug auf diese Hände, Klauen ein, doch sie ließen nicht von ihr ab. Unaufhaltsam zog man sie in die Tiefe. Schon war sie bis zu ihren

Hüften versunken, kaltes Wasser, krümelige Erde berührten ihre Haut. Panik machte sich breit, noch mehr, als sich das Wasser in Blut verwandelte. Die erste Fontäne hatte sie über und über mit Blut bedeckt. Nun kam es von unten, drang durch ihre Hose. Aus der Erde tauchten wieder die kalten Augen auf. Starrten sie einfach nur an. Doch diesmal wurden aus ihnen ein Gesicht, dann ein ganzer Kopf. Der Kopf saß plötzlich auf Schultern, einem muskulösen Oberkörper. Roux richtete sich vor ihr auf, bewegte sich stockend auf sie zu und sie steckte in der Erde fest. In diesem Moor. Ein Messer blitzte in seiner Hand auf, ein Lächeln auf seinen Lippen, das ihr Blut gefror. Sie wollte sich wehren, ihm die Waffe entreißen, doch die Hände aus der Unterwelt hielten sie fest. Seine Hand packte ihre Haare, zog ihr den Kopf nach hinten. Ihre Kehle lag schutzlos vor Roux, Blut färbte seine Brust rot, aus einem Loch floss es sogar hinaus. Trotzdem stand er da, hatte ein Messer in der Hand und setzte es an ihrer Kehle an.

Abrupt fuhr Sarah in die Höhe. Sie war am Boden sitzend über den Akten eingeschlafen und ihr Rücken schmerzte. Die Sonne ging über Wien schon auf, aber diese Faktoren waren nicht der Grund, warum Sarah geweckt wurde. Irgendjemand schien laut mit Simon Baumeister zu streiten. Langsam erhob sie sich, fuhr sich kurz durch das Haar, um nicht gänzlich zerstört zu wirken. Dann ging sie vor die Türe ihres Büros. Ein Mann mit kurzen, rötlichen Haaren und einer dicken Brille auf der Nase baute sich gerade vor Baumeister auf. Was nicht unbedingt erfolgreich war, da dieser Fremde nur knapp über einen Meter sechzig groß war, somit gut zwei Köpfe kleiner als Sarahs Vorgesetzter. Im Gesicht von Baumeister konnte Sarah seine Laune ablesen.

»Ah, da haben wir eh gleich die federführende Leiterin«, posaunte der Mann heraus. »Der Justizminister ist doch sehr ungehalten, da drücke ich mich ohnehin noch sehr vorsichtig aus. Sollten Sie nicht lieber einen wahnsinnigen Mörder fangen anstatt arme, traumatisierte Jugendliche?«

»Einer der traumatisierten Teenies hat es einer wichtigen Zeugin von hinten besorgt, während er eine kleine Drogenparty geschmissen hat«, erwiderte Sarah trocken.

Ihr Gegenüber schluckte. Seine ins Rot wechselnde Gesichtsfarbe zeigte Sarah aufkommende Wut an. Sie konnte es also immer noch.

»Glauben Sie ja nicht, wir beim Justizministerium würden nicht genau wissen, wer Sie sind. Die Sache mit unserem Kollegen Handler ist noch lange nicht vergessen. Vielleicht ist unsere liebe Frau Devi auch nicht nachdrücklich genug«, knurrte er.

Sarah konnte erst jetzt Devi hinter ihm erkennen. Sie wirkte sehr eingeschüchtert, vermied den Augenkontakt mit ihr.

»Ihre Kollegin ist eine ausgezeichnete Staatsanwältin, die in der Tat sogar eine mögliche Verbindung zu einem Mord an einem Richter aufgezeigt hat. Den haben Ihre Kollegen bisher ja nicht so wirklich verfolgt. Keine Sorge, diese Abteilung hier wird aber der Gerechtigkeit schon noch zu ihrem großen Auftritt verhelfen. Ganz ohne dabei im Rampenlicht stehen zu wollen«, gab Sarah zurück.

»Seien Sie froh, dass die Familie Bruckner so überzeugt von Ihnen ist«, zischte der immer noch Unbekannte.

»Eigentlich stellt man sich erst mal vor, bevor man droht. Dann könnten Sie mir ja mal ein paar Dinge erklären. Wie zum Beispiel die Mutter eines möglichen Zeugen so schnell einen Anwalt aus dem Bekanntenkreis der Familie König-Fischer bekommt? Ja sogar eine Jugendliche, die eigentlich in einer betreuten Wohneinrichtung lebt? Wie diese Herrschaften auf so viele Informationen gelangen konnten, um ja schnell ihre Klienten hier rauszubekommen? Wollen wir denn nicht alle eigentlich nur diese Stadt und ihre Bewohner vor einem Killer schützen?«

Das Gesicht von Baumeister erhellte sich, er nickte bekräftigend.

»Sehr richtig. Sie waren wirklich äußerst bemüht, dass die Kids nur ja nicht mit uns reden. Was schon sehr merkwürdig ist. Was meinen Sie?«, wollte er wissen. »Ich meine, dass der Justizminister nicht sehr erfreut ist. Nach den Ereignissen aus der Vergangenheit kann ich nur betonen, dass es sehr viele Menschen gibt, die eine gekündigte Sarah Spielmann viel lieber sehen würden.«

»Ach, ich habe also Fans. Wie schön. Jetzt lassen Sie mich bitte meine Arbeit machen. Übrigens ist es nicht in einer Demokratie so, dass die Polizei erst mal Beweise sammeln darf, völlig egal, wer dabei ins Visier gerät? Oder gibt es jetzt ganz besondere Menschen, die machen dürfen, was sie wollen?« Sie drehte sich um und ging zurück in ihr Büro. Die Tür schmiss sie heftig zu.

»Wow, du hast einen neuen Bewunderer, da bin ich mir schon jetzt sicher«, Fred war zu ihr gekommen.

Immer noch wütend sah sie sich die Tatortfotos an. Die drei neuen Leichen wurden erst noch untersucht, eine genaue Identitätsfeststellung war wohl aber nur über ihre DNA möglich. Allerdings hatte Sarah schon die Adresse der Tante erhalten, wo die Brüder den Akten nach lebten. Da es noch keine Vermisstenanzeige gab, konnten sie natürlich noch am Leben sein. Langsam aber sicher wurde es zu einer sehr verworrenen Geschichte. Wie auch immer Hugo Ignaz König-Fischer da mit drinsteckte, es würde sicher dem Geldadel in diesem Land nicht sonderlich gefallen.

»Ja, ich mache mir nichts aus diesen freundlichen Herrschaften. Vermutlich werde ich niemals die erste Polizeipräsidentin in diesem Land, damit kann ich aber leben. Wir sollten uns echt mal was wegen dieser Mordserie überlegen. Alles dreht sich im Kreis. Wirklich viel in der Hand haben wir auch nicht. Hat das BKA schon irgendwelche Spuren gefunden?«, wollte sie von Fred wissen.

»Keine, die uns etwas bringen würden. Die Tarotkarten kannst du überall kaufen, also sind sie nichts Spezielles.«

»Damit will der Killer uns aber etwas sagen. Luzifer steht nicht automatisch für etwas Böses. Eher für eine Befreiung von einer Sache. Immerhin waren die Opfer in irgendeiner Form eine Geißel für diese Teenager. Aber was bringt es diesem Luzifer?«

»Wie würdest du so einen Killer beurteilen, also wenn wir jetzt mal rein theoretisch davon sprechen.«

»Die Lage ist wirklich komplex. Ich denke, nach dem, was wir bisher wissen, es handelt sich um mehrere Täter. Aber über diesen Tätern muss jemand sein, der alles koordiniert, der diese Morde, aus welchem

Grund auch immer, eingefädelt hat. So ein Mensch ist klug, aber emotional nicht sonderlich gut ausgebildet. Warum betätigt er sich aber als Puppenspieler? Warum dieses Spiel mit einer Figur namens Luzifer? Ich sage dir, diese Conny Hausser will uns etwas sagen, hat nur vor etwas oder jemandem zu viel Angst. An ihr müssen wir dranbleiben.«

»Da hast du auf jeden Fall recht. Es war alles ziemlich viel in den letzten Tagen. Sie wird sicher völlig verängstigt sein. Gib ihr etwas Zeit. Ich sehe zu, dass wir ein Team zur Überwachung bekommen.«

»Okay, darum werde ich mich aber selbst kümmern. Wir haben anscheinend viel zu viele Informanten in allen möglichen Reihen«, sagte Baumeister. Er war ganz einfach zu ihnen in das Büro gekommen. Anandita hatte er auch mitgebracht.

»Wenn die Typen glauben, wir kuschen einfach so, dann haben sie sich geschnitten. Ich denke, mit Kollegin Devi hier, haben wir ein ziemlich gutes Team. Was meinst Du, Sarah?«, fuhr er fort.

»Absolut. Der Tod des Richters hat auch ganz bestimmt was damit zu tun. Ich ordne ihn mal intern unserem Fall zu. Die zugehörige Akte schicke ich auch gleich zu Bastian. Er kann sicher noch wesentlich mehr rausbekommen. Vielleicht kennt er ja auch einen der Ärzte. Hier muss es auch eine Verbindung geben. Anandita, sie graben alle Fälle aus, wo ihr Mentor wenig populäre Urteile gefällt hat. Dann brauchen wir noch eine Genehmigung für einen kleinen Lauschangriff. Für den auf das Handy von Selina Bruckner und auch auf das von Conny Hausser«, sagte Sarah.

»Welche genau? Es gibt immer wieder Urteile, die für den Großteil der Bevölkerung nicht gerecht erscheinen«, meinte Devi. »Die andere Sache, wegen eurem kleinen Lauschangriff werde ich erledigen. Ich will es eigentlich gar nicht so genau wissen, doch für die Zukunft wäre es nett, diese Dinge im Vorfeld abzuklären.«

»Klar, es fühlt sich vor Gericht immer wieder jemand ungerecht behandelt, aber ich würde eher nach einem Fall suchen, wo eine Person gestorben ist, oder ein Pflegefall wurde. Der Täter, in welcher Art auch immer, hat dann ein erstaunlich mildes Urteil bekommen. Solche

Sachen können ein Auslöser sein. Unser Freund Luzifer ist intelligent, durchtrieben, vernetzt, aber er kann vor allen Menschen seine psychopathische Seite perfekt verbergen. Er hat wahrscheinlich niemals Tiere gequält, wenn doch, dann hat es nie jemand mitbekommen. So ein Mensch spielt andere sehr gut gegeneinander aus. Wünsche, Begierden, Ängste sind Sachen, die er an jedem in seiner Umgebung praktisch sofort wahrnimmt. Dann beginnt er damit zu spielen. Ich kann es gut verstehen, wir waren unter Zugzwang. Die liebe Reporterin stellt die gesamte SoKo dar, als würden wir unsere Arbeit nicht machen. Pausenlos werten die Kollegen jede noch so kleine Spur aus und dann fährt diese Frau zu einem Tatort und informiert lieber einmal ihre Fans als die Polizei.«

»Denkst du, dieser König-Fischer hat etwas damit zu tun?«, wollte Fred wissen.

»Ganz sicher. Seine Art würde perfekt zu so einem Profil passen. Ob er es aber wirklich ist? Wieso sollte er Teenager zu einem oder sogar mehreren Morden anstiften? Wir haben hier zu viele unbekannte Faktoren. Wenn unser Luzifer wirklich so gut vernetzt ist, wie ich glaube, sollten wir sehr vorsichtig sein. Alle Infos bleiben möglichst bei uns, den Kollegen der anderen Schichten geben wir wohldosierte Hinweise. Sie müssen ohnehin alles abklappern. Wir brauchen eine Liste sämtlicher Firmen, die durch die Stiftungen der Familie König-Fischer betreut werden. Hier gibt es etwas. Eine Verbindung, einen Fehler, den Luzifer gemacht hat. Niemand ist perfekt, egal wie sehr er das denkt. Der erste Fehler war ja schon, uns zu zeigen, dass er von der Spionagesoftware wusste. Keine Ahnung wie. Wir wissen jetzt: Er sieht mehr als wir bisher geglaubt haben.«

»Denkst du, du kannst schon was zur Person des Täters an sich sagen? Also wer hinter Luzifer steckt?«, hakte Devi nach.

»Hm, schwierig. Mitte zwanzig, sicher nicht älter. Sonst hätte er nicht Teenager ausgewählt. Weniger bei den Opfern als bei den Tätern. Weiß, Inländer. Einem geregelten Beruf könnte er durchaus nachgehen, aktuell allerdings eher unwahrscheinlich. Sonst hätte er die Zeit einfach nicht.«

»Junge Opfer gab es auch schon bei diversen Serienmördern, die aber deutlich älter waren«, bemerkte Baumeister.

»Richtig. Allerdings war es praktisch immer eine sexuelle Komponente, die wir hier nicht haben. Was ich aber noch nie gehört habe, war die Anstiftung zu einem Serienmord. Unser Luzifer ist im echten Leben vermutlich ein passiver Mensch, einer der trotz seiner Eigenschaften ein Mitläufer ist. Darum begeht er die Morde nicht selbst. Ihn befriedigt es. Ähnlich wie bei einem Voyeur.«

Ihre Kollegen nickten, es war kurz still im kleinen Büro. Die Bilder der toten Teenager bedrückten Sarah, sie waren wie ein mahnendes Symbol. Doch nun hörte sie auch eine vertraute Stimme.

»Papperlapapp. Ich muss zu meiner Schwiegertochter. Also noch ist sie es nicht, aber da sind wir ja wohl guter Dinge. Die Arme hat schon ewig nichts Vernünftiges gegessen, da bin ich mir sicher. Immerhin haben es mir ja auch die Karten gesagt. Sie kam nicht mal zum Schlafen nach Hause, was ja wohl wirklich ungeheuerlich ist. So behandelt man doch keine Polizisten, wie sollen die denn da jemals einen Verbrecher fangen, wenn sie immer zu müde und hungrig sind. Nein, so geht das nicht, da habe ich schon ein Auge darauf. Sagen Sie mir jetzt lieber, wo sie ist, sonst muss ich jede Tür aufmachen. Stören will ich niemanden, aber ich gehe hier nicht weg. Immerhin ist sie ja so was wie ein Chef von euch, also bitte«, erklang die vertraute Stimme von Eli vor ihrer Tür.

Ein ziemlich verdattert dreinblickender Kollege in Uniform öffnete sie vorsichtig und blickte verwirrt in die Runde.

»Schon gut, lass sie rein«, meinte Sarah und winkte Eli zu sich.

»Oh, ist es schön dich zu sehen, du hast mir ja schon gefehlt. Ach, bin ich unhöflich. Ich bin die Mutter von Christoph, Ihrem Freund. Sagen Sie doch bitte Eli zu mir. Sonst fühle ich mich so alt«, sagte sie kichernd und stellte sich den anwesenden Kollegen vor.

Diese stellten sich ebenfalls höflich vor und reichten ihr die Hand. Eli stellte einen Korb auf Sarahs Schreibtisch ab und legte ihre Jacke ab. Ohne weiter auf ihre Kollegen zu achten, redete Elisabeth wie ein Wasserfall weiter. Aus dem Korb holte sie Essen, Getränke und eine Thermoskanne hervor. In der allgemeinen Ablenkung ging Simon Baumeister wieder hinaus, um die Beobachtung von Conny Hausser zu organisieren.

»Hier habe ich dir was mitgebracht, Kaffee, Tee, Wasser, ein paar gute Brote und auch eine Suppe habe ich gekocht. Alles in meinen tollen Tuppersachen, habt ihr hier eine Mikrowelle? Weil du das Essen ja sonst nicht aufwärmen kannst. Meine Güte, daran habe ich ja gar nicht gedacht. Weißt du, im Alter wird man dann doch wieder wunderlich. Was ist los? Du wirkst ja völlig erledigt. Meine Herrschaften, erlauben Sie, ich würde gerne mit meiner Sarah alleine reden«, komplimentierte sie Fred und Anandita aus dem Büro.

Diese folgten ihr ohne große Widerworte, vermutlich dachten sie nicht mal daran, etwas zu sagen. Elisabeth hatte mit ihrer speziellen Art auf sehr freundliche Weise das Kommando übernommen.

»Eli, du bist ein Schatz. Ja, es tut mir wirklich leid. Dieser Fall bindet unsere ohnehin schon bescheidenen Ressourcen komplett. Ich habe es Christoph geschrieben. Heute komme ich auf jeden Fall nach Hause. Muss nur noch an meinen Kollegen in der Rechtsmedizin einen weiteren Akt schicken«, erklärte Sarah und begann schon damit, die E-Mail zu schreiben.

»Papperlapapp. Du siehst aus wie der lebende Tod. Was denkst du denn, wer diesen Mörder fangen soll, wenn du keine Kraft mehr hast? Hm? Bei den Fällen der Vergangenheit hat man ja schon gesehen, dass Wien seine Sarah braucht. Ja, ich habe alles nachgelesen. War ja doch einige Zeit im Ausland unterwegs, weißt schon, nach dem Tod von Christophs Vater, da hat mich wenig in diesem Land gehalten. Man muss einfach auch mal eine Pause machen. Du siehst ja schon den Wald vor lauter Bäumen nicht mehr. Jetzt isst du mal was, dann arbeite halt noch ein wenig und dann ab nach Hause. Unter die Dusche, wenn ich es mal anmerken darf«, sprach Eli und zwinkerte ihr zu.

»Ja, es ist wirklich schlimm hier.«

»Geh, gar nichts. Du bist eine Frau. Die Männer hier können froh sein, dich zu haben. Männer sind viel zu weinerlich, die haben ja keine Ahnung, wie es so ist als Frau. Wir müssen immer kämpfen. Glaub mir, ich weiß, wovon ich rede. Mein verstorbener Mann war natürlich ein Engel, aber er hat auch nichts verstanden. Ohne meine Unterstützung hätte Christoph nie studiert und wäre nie dieser Mensch geworden, der er heute ist. Wer hat denn alles geopfert für den Buben? Also wir Frauen müssen immer kämpfen, das macht uns stärker. Hab ich nicht recht?«

»Ja, ja, ich bin ganz bei dir. Woher wusstest du eigentlich, wo ich arbeite?«

»Christoph hat es mir gesagt. Der Bub macht was ich ihm sage. So muss das sein, nur ja nicht das Zepter aus der Hand legen. Die Männer muss man an der kurzen Leine halten. Sonst machen sie, was sie wollen.«

Sarah musste lachen. »Ich kann dir nicht widersprechen. Du bist ein Engel.«

»Ich weiß. Komm so zu Mittag nach Hause, ich koche was Ordentliches für euch. Dann verbringst du ein bisschen Zeit mit Christoph, der Bub braucht ja auch deine Aufmerksamkeit. Übrigens hat er was gesagt von einem Elian und Christkindlmarkt heute Abend. Solltest dich warm anziehen, es soll weiter so eisig bleiben. So, aber jetzt muss ich los. Lass es dir schmecken, gib deinen Kollegen auch was ab, die haben auch alle nicht so gesund ausgesehen.«

Sie drückte Sarah zwei Küsse auf die Wange und ging zur Tür.

»Soll ich dich nicht nach unten bringen?«, bot Sarah an.

»Papperlapapp, mein Schatz. Ich komme gut alleine zurecht. So schwer findet man hier auch wieder nicht raus. Bis später.«

»Bis ... später«, verabschiedete sich Sarah.

Eli war so schnell wieder verschwunden, wie sie aufgetaucht war. Fred kam mit Anandita zurück ins Büro. Beide konnten sich ein Grinsen nicht verkneifen.

»Ich will gar nichts hören. Außer, warum wir ein Date haben und du nichts gesagt hast«, sagte sie zu Fred.

»Wollte ich ja noch, dann kam so ein weiterer Mord dazwischen. Du weißt schon, drei bei lebendigem Leib zerquetschte Jugendliche.«

»Klar, ich freue mich schon. Dort soll es ja überall gutes Essen geben.«

»Warst du noch nie auf einem Christkindlmarkt? Du lebst in Wien und warst noch nie dort?«, staunte Anandita.

»Ja, was soll ich sagen. Hat irgendwie nie so richtig geklappt.«

»Wir gehen ins alte AKH. Warm anziehen, es wird eiskalt werden«, zwinkerte ihr Fred zu.

Der Christkindlmarkt fand auf dem Grundstück des allgemeinen Krankenhauses statt. Ein riesiger Komplex, direkt neben dem Wiener Gürtel gebaut. Der Gürtel war eine stark befahrene Straße, die so manchem Autofahrer den letzten Nerv raubte. Das Krankenhaus selbst war wirklich gigantisch, kein anderes Spital in Wien war größer. Kurz wurde es einfach AKH genannt. Sein Vorgänger, um Siebzehnhundertvierundachtzig gegründet, wurde schlicht altes AKH genannt und lag im neunten Bezirk, nicht weit von der Rechtsmedizin entfernt. Es wurde als Campus der Universität Wien genutzt. Zusätzlich gab es immer wieder Veranstaltungen, zu denen eben auch der Christkindlmarkt zählte. War der Markt vor dem Rathaus sicher der größte und berühmteste, wurde der im alten AKH besonders von den Einheimischen geschätzt. Alles war kleiner, gemütlicher und es gab eine große Auswahl an Punsch und Speisen. Zusätzlich gab es Attraktionen für Kinder, für Erwachsene war eine Bahn zum Eisstockschießen vorhanden. Das leibliche Wohl wurde in Wien großgeschrieben, wenn man gutes Essen für sich beanspruchen konnte, dann waren die Wienerinnen und Wiener auch sofort zur Stelle. So verhielt es sich mit diesem und auch anderen kleinen Märkten in der Stadt.

Sarah war ja dennoch von dieser Welt, sie wusste, wie der Markt aussah. Von Bildern. Nun war sie wirklich gespannt darauf, einmal selbst dort zu sein. Es war wirklich merkwürdig, sie hatte sich immer in ihrer kleinen Welt versteckt, nichts zugelassen. Vielleicht musste sie in manchen Punkten Roux wirklich dankbar sein. Die Leiche in ihrer Wohnung war so etwas wie ein erster Schritt aus ihrem Käfig hinaus gewesen.

So weit, so gut

Man musste seine Gefühle immer wieder zurückhalten. Dies galt für ihn selbst noch mehr als für den Rest der Menschheit. Was auch der Grund war, weshalb er über diesen Wesen stand. Seine Art zu leben war eine Aneinanderreihung perfektionierter Abläufe. Er hatte sich immer unter Kontrolle, völlig egal, was auch passierte. Deshalb war es auch einfach nur lächerlich, dass die Polizei wirklich geglaubt hatte, mit einer einfachen Spionagesoftware auf seine Spur zu kommen. Dumm war es nicht, doch seine Manöver waren doch wesentlich geschickter. An den Anwälten, den guten Tipps und weiteren Hinweisen für die liebe Reporterin hatten sie jetzt eigentlich schon genug zu knabbern. Nur musste man ihnen auch einen Denkzettel verpassen, den sie als solchen auch wahrnahmen. Für die nächsten Schritte war somit die Polizei ganz alleine verantwortlich. Dies musste er nur noch der Öffentlichkeit verlautbaren. Die tollen Ermittler um diese Spielmann sollten ruhig wissen, dass Luzifer ihnen haushoch überlegen war. Egal, in welcher Hinsicht. Sie würden ihn niemals aufhalten können. Er hatte schon immer bekommen, was er wollte. Wenn auch nur auf indirekten Wegen.

Fremde und Freunde

Sie hatten ihre Arbeit so gut es ging erledigt. Ihre Kollegen arbeiteten eine Liste aus, mit allen Firmen, die direkt oder auch indirekt der Familie König-Fischer gehörten. Was eine stattliche Menge war. Sie waren auch im Besitz von Ländereien, Burgen, Mietshäusern, was alles eine Fülle an Informationen bereithielt. Leider hatten sie kaum Zeit und es dauerte einfach, bis man alles auswerten konnte und dann auch noch die richtigen Verbindungen erkannte. Wenn es überhaupt welche gab.

Elis Einwand war sehr richtig. Sie musste sich auch einmal zerstreuen, konnte nicht rund um die Uhr arbeiten. Bevor sie sich aber ein wenig in Zerstreuung flüchten konnte, musste Sarah mit Fred noch die einzig bekannte Adresse der drei Brüder aufsuchen. Schließlich konnten sie im Moment ja nicht ausschließen, dass der Ausweis nur zufällig dort gelandet war und die drei jungen Männer in Wahrheit quicklebendig waren. Sie holten sich ihren Dienstwagen und fuhren zu der Adresse.

Sie fanden sich vor einem Mietshaus ein. Die Wohnhäuser wurden meistens von privaten Immobilienbesitzern betrieben. Auch hier im sechzehnten Bezirk gab es eine Fülle dieser Wohnungen. Das Stiegenhaus wirkte nicht sonderlich gut in Schuss gehalten. An der Decke zeichnete sich ein alter Wasserschaden ab, der Putz bröckelte von der Decke. Postkästen waren entweder beschmiert oder zerstört worden. Die Mülltonnen standen einfach so in dem schmalen Gang und quollen über. Vermutlich kochten mehrere Wohnungsparteien ein Essen, denn es vermischte sich eine Vielzahl an Gerüchen, welche in Verbindung mit dem Gestank von fauligem Wasser nicht sonderlich berauschend war. Eine enge Wendeltreppe führte die beiden Ermittler in den dritten Stock. Dieses Wohnhaus war noch aus der Zeit vor dem Ersten Weltkrieg, wie sehr viele in Wien. Aufzüge gab es keine, dafür aber ein Extra-Stockwerk, welches Mezzanin genannt wurde. Somit gingen sie in Wahrheit in den vierten Stock. Etwas außer Atem gelangten sie schließlich zur gesuchten Türe. Dahinter konnten sie einen Fernseher hören. Fred klopfte laut an die Türe. Sarah war schon auf diese Tante gespannt. Teilweise gab es das WC noch auf dem Gang, ein Zustand, den niemand akzeptierte, wenn er es nicht musste. Ein Schlurfen wurde laut, jemand näherte sich der Türe. Mit einem Mal sahen die beiden Ermittler in die Augen einer kleinen, sehr dicken Frau. Ihre Haare waren schwarz und streng nach hinten gebunden. Trotzdem bemerkte Sarah, wie fettig sie waren. Auch ihre Leggins und das weite Shirt standen vor Schmutz.

»Was is?«, war die charmante Begrüßung, so voll der Wiener Herzlichkeit.

»Sind wir hier bei Hannelore Kuntz, dem gesetzlichen Vormund der Söres-Brüder?«, wollte Fred wissen.

»Wer sad's es? Amt? I was ned, wo die san. Imma unterwegs. Hab eh ka Zeit«, antwortete die Frau. »Kommens eine. Sagens Hanni zu mia, so nennt mi jeda.«

Sie zündete sich eine Zigarette an. Es fielen Sarah mit einem Schlag gut und gerne eine Million Dinge ein, die sie lieber getan hätte, als in diese Wohnung zu gehen. Selbst bei Familie Preetz sah es nicht so aus. Bei diesen alten Häusern war die Küche gleich bei der Eingangstür. Somit mussten auch Sarah und Fred durch die kleine, schmale Küche gehen, um ins Wohnzimmer zu gelangen. Dreckiges Geschirr stapelte sich, leere Flaschen waren auf jeder freien Fläche ausgestellt. Schmutz und Staub klebte an ihnen. Von den Oberflächen der Küchenschränke hätte man problemlos ein Kilo Fett abkratzen können. Müll lag achtlos weggeworfen auf dem Boden. Der Gestank nach verfaultem Essen nahm ihnen fast den Atem. Hanni schien sich nicht daran zu stören, Sarah konnte nun gut verstehen, warum die Brüder lieber unterwegs waren, als hier zu sein. Das Wohnzimmer war ein einziges Chaos. Kleidung, Kartons mit fragwürdigem Inhalt, noch mehr Flaschen und Unrat lagen praktisch überall. Die einzige freie Fläche stellte ein großer Sofasessel dar, der Fernseher und ein eher älterer Laptop. Genau dort nahm Hannelore Platz, rauchte ihre Zigarette in Ruhe weiter. Sehr zur Beunruhigung von Sarah, denn gleich daneben stand eine Sauerstoffflasche. Hanni hatte den Blick bemerkt.

»De brauch i. Hobs mit der Lung«, erklärte sie und gönnte sich einen tiefen Zug von ihrem Glimmstängel.

In solch einem Moment hätte ihr Sarah gerne erklärt, dass genau solch eine Konstellation von mit Sauerstoff angereicherter Kleidung und einer glühenden Zigarette sehr oft zu einer spontanen Selbstentzündung führte. Die wenigsten Menschen, die bei einem Zimmerbrand starben, waren wirklich tief mit ihrem Sargnagel eingeschlafen. Sauerstoff hängte sich an ihre Betten und die Kleidung, wenn dann die Durchmischung passte, verwandelten sich die achtlosen Patienten in eine lebende Fackel. Bei genauer Überlegung verwarf Sarah ihren Einwand. Hanni schien in ihrer Welt zu leben, eine Bevormundung hätte sie als Beleidigung empfunden. In den nächsten Raum wollte Sarah gar nicht erst schauen.

»Die Buam san ned do. Ka Ahnung. Hob die seit Wochn nimma gsehn. Mei depperte Schwester. Warum hots a imma Drogn nehma müssn. Stirbt afoch und losst mi allnich mit de Drei. Soi Mutta spün. Was hobns aungstellt?«, jammerte sie.

Der Heizkörper in der Wohnung rannte auf vollen Touren, es war unerträglich heiß, der Gestank kaum auszuhalten.

»Können Sie Ihre Neffen erreichen? Wir haben Grund zur Annahme, dass ihnen etwas zugestoßen sein könnte«, meinte Sarah.

»Na, i hob ka Guthaben mehr. De kummen eh nie vorbei, außer wenns Göd woin. Undankbare Gfraster. Is erna wos passiert?«

»Kennen Sie diese Person?«, fragte Fred und hielt ihr ein Foto unter die Nase. Eines der Opfer war im Gesicht nicht so stark verletzt worden.

Bastian Wehring hatte ihnen das Bild des Jungen auf seinem Seziertisch zukommen lassen.

»Meina Seel, des is da Paul«, keuchte Hanni. »Wos is passiert? Wer wor des?«

»Es tut mir wirklich sehr leid. Aktuell müssen wir davon ausgehen, dass alle drei Brüder verstorben sind. Wir können ihnen sofort ein Team holen, die ihnen psychologischen Beistand ...«, begann Sarah.

»Den Dreck brauch i ned. Wos is passiert?«, unterbrach Hanni sie unfreundlich.

»Wissen wir noch nicht. Aber wir arbeiten intensiv daran. Können Sie uns noch etwas sagen, was uns helfen kann? Wurden Ihre Neffen bedroht, haben sie unbekannte Menschen in letzter Zeit gesehen, die sie vielleicht verfolgt haben? Jeder Hinweis kann entscheidend sein.«

»Na, na. Seit Wochn worns ned do. Wie ihre Mutter sans. Olle drei. Sie ... Sie müssn jetzt gehn. Wiederschaun.« Sie richtete sich mühsam auf. Ihr dicker Bauch hinderte sie beträchtlich daran und als sie endlich auf den Beinen war, keuchte sie, als wäre sie gerade einen Berg hinaufgelaufen. Sie schob die beiden praktisch zur Türe.

»Ja ... ähm also wenn Ihnen noch etwas einfällt«, meinte Sarah und hielt ihr eine Visitenkarte hin. Diese ignorierte Hanni.

Kaum waren sie aus der Wohnung getreten, fiel die Türe ins Schloss. Allerdings nur kurz. Sie öffnete sich wieder zaghaft und Hanni kam hinaus in den Gang.

»A Froge no.«

Vermutlich war es nur der Schock gewesen. Nicht jeden Tag musste man erfahren, dass gleich drei nahe Angehörige verstorben waren. Sicher konnte sie mit ihrem Schmerz nicht anders umgehen. Sarah ging wieder zu ihr und setzte ein Lächeln auf.

»Sehr gerne, Hanni, was kann ich tun? Es muss wirklich sehr schmerzhaft sein, aber glauben Sie mir, damit sind Sie nicht ...«

»Jojo, I krieg eh no des Kindergöld, oder? Des Auto krieg i a, oder?«

Jetzt war Sarah baff.

»Keine Ahnung«, meinte sie.

»Guat, i frog woanders«, gab Hanni zurück und schloss die Türe.
Fred nahm Sarah an der Schulter.
»Hast du gehört, was die gerade gefragt hat?«, keuchte Sarah.
»Ja, denk nicht darüber nach«, antwortete er.

Altes AKH

Nach langem Drängen konnte Sarah auch Eli überzeugen mitzukommen. Sie fühlte sich einfach unglaublich wohl in ihrer Gegenwart und wollte unbedingt mehr Zeit mit ihr verbringen. Bei ihr konnte sie sich irgendwie fallen lassen. Auch wenn es komisch war, solche angenehmen Gedanken bei einer Person zu haben, die man praktisch gerade erst kennengelernt hatte. Trotzdem war es so. Eli strahlte einfach eine Aura des Vertrauens aus, eine mütterliche Wärme. So eine Wärme hatte Sarah immer gefehlt, auch wenn sie es eigentlich erst jetzt bemerkte. Und nach dem Erlebnis mit Hanni war das wirklich wichtig für Sarah. Was hatten Kinder überhaupt für eine Chance, wenn sie unter solchen Menschen leben mussten? Die Mutter früh an Drogen gestorben, die Tante hatte sie ja persönlich kennengelernt. Als ihre Mutter sich den goldenen Schuss gegeben hatte, war Mike gerade erst in der Unterstufe, seine Brüder noch in der Volksschule. Diese Details waren nur erste Auszüge aus der Akte der Jugendfürsorge, die Sarah durch Kollegen der SoKo erhalten hatte. Devi hatte für die entsprechenden Beschlüsse gesorgt und die Kollegen beim Jugendamt waren sehr kooperativ. Was mussten diese Kinder bloß ertragen haben? Es tat Sarah unheimlich weh, wenn Kinder so durch das Raster fielen. Bei dieser traurigen Geschichte konnte Sarah schon verstehen, warum manche Menschen dann auf die schiefe Bahn gerieten. Das Jugendamt hatte die Brüder immer wieder zu Pflegefamilien gegeben, doch sie waren meistens rasch mit ihnen überfordert gewesen. Aus Einrichtungen waren die Kinder regelmäßig geflüchtet und dann hatte die Tante doch das Sorgerecht angestrebt. Dabei waren ihr wahrscheinlich mehr die Familienbeihilfe und die Waisenrente wichtig gewesen, weniger die Kinder. Diese Ungerechtigkeit fachte Wut in Sarah an. Diese Dinge im Leben konnte und wollte sie nicht verstehen.

Mit den Öffis kamen sie prima zum alten AKH, dort gab es keine Parkplätze, außerdem wollte Sarah Punsch trinken. Der Christkindlmarkt, wie die Wiener liebevoll dazu sagten, lag in einem Innenhof der großen Anlage. Wo sich im Normalfall Studenten tummelten, wuselte es jetzt nur so von Besuchern. Auch wenn es sehr voll war, man hatte trotzdem Platz und konnte sich die Marktstände in Ruhe ansehen. Es gab handgemachte Küchenware aus Holz, Duftkugeln und Öle, Schmuck, Tücher und etliche andere Dinge. An einer kleinen Fotobox machten sie sogar ein paar Erinnerungsbilder. Fred und Sarah, alle vier zusammen und dann noch Christoph, Sarah und Eli. Die Bilder waren klein und praktisch, also steckte sich Sarah von jedem eines in ihre Geldbörse. Ein Stand mit Brotsuppen lag genau zwischen zwei weiteren Ständen mit Süßigkeiten. Eine perfekte Lage, sie beschlossen dort zu essen und als Belohnung dann noch kandierte Früchte zu verkosten.

»Wir haben euch nicht ohne Grund hierher eingeladen«, begann Elian, nachdem sie gegessen hatten.

»Dachte ich mir schon«, meinte Christoph.

»Gut, es gibt ja ohnehin keine einfach Art, wie man es sagt. Ich wollte dich, liebe Sarah, etwas fragen«, fuhr Fred fort.

Ihr Blick fiel auf Eli. Deren breites Grinsen zeugte davon, dass sie schon informiert war.

»Wir werden, nachdem es jetzt endlich auch hier legal ist, heiraten. Würdest du meine Trauzeugin sein?«, sagte Fred.

»Wow, das ist ja toll! Und du willst wirklich mich? Was muss man da machen? Wie läuft so etwas? Ich habe da ja keine Erfahrung«, stammelte Sarah.

»Im Grunde nur dabei sein und unterschreiben«, lachte Elian.

»Willst du, oder nicht?«, bohrte Fred nach.

»Natürlich, es ist mir eine Ehre«, sagte Sarah und umarmte ihren Partner.

»Ist das nicht die Frau Spielmann?«, ertönte eine junge Stimme.

Sarah drehte sich um und blickte in die desinteressierten Augen von Arthur König-Fischer. Er war in einen dicken Mantel gehüllt, der sehr nach echtem Fell aussah. Wirklich mutig, in einer solchen Gegend damit aufzutauchen, dachte sich Sarah.

»Gar nicht auf der Jagd? Oder haben Sie schon den Täter. Mein Vater musste sogar unsere Anwälte bemühen. Ein riesiger Schlamassel.«

»Tja, so ist es nun mal bei Ermittlungen. Bist du ganz alleine hier?«, wollte sie wissen. In seiner Anwesenheit fühlte sie sich sofort wieder unwohl.

»Meine Mutter ist hier, sie wollte unbedingt einmal sehen, wie die einfachen Menschen so leben. Leider musste ich mitkommen. Zum Glück haben wir einen Fahrer, sonst müssten wir auch noch mit der Straßenbahn fahren«, beschwerte er sich in einem ähnlich nasalen Tonfall wie sein Vater.

Einige Köpfe drehten sich zu dem Jungen um, böse Blicke trafen ihn. Arthur schien dies nicht zu beeindrucken.

»Ja, wirklich tragisch. Wie gefällt es dir bei den normalen Menschen?«, wollte Fred wissen.

»Erstaunlich gut. Mann oh Mann, war das Video ein Hammer. Diese Schrottpresse ... Denken Sie, die Typen da drinnen haben gelitten? Wie muss es wohl sein, wenn man so erdrückt wird? Fast wie bei meinen Schlangen«, seine Augen hatten ein beunruhigendes Leuchten.

»In deinem Alter sollte man solche Dinge nicht sehen. Eigentlich in gar keinem Alter. Wo ist deine Mutter noch mal?«, hakte Sarah nach.

»Irgendwo weiter hinten. Ich habe Sie gesehen und wollte Sie begrüßen. Kommen Sie wieder mal vorbei? Mein Vater war noch nie so unruhig. Hat mir richtig gut gefallen. Was haben Sie ihm nur gesagt? Aber auch egal, denken Sie, den Killer haben Sie bald?«

»Ich denke, ich werde keine Ermittlungen mit einem Dreizehnjährigen besprechen«, fuhr Sarah ihn an.

»Oh, habe ich einen wunden Punkt getroffen. Na, ich bin halt nicht wie andere in diesem Alter. Warum macht man solche Dinge wohl? Also meine Tiere machen es, weil sie es können. Weil sie sich nähren wollen. Aber die Sache mit der Presse? Wahnsinn.«

Von weiter hinten tauchte seine Mutter auf und rief seinen Namen. Man konnte die Enttäuschung in seinem Gesicht ablesen. Doch auch einen Anflug von Ablehnung.

»Mutter, ich unterhalte mich gerade«, fauchte er sie an, kaum dass sie sich zu ihnen gesellt hatte.

»Es tut mir sehr leid, lass uns aber jetzt gehen. Hier ist es so ... bodenständig«, meinte sie und sah sich um. Als ihr Blick auf den von Sarah traf, lächelte sie kurz auf.

»Sehr schade. Dann muss ich meiner Mutter wohl Folge leisten. Ein Credo meiner Familie, wenn man so will. Halali, meine Herrschaften. Ob Sie diesen Luzifer wohl schnappen?« Dabei grinste er, musterte Sarah jedoch mit kalten Augen.

Die Handys von Fred und Sarah läuteten. Mit einem sehr unangenehmen Gefühl sahen sie sich an, was ihnen von der IT-Abteilung zugesendet wurde.

Dieser Abend hätte an sich wundervoll werden können. Nur leider hatte eine Person, die sich Luzifer nannte, einen anderen Plan. Das Konto auf Instafame zeigte an, dass der Nutzer wieder online gewesen war. Das Foto eines jungen Mannes war zu sehen, etwas unscharf. Darunter stand:

Luzifer wollte der Polizei Hinweise liefern und den Weg zu diesen Menschen zeigen. Dies war geplant, um den Tätern den Tag des jüngsten Gerichts zukommen zu lassen. Die Polizei jagte jedoch lieber die unschuldigen Opfer dieser Barbaren. Diese erhielten jedoch nur ihre gerechte Strafe. Mit unlauteren Methoden trat sie die Rechte der Bevölkerung, nur um keinen Schritt weiter zu kommen. Nun ist es an euch. Dieser Mann liebt es, junge Frauen zu betäuben und sie danach zu vergewaltigen. Bis zu diesem Tag war er ein Phantom, doch nicht für Luzifer. Ich bringe das Licht, seht diesen Sünder. Stimmt ab, soll er leben oder soll er sterben? In sechzig Minuten endet diese Umfrage.

Ein Countdown begann zu laufen. Neben dem Foto gab es einen grünen Daumen nach oben und einen roten nach unten. Sofort erschienen Kommentare von Usern in allen möglichen Sprachen. Wenige Augenblicke später waren Übersetzungen in mehreren Sprachen zu lesen. Die Menschen an ihren Computern und Handys unterhielten sich, ob Luzifer ein Fake war. Trotzdem wurde fleißig abgestimmt. Sehr zu Ungunsten des Unbekannten.

Sarah und Fred hatten eine Nachricht auf ihre Telefone bekommen. Eine kurze Aufforderung von Baumeister, unverzüglich ins Landeskriminalamt zu kommen. Sie sahen sich diesen neuen Beitrag an und machten sich auf den Weg. Ihre Partner, Eli und auch der junge Arthur König-Fischer blieben zurück. Sie hielten ein Taxi an und gaben dem Fahrer die Adresse des LKA Ost. Schon klingelte ihr Handy und Baumeister rief an.

»Hast du das gerade gesehen?«, wollte er wissen.

»Ja, ich bin mit Fred auf dem Weg zur Dienststelle.«

»Gut, unsere IT-Experten sind schon dabei, eine Spur zu suchen. Das Signal wird, wie schon bei den letzten Malen, einmal rund um die Welt geschickt. Es dürfte also unmöglich sein, rechtzeitig herauszufinden, woher es stammt. Aber vielleicht haben wir mit dem Bild Glück. Ich habe angeordnet, es in allen Medien zu teilen«, klärte ihr Chef sie auf.

Der Taxifahrer fuhr recht zügig, doch natürlich konnte er nicht über rote Ampeln fahren. Daher musste sich Sarah in Geduld üben, sie saß ganz zappelig auf dem Beifahrersitz und betrachtete das Bild. Es war mit Sicherheit eine gute Idee, die Öffentlichkeit einzuschalten. Eigentlich hatte dies ja Luzifer auch schon gemacht, sie hoffte, dass sich bei ihrer Fahndung dagegen hoffentlich Menschen melden würden, die das

Leben dieses Mannes retten wollten. In der Dienststelle würden sie inzwischen vielleicht schon einen Namen herausgefunden haben.

Countdown

Dem war leider nicht so. Die Uhr zeigte nur noch knapp fünfzehn Minuten an, gegen den Verkehr in der Stadt hatte auch der sehr ortskundige Taxilenker nur wenig Chancen. Es gab keinerlei Meldungen über den Unbekannten, das Signal konnte man nicht zurückverfolgen und bei der Abstimmung sah es sehr nach dem nächsten Mord aus. Die Community im Internet geiferte danach, sie wollte wieder ein brutales Video, ein schockierendes Foto sehen. Immer seltener wurden die Fragen, ob es sich denn um Fake-News handelte. Der Großteil hatte diesen Account als absolut real akzeptiert. Erschreckend war nur, dass die Menschen über ihre Computer, Handys und Tablet fleißig abstimmten. Sie wollten Blut sehen, es war, als wären sie alle im alten Rom und ein todgeweihter Mensch stünde in der Mitte der Arena, umzingelt von bewaffneten Gladiatoren.

Ihre Gedanken rasten, wie konnte man diesen Mord verhindern? Dann fiel es ihr ein.

»Wo ist denn unsere Freundin Conny Hausser aktuell?«, wollte sie von ihren Kollegen wissen.

»Nach unseren Informationen ist sie wieder in der betreuten Wohneinrichtung der Familie König-Fischer. Ein Streifenwagen ist vor Ort, offiziell natürlich, um die Einwohner zu schützen«, erklärte Baumeister.

»Die sollen mal nachschauen, ob die liebe Conny da ist.«

Fred fragte gar nicht weiter nach, griff zu seinem Handy und führte ein kurzes Gespräch. Sarah nutzte die Zeit und rief Bastian Wehring an.

»Wer stört?«, meldete er sich.

»Meine Wenigkeit«, sagte Sarah.

»Du machst mir eine Menge Arbeit. Was kann ich tun?«

»Hast du vielleicht ein paar Hinweise für mich, mit denen ich was anfangen kann? Wir haben die nächste Morddrohung und drehen uns hier im Kreis.«

»Ich würde dir gerne ganz viel sagen, aber es ist doch dürftig. Hier in der Rechtsmedizin habe ich eine ganze Schar an Studenten um mich gesammelt. Sie helfen mir bei den ganzen Untersuchungen, sind wirklich motiviert und auch sehr talentiert. Wenn ich mich festlegen müsste, würde ich von mehreren Tätern sprechen. Den Jungen festzuhalten, ihn mit der Säure zu übergießen, ohne dabei selbst verletzt zu werden, schafft man eher nicht alleine. Das Zeug ist hochgiftig«, erklärte Bastian.

»Wozu verwendet man diese Flusssäure?«, hakte Sarah nach.

»In der Industrie, bei der Glas- und Spiegelproduktion und auch bei der Erzeugung von Kühlflüssigkeiten für Kühlschränke. In diese Richtung solltest du mal suchen. Ach, noch was.«

»Da haben wir einiges abzuarbeiten. Was hast du noch?«

»Dieser Richter ... Horst Letsch. Natürlich müsste ich erst einmal seine Leiche untersuchen, was aber nicht so einfach geht. Wenn die Berichte aber stimmen, dann ist er durch Thallium vergiftet worden. Wird in Rattengift verwendet. Ein sehr beliebtes Mittel, weil man ja ganz gut an das Zeug kommt. Wird ein Mensch damit vergiftet, ist es praktisch nicht aus dem Körper zu bekommen. Wobei die Dosis nicht sonderlich hoch sein muss.«

»Was ist 'nicht sonderlich hoch'?«, wollte Sarah wissen.

»8 bis 12 mg pro Kilo Körpergewicht. Wenn man es in gelöster Form hat, dann kann man es leicht in Pralinen spritzen. So wie du es mir geschildert hast. Die von Devi aufgehobenen Stücke lassen wir aktuell toxologisch untersuchen. Die Symptome sind sehr schlimm. Hörverlust und Haarausfall sind da noch das kleinste Übel. Blut aus allen Körperöffnungen, Schmerzen und so weiter. Wirklich schlimm ist es für Ärzte, weil man eigentlich machtlos ist. Verwendet wird es aber auch bei der Erzeugung von Glas«, merkte der Arzt an.

»Danke für die Infos, das klingt ja nach etwas, womit ich arbeiten kann«, sagte Sarah. Nach einer knappen Verabschiedung beendete sie die Unterhaltung.

»Fred, schau doch mal, ob die Stiftung oder sonst etwas der Familie König-Fischer ein Unternehmen hat, welches sich auf Glaserzeugung spezialisiert hat.«

»Wird gemacht. Übrigens ist Conny nicht mehr in dem Wohnheim. Man hat schon in alle Wohnungen dort gesehen. Wie vom Erdboden verschluckt, sagt Baumeister«, überbrachte Fred die schlechte Nachricht.

»Verdammter Mist. Wie kann die Kleine einfach so verschwinden?«, fluchte Sarah mehr zu sich selbst als zu Fred.

Die Fahrt kam den beiden Ermittlern endlos vor. Vor dem Gebäude des LKA angekommen bezahlten sie den Fahrer und machten sich auf den Weg in ihre Abteilung. Kaum waren Sarah und Fred in ihrem Büro, öffnete sich die Türe hinter ihnen.

Anandita war auch zu ihnen gekommen. Sie schien wieder wesentlich frischer zu sein. Anscheinend hatte sie in der letzten Zeit ihre Energie auf die Aufklärung des Falles verwendet, anstatt zu tief ins Glas zu schauen. Sie erklärte Sarah, dass man im Justizministerium jetzt bald mal einen Verdächtigen präsentiert haben wollte. Die Polizei wurde angehalten, endlich Nägel mit Köpfen zu machen. Als würde man mal eben so diesen Fall lösen können. Von Selina Bruckner war auch noch nichts zu hören, was zumindest bedeutete, dass der unbekannte Mann noch am Leben war.

Dies würde sich in der nächsten Zeit ändern. Die Uhr hatte gestoppt, eine überwältigende Mehrheit hatte für sein Todesurteil gestimmt. Wie ein Mahnmal prangte das Foto des Mannes auf ihrem Bildschirm.

Stiefelchen

Die Party war eigentlich der totale Bringer gewesen. Ronald hatte sich sein erstes Jahr an der Uni auch ungefähr so vorgestellt. Nicht auf die Vorlesungen und die Prüfungen bezogen, denn dort hatte er eher Lehrgeld bezahlt. So einfach durchschummeln ging dann doch nicht. Die Feste, die es zu feiern galt, waren da schon mehr seine Kragenweite. Zu Schulzeiten gab es weit weniger Möglichkeiten, was die Locations von Privatfeiern betraf, und die Mädels dort musste er mit viel Geduld abfüllen. Hier machten die Studentinnen es ja schon von selbst, er durfte nur nicht mehr trinken als notwendig und am Ende des Abends kam in der Regel seine Gelegenheit. Ronald Meierhof war ein eher unscheinbarer Typ. Seine schulterlangen, braunen Haare hatte er die meiste Zeit nur zu einem Zopf zusammengebunden und wenn er sich nicht Mut antrank, war es ihm praktisch unmöglich mit einer Frau zu sprechen. In seiner Schulzeit war er nicht etwa ein Außenseiter oder ein Mobbingopfer gewesen. Er existierte nicht für seine Mitschüler, fast die gesamte Unter- und Oberstufe lang. Wie ein Geist bewegte er sich damals durch die Schule, keiner sprach mit ihm, selbst die Lehrer übersahen Ronald. Was gar nicht so leicht war, immerhin war er zwei Meter groß, aber dünn wie ein Bleistift. Zumindest beschrieb ihn so sein Vater. Die dicke Brille auf der Nase betonte sein Äußeres nicht sonderlich vorteilhaft. Wäre man damals wenigstens der Klassenstreber gewesen, so hätte man ein bisschen Respekt gewinnen können, vorausgesetzt, man machte den angesagten Kids die Hausaufgaben und gab kostenlose Nachhilfe. Was auch nicht sein Fall war. Er mogelte sich als Durchschnitt einfach so durch, wurde nicht bemerkt, eckte mit niemandem an, fand weder Freunde noch Feinde. Bei den Elternabenden wussten die Lehrer oft nichts Genaues zu sagen, vermutlich hatten sie gar keine Ahnung, zu welchem Kind das Ehepaar gehörte.

Diese Situation änderte sich aber, als er in der siebten Klasse der Oberstufe doch endlich einmal auf eine Party ging. Die Feier war eher langweilig. Ein Großteil der Schülerinnen und Schüler versuchte sich in diversen Trinkspielen, wollte einander beweisen, wer mehr vertragen konnte. Bis zu diesem Tag hatte er noch nie geraucht, Alkohol getrunken oder Drogen ausprobiert. Wie es seine Art war, stand Ronald im Abseits der Party in einer Ecke und betrachtete das Geschehen. Auch wenn sicher etliche seiner Kollegen schon einiges an Erfahrung in Sachen Sex gemacht hatten, galt das sicher nicht für alle hier. Schon gar nicht für Ronald. Wie genau alles damals begonnen hatte, da war er sich heute auch nicht mehr so sicher. Der Alkohol in Form eines Bieres hatte ihn etwas mutiger gemacht und neben ihm kotzte sich gerade ein Mädchen die Seele aus dem Leib. Sie gehörte ebenso wenig zu den Angesagten wie er, obwohl sie eigentlich ganz niedlich war. Schon den ganzen Abend hatte er sie dabei beobachten können, wie sie bei diversen Spielen mitmachte, nur um zu einer Gruppe dazuzugehören. Man leckte ihr dann zwar Tequila von den Brüsten, aber beachtete sie darüber hinaus trotzdem nicht weiter. Sie musste sich aus Frust den Rest gegeben haben.

»Hascht du no wasch zu trinke?«, nuschelte die Kleine.

»Klar, kommst einfach mal mit. Ist oben, gekühlt.«

Diese Antwort kam ihm wie von selbst von den Lippen und ehe er sich versah, war er schon auf dem Weg nach oben, um ein separates Zimmer zu finden. Mühsam musste er sie dabei mit sich ziehen. Selbst so kleine Menschen konnten ziemlich schwer werden, wenn ihnen ihre Motorik nicht mehr so gehorchte, wie es normal gewesen wäre.

Alles ging dann eigentlich ziemlich schnell. Er fand einen Raum, darin war sogar ein Bett. Im Grunde wusste er noch nicht einmal, in wessen Haus diese Party gefeiert wurde, aber es war im auch egal. Das

Mädchen, ihren Namen kannte er nicht mal, ließ sich ohne Probleme ausziehen. Sicherlich, sie war nicht mehr ganz bei der Sache, was dem Alkohol geschuldet war. Doch plötzlich kam ihm noch eine Idee. Mit seinem Handy filmte er sein erstes Mal. Mit einer völlig Betrunkenen. Passend zu dem jungen Mann, den niemand wahrnehmen wollte. Es dauerte weit weniger lange, als es ihm so mancher Pornofilm vorgemacht hatte. Da er kein Kondom bei sich hatte, schließlich hätte er niemals damit gerechnet, zog er ihn raus, bevor er kam. Für seine Erinnerung machte er dann noch ein paar Bilder von dem nackten Mädchen und deckte sie zu, ehe er das Zimmer verließ.

So unbemerkt, wie er dachte, war diese ganze Aktion aber nicht abgelaufen. Vor der Tür warteten schon einige der Jungs aus seiner Klasse und gratulierten ihm frenetisch. Plötzlich war er nicht mehr unsichtbar, er war der Typ, der ein Mädel bei der Party abgeschleppt hatte. Um seinen Ruhm nun zu festigen, zeigte er stolz das Video und die Fotos herum. Manchen seiner neuen Freunde schickte er es auch ein paar Tage später weiter.

Ab diesem Zeitpunkt war er immer öfter bei einer Feier dabei. Seine Prozedur wiederholte er immer wieder aufs Neue. Ein Mädchen abfüllen oder auf eines warten, das schon stark betrunken war, und sie dann in ein Zimmer bringen. Video davon machen und in einer geheimen Gruppe teilen. Dort waren nur die Jungs aus der Oberstufe vertreten. Logischerweise wollten sie kein Mädchen darin haben. Ein Sport entstand. Jeder versuchte, so viele wie möglich rum zu kriegen und dann Fotos und Videos zu machen. War dies nicht sofort möglich überredeten die richtig coolen Typen einfach eines der Mädchen ihnen Nacktfotos zu schicken. Was auch immer öfter gelang.

Die Kehrseite der Medaille war, dass Ronald schon sehr bald wieder an den Rand gedrängt wurde. Sicher, er war der Erste gewesen, doch nun folgten weit erfolgreichere Typen nach. Als die Matura hinter ihnen lag, wusste schon bald niemand mehr, wer der große, schlaksige Typ eigentlich war.

Es verhielt sich auch nicht viel anders an der Uni und auf diesem

Fest. Hier waren allerdings auch deutlich mehr Menschen unterwegs, sie waren aufgeschlossen aber gerade mit Fotos sehr vorsichtig. So leicht konnte er kein Video machen und es jemandem zeigen. Schon damals in der Schule gab es Probleme, seine erste Eroberung hatte sogar hingeschmissen oder so. Da war er sich nicht so sicher. Keine Ahnung, ob es überhaupt an ihm gelegen hatte. Schließlich war er sicher nicht der erste Mann gewesen, den sie im Bett gehabt hatte. Sonst wäre sie ja nicht einfach mitgegangen und hätte auch nicht so viel getrunken. Die Bilder selbst waren ja auch nur unter den Jungen geblieben, wie hätte sie es also wissen sollen. Mit ihm hatte jedenfalls kein Mensch darüber gesprochen.

Diese Party war zwar ganz in Ordnung, doch schön langsam wurde er zu betrunken und es zeichnete sich keine willige Studentin ab. Außerdem hatte er auf einer Dating App ein sogenanntes Match. Eine junge Blondine mit sehr großen, wohlgeformten Brüsten wollte ihn offenbar näher kennenlernen. Klarerweise hätte er ihr auch sofort eine Nachricht geschickt, die gleich beantwortet worden wäre. Nun war diese Blonde auch auf einer Party, gar nicht weit von seiner Wohnung entfernt, und langweilte sich fürchterlich. Da wollte Ronald nun mal nicht so sein und als Ritter in schimmernder Rüstung der armen Maid zu Hilfe eilen. Wer weiß, was diese Nacht dann noch für ihn bereithielt. In der Kälte nach Hause zu gehen war nicht optimal, aber als armer Student hatte man es nicht so dick.

Still und heimlich machte sich Ronald auf den Weg nach Hause. Dabei konnte er gemütlich am Donaukanal entlangschlendern, denn er musste vom zweiten Bezirk über die Rotundenbrücke gehen und danach auf der anderen Seite des Kanals ein Stück weiter rauf. So würde er recht bald in seiner Wohnung in der Nähe des berühmten Hundertwasser-Hauses sein. Mit einer WG hatte er sich nie richtig anfreunden können. Die kleine Ein-Zimmer-Wohnung war für ihn leistbar, eigentlich für seine Eltern, und noch dazu sehr schön gelegen. Man befand sich praktisch im Zentrum von Wien, wenigstens nicht weit davon entfernt, und in die Uni hatte er es auch nicht weit. Es war schon weit nach

Mitternacht und der Wind trieb die Temperaturen unbarmherzig weiter nach unten. Trotz seines Mantels zitterte er vor Kälte. Er beeilte sich, schließlich hatten sie den Bereich vor dem Hundertwasserhaus als markanten Treffpunkt ausgemacht. Da konnte man sich praktisch nicht verlaufen. Etwas in Gedanken, sexueller Vorfreude, wenn man so wollte, versunken, starrte er auf das dunkle Wasser des Donaukanals. Wenn das Wetter milder war, war dies seine Laufstrecke. Man konnte praktisch einmal quer durch Wien laufen, ganz ohne Autoverkehr, Ampeln oder ähnliche Hindernisse. An sich war es eine wirklich schöne Gegend.

Fast wäre er in die zwei Typen gelaufen, die nicht einmal einen Zentimeter zur Seite gewichen waren. Er stoppte aber rechtzeitig und wollte sich schnell an ihnen vorbeischlängeln. Da traf ihn auch schon ein harter Schlag in die Magengrube.

Ronald keuchte vor Schmerz und Überraschung auf, wurde auf beiden Seiten von Unbekannten gepackt und mit einem Tritt in die Kniekehlen auf seine Knie gezwungen. Er blickte verwirrt nach oben. Noch nie hatte man mit ihm einen Streit gehabt. Das war gar nicht seine Art, denn eigentlich übersah man ihn trotz seiner Größe. Eine behandschuhte Hand packte seine Wangen und drückte ihm den Kopf nach oben. Er blickte in ein Puppengesicht. Das konnte nicht wahr sein. Er hatte es im Internet mitbekommen. Sie töteten irgendwelche Teenager und machten davon ein Video. Hinter ihm erklang ein Lachen. Es war wie aus einem Film, künstlich aber furchterregend.

»Hört mal zu, keine Ahnung, wer ihr seid. Ist sicher ein Missverständnis. Vielleicht waren die anderen Typen Drecksäcke. Ich habe aber niemals jemandem was getan«, flehte er.

Keine Antwort, nur ein Schlauch, der ihm in den Mund gerammt wurde. Ronald musste würgen, was zur Folge hatte, dass der Schlauch noch tiefer in ihn eindrang. Mageninhalt stieg im Schlauch hoch, doch dieser Faktor war der Gestalt vor ihm egal. Sie goss eine Flasche in einen Trichter, der am Ende des Schlauches befestigt war. Kaum war dieser leer, folgte die nächste. Ein Licht von der Seite machte seine Ahnung zu böser Gewissheit. Er wurde gefilmt.

Mit dem Mut der Verzweiflung wollte sich Ronald wehren, seine Verfolger abschütteln und nach Hause laufen. Sein Versuch auf die Beine zu kommen, scheiterte kläglich. Sie gehorchten ihm einfach nicht mehr. Noch waren seine Gedanken klar, was zur Hölle gaben sie ihm da?

Die Flasche wirkte wie billiger Schnaps, immer wieder wollte er sich übergeben. Doch es gelang Ronald einfach nicht. Ihm wurde allmählich schwarz vor Augen. Sie hatten ihm die dritte Flasche eingeflößt, als sich jemand an seiner Hose zu schaffen machte. Wieder ertönte dieses Lachen, es war, als sei es ganz weit von ihm entfernt. So wie alles um ihn herum. Er fühlte sich wie in Watte eingepackt und seine Gliedmaßen spürte er gar nicht mehr. Dann war ein heftiger Ruck in seinem Schritt zu spüren. Der Schlauch wurde ihm aus dem Hals gerissen und seine Peiniger entfernten sich ohne ein Wort. Ronald bekam nichts davon mit. Er starrte ungläubig auf seine geöffnete Hose und das viele Blut von der Stelle, wo eigentlich sein Schwanz sein sollte. Dieser lag abgetrennt vor ihm. Er übergab sich und verdrehte die Augen. Ganz alleine, mit dieser Wunde und bei derartigen Temperaturen würde es nicht mehr lange dauern, bis er starb. So dachte es sich die Person, die nun auf ihn zukam. Sie machte ein Foto und musste sich dabei abwenden. Der Geruch von Blut, Alkohol und Erbrochenem war zu viel des Guten. Schnell warf sie noch eine Tarotkarte zu dem abgetrennten Penis und machte sich davon.

Ronald keuchte noch ganz langsam und unregelmäßig vor sich hin. Schmerzen spürte er so gut wie keine, aber genau genommen, spürte er fast gar nichts mehr. Seine Augen starrten in die Dunkelheit der Nacht und nach wenigen Minuten hörte er auf zu atmen.

Auf verlorenem Posten

Der Hinweis auf eine Firma, die in der Glasindustrie tätig war, hatte sich als Volltreffer erwiesen. Hugo Ignaz König-Fischer war Besitzer einer solchen. Hauptsitz war ein kleines Industriegebiet im dreiundzwanzigsten Bezirk. Perceval Glas, gegründet schon um Siebzehnhundertfünfzig. Die Vorfahren von Hugo Ignaz waren eigentlich Glasbläser aus dem heutigen Tschechien, die durch ihre Kunst in kürzester Zeit im ganzen Reich berühmt geworden waren. Mit dem Ruhm kam auch der Reichtum, denn ihre kunstvollen Gläser waren vor allem im Hause Habsburg sehr begehrt. Nach wenigen Jahren war man auch schon ein gern gesehener Gast in Wien, die Familie Rybykral, wie sie ursprünglich hieß, änderte ihren Namen in König-Fischer und schon sehr bald kaufte man sich das Recht, eine Adelige mit ihrem Sohn zu vermählen. Die Habsburger litten wie eh und je an einer akuten Finanzkrise, die Schatztruhen waren leer. Da kamen neureiche Glasmacher gerade gelegen. Damals war man auch nicht sonderlich zimperlich. Es ging nicht um Liebe oder Glück. Ein junges Mädchen, dem die Pocken arg zugesetzt hatten, wurde die Gemahlin des erstgeborenen Sohnes der König-Fischers. Man befand sich endlich im erlauchten Kreis der Adeligen im Habsburger Reich. Was nun folgte, war eigentlich klassisch. Man hielt sich dezent im Hintergrund, sprang nur bei finanziellen Engpässen ein. Lieber investierte man, kaufte Seen oder Wälder. Diese Grundstücke waren damals mehr ein Klotz am Bein, darum verkaufte der alte Adel sie auch gerne. Den Neu-Adeligen war es wichtiger, ihren Grund einmal zu vermehren. Verkaufen konnte man ja schließlich immer noch.

Der Sohn der Familie hatte als Ehemann ein gutes Händchen, wenn es um finanzielle Transaktionen und Kredite ging. Man blieb dennoch in der Wirtschaft, verpflichtete sich aber immer wieder, unterprivilegierten Menschen in diesem Vielvölkerreich zu helfen. Eine Tradition, welche bis heute bestehen geblieben war.

Alle Hinweise waren ein Fingerzeig auf Hugo Ignaz König-Fischer, doch Sarah wurde daraus erst recht nicht schlau. Ein Serienkiller wollte der Polizei gerne zeigen, wie überlegen er war. Luzifer verhielt sich im Grunde genommen auch nicht anders, aber er wollte nicht einfach so erwischt werden. Diese Menschen hatten vor, die Kontrolle zu behalten, egal, was es kostete. Sich selbst in das Fadenkreuz der Ermittlungen zu bugsieren, dabei auch noch den Ermittlern das Leben schwer zu machen, war ein Schachzug, der auf ein großes Ego schließen ließ. Vielleicht war ja einer armen Seele mal nicht so geholfen worden, wie sie es sich erwartet hatte. Um sich an dieser Familie zu rächen, wurde solch eine Mordserie geplant. Allerdings war es ein hoher Aufwand, man musste auch sehr viel über die Struktur der Stiftung und deren Firmen wissen. Alles in allem war Sarah dem Täter auf der Spur, aber Luzifer konnte sich noch im Hintergrund aufhalten, seine Fäden ziehen und im schlimmsten Fall weiter morden.

»Sarah, ein Mann hat sich gemeldet. Er kann nur sehr schlecht sprechen, da er in einem Altersheim liegt. Er hatte vor einem Jahr einen Schlaganfall und ist seitdem ein Pflegefall. Eigentlich hat ihn eine Krankenschwester darauf aufmerksam gemacht. Sein Enkelsohn, der ihn oft besuchen kommt, sieht dem gesuchten Mann verblüffend ähnlich. Ronald Meierhof ist sein Name«, informierte sie Baumeister und riss Sarah aus ihren Gedanken.

»Können wir sein Handy orten? Oder hat ihn jemand erreicht?« Jetzt war Sarah hellwach, Adrenalin breitete sich in ihrem Organismus aus.

»Handy ist tot, aber wir können es wohl orten. Sobald wir was haben, fahren wir hin. Die Eltern sind im Moment aus geschäftlichen Gründen im Ausland. Wir versuchen sie natürlich ebenfalls zu erreichen.«

Wenn das Telefon schon nicht mehr an war, hatte Sarah wenig Hoffnung. Natürlich konnte er auch irgendwo sein, wo es keinen Empfang gab. Doch im Hinblick auf die aktuellen Morde war Sarah nicht gerade optimistisch gestimmt.

Von Conny gab es auch noch immer keine Spur, ihr Handy hatte man in ihrem Zimmer gefunden. Ganz so dumm war sie anscheinend nicht, nur würde Sarah jetzt bald andere Saiten aufziehen. Sie hatte vorsorglich auch die Mutter von Jeremy, Mona Müller, angerufen. Unter dem Vorwand einer kurzen Frage an ihren Sohn wollte Sarah so seine Anwesenheit überprüfen. Die Mutter verwies Sarah in einem unfreundlichen Ton an ihre Anwälte, drohte mit einer Beschwerde wegen Belästigung und legte einfach auf. Mit dieser Frau würde sie nicht weiterkommen, da machte sich Sarah keine Hoffnungen.

Fred hatte die Lebensgeschichte der Sören-Brüder weiter verfolgt, sie war ein trauriges Manifest, was mit Kindern passieren konnte, wenn sie durch das Raster rutschten. Selbst der Verdacht auf sexuellen Missbrauch durch den Lebensgefährten von Hanni war in einer Akte vermerkt. Da der jüngste Bursche Gilbert nicht weiter ausgesagt hatte, war diesem Hinweis auch nicht weiter nachgegangen worden. Ihre ersten Diebstähle machten sie in Lebensmittelgeschäften. Sie nahmen sich nur etwa zu essen, weil sie so einen Hunger hatten. Doch auf der Straße kamen sie dann schon früh in den Kontakt mit Drogen. Egal ob Gras, Alkohol oder auch harte Drogen, sie waren schon bald in der Abwärtsspirale gefangen. Der einzige Weg, an so viel Geld zu kommen, um auch stets genug Drogen zu haben, waren dann Überfälle.

Jeremy war es aufgrund seiner Stellung gewöhnt, das Kommando zu haben. Den Unterlagen und der Aussage seines Direktors nach, war er kein sehr einfacher Schüler gewesen. Kurzzeitig war er sogar in der gleichen Klasse wie Arthur, musste dann aber ein Jahr wiederholen. Wann genau sich die Wege der Brüder und die von Jeremy kreuzten war unklar. Rund um die Schule hatte es in den letzten zwei Jahren immer wieder Anzeigen gegeben. Überfälle, Drohungen und eine Art Schutzgelderpressung standen im Raum. Leider weigerten sich die Opfer immer auszusagen.

Dies galt auch für Jeremy. Er wurde dreimal zusammengeschlagen, laut einer Pensionistin, die aber in der Dunkelheit die Gesichter der Angreifer nicht erkennen konnte, pinkelten sie ihn sogar voll. Doch bei der Polizei weigerte Jeremy sich, Namen zu nennen. Also wurde gegen Unbekannt ermittelt.

Völlig egal, welche Vorgeschichte die Brüder Mike, Paul und Gilbert Sören auch hatten, ihnen weinte vermutlich kaum ein Mensch eine Träne nach. Die DNS-Analyse war in diesem Fall unpraktisch. Hanni, die Tante, hatte kein brauchbares Material. Da es aber ja auch noch die Möglichkeit von Fingerabdrücken gab, wurde das BKA rasch fündig. In der Datenbank waren alle drei Jungs vermerkt, immer wegen kleinerer Delikte. Meistens gab es nur Bewährungsstrafen, was also kaum eine Bestrafung für sie darstellte. Von den Kollegen des Bundeskriminalamtes hatte Sarah nun auch erfahren, dass die Brüder eine kleine Wohnung gemietet hatten. Unter falschen Namen, bei einem Vermieter, der gegen Bargeld keine Fragen stellte. In dieser Wohnung wurden Drogen, Geld und auch Waffen gefunden. Der Rest war wahrscheinlich Diebesgut, dies musste man erst ermitteln. Aktuell wertete die IT-Abteilung auch noch die letzten Standorte ihrer Handys aus.

Wieder kam ihr Chef ins Büro, dank der Unterstützung der Mobilfunkanbieter konnte diesmal das Telefon ohne bürokratische Hürden geortet werden. Es war zuletzt am Donaukanal zu finden gewesen. Was Sarah sofort beunruhigte, war die Tatsache, dass es sich seit geraumer Zeit nicht mehr von der Stelle bewegte. Mit mehreren Fahrzeugen, Kollegen des Streifendienstes und auch der WEGA machten sie sich auf den Weg. Ein Hubschrauber wurde ebenfalls in den Dienst gestellt und auch die Hundestaffel war wieder mit dabei. Sarah hatte keine großen Hoffnungen, weder dass sie einen lebenden Ronald Meierhofer fanden noch dass sie einen oder mehrere Mörder auf der Flucht schnappen konnten. Für diese Gedanken war jetzt ohnehin keine Zeit. Sie zog sich ihre Jacke an, schnappte sich diesmal auch ihre Dienstwaffe und machte sich mit Fred auf den Weg.

Mit Blaulicht und Folgetonhorn raste Sarah durch die Straßen von Wien. Der Weg war nicht sonderlich weit. Der Wiener Donaukanal war quasi eine natürliche Grenze zwischen dem zweiten Bezirk und unter anderem dem dritten Gemeindebezirk. Auf dieser Seite des schmalen Flusses hatte man das Handy geortet. Sie würden sehr schnell dort sein. Bisher zeigte sich dieser Luzifer aber als extrem gut organisiert.

Der Helikopter war klar zu erkennen, ebenso zu hören. Er umkreiste eine bestimmte Stelle und leuchtete diese mit seinem Scheinwerfer aus. Ein mulmiges Gefühl machte sich in ihrer Magengrube breit. Sie bedachte Fred mit einem wissenden Blick. Er nickte nur schwach, sie konnte an seinem Ausdruck erkennen, dass auch er mit dem Schlimmsten rechnete. Einsatzfahrzeuge kamen nun von allen Seiten. Die Straße, welche stadtauswärts führte, wurde gesperrt. Notarztwagen, Feuerwehr und wohl fast alle Polizisten, die gerade im Dienst waren, fanden sich an der Stelle ein, die von der Telekom kommuniziert worden war. Mit ihren Taschenlampen mussten sie auch gar nicht lange suchen.

Fred war der Erste, der die Blutspur und damit auch Ronald fand. Blutige Handabdrücke und eine gut drei Meter lange Schleifspur zeugten davon, dass das Opfer sich noch ein kleines Stück in Richtung Hauptstraße bewegt hatte und vom Ufer wegkommen wollte, um Hilfe zu suchen, denn hier am Donaukanal war nicht viel los. Vielleicht im Sommer, wenn viele Menschen hierherkamen, um einen Nachtspaziergang zu machen. Doch nicht bei Minusgraden im tiefsten Winter. Hier lag der Körper von Ronald Meierhofer, der ganz alleine gestorben war.

Sarah veranlasste eine großräumige Absperrung. Sie selbst näherte sich mit einem Notarzt, damit dieser eine Untersuchung machen konnte. Sie hatte wenig Hoffnung, aber nur ein Arzt konnte in diesem Fall den Tod bescheinigen. Was dann auch genauso geschah.

Der Blutverlust musste enorm gewesen sein, auch wenn Blutspuren täuschen konnten. Oft sah ein sehr heftiges Nasenbluten, eine Platzwunde am Kopf so aus, als wäre man in einem Schlachthaus gelandet.

Der Unterschied war aber, dass diese Spur ein Stück weiter hinten fast schon einen kleinen See darstellte. Es roch selbst im Freien streng nach Alkohol und Erbrochenem. Was auch immer hier stattgefunden hatte, Ronald hatte keinen angenehmen Tod gehabt. Der Strahl der Taschenlampe glitt über die Umgebung. Sie hielt inne. Im Kegel des Scheinwerferlichtes erblickte Sarah ein Stück Fleisch. Bisher konnte niemand sagen, was genau die Todesursache war. Ronald lag auf dem Bauch, als sie eingetroffen waren. Der Arzt hatte seinen Körper mithilfe eines Sanitäters umgedreht, um ihn untersuchen zu können. Dabei konnte man aber kaum etwas erkennen. Alles war voll mit Blut. Wenn Sarah aber diese Eindrücke nun nochmals in ihrem Kopf durchspielte, sah sie seinen Körper wieder vor sich. Die Hose war erstaunlich weit unten, dort war auch alles von Blut durchtränkt gewesen. Ihr schauderte, doch der Geruch von Blut riss sie aus ihren Gedanken und sie trat sie näher, um das Stück Fleisch erkennen zu können.

»Fred, komm mal. Hoffentlich ist Bastian auch bald hier. So wie der Typ hier will niemand abtreten«, meinte sie und deutete auf das Stück von Ronald.

»Was zum Teufel ist da ...« Er verstummte.

»Wir müssen dringend in der Vergangenheit von Ronald Meierhofer bohren. Wir müssen Conny finden und werden wieder ein nettes Gespräch mit Herrn König-Fischer führen. Die haben ihm seinen Penis abgeschnitten.«

»Und wieder haben wir eine Tarotkarte! Sie lag zusammen mit dem Handy an der Stelle, wo das meiste Blut war«, bemerkte Fred.

Leichen in Wien

»Wahnsinn«, viel mehr fiel auch Baumeister nicht ein.

»Da ist schon ne Menge Wut dabei. Man hätte ihm ja auch den Hals durchschneiden können. Wut, aber kalkuliert. Wie auch schon beim ersten Opfer. Wenn es so ist, wie Bastian und ich vermuten, dann sind es mehrere Täter. Doch einer davon ist voller Hass, kann sich aber kontrollieren.«

»Was heißt das, Sarah?«, wollte Fred wissen.

»Diesen Typ der Gruppe werden wir nur schwer lebend bekommen. Ich würde sogar so weit gehen und sagen, er wird auch noch die Mitglieder seiner Gruppe umbringen. Was mich auch noch wundert, ist etwas ganz anderes«, meinte sie.

»Was genau?«, fragte Baumeister.

»Vermisst ihr nicht auch die Reporterin? Die war doch bisher immer so gut informiert. Jetzt auf einmal, nachdem rausgekommen ist, dass wir ihr Handy abgezapft haben, ist nichts mehr von ihr zu sehen.«

»Okay, dann hat sie halt keine Hinweise mehr. Na und?« Fred zuckte mit den Schultern. Nun traf auch ein Fahrzeug der Rechtsmedizin ein. Bastian Wehring würde nach dieser Mordserie eine ganze Weile Urlaub nehmen, dachte Sarah.

»Nichts in diesem Spiel geschieht ohne Grund. Leute, das müsst ihr bedenken. Alle Spuren zeigen in die Richtung von Hugo Ignaz König-Fischer. Die Morde sind perfekt geplant, wir werden über soziale Netzwerke absichtlich als unfähige Pfeifen dargestellt. Eine bis zu diesem Zeitpunkt unbekannte Reporterin hat plötzlich einen Informanten, der ihr ganz genau sagt, wann sie wo sein muss. Dann werden die Taten immer heftiger, die Gewaltspirale steigert sich und kaum haben wir den Ansatz einer Spur, verschwinden mögliche Zeuginnen«, klärte Sarah ihre Kollegen auf.

Sie nickten stumm.

»Vergesst auch nicht den wahrscheinlichen Mord an Richter Horst Lesch. Die Tarotkarte ist eine Botschaft, selbst ein Richter ist nicht sicher. Hoffentlich kann Devi bald die Akten von ihm besorgen. Da spielt jemand mit uns, aber es sind nicht diese Mörder. Sie sind auch nur Puppen, die von einem Puppenspieler mit unsichtbaren Fäden gesteuert werden. Da wird noch mehr kommen, viel mehr. Wir müssen jetzt wirklich energisch vorgehen. Egal, was irgendwelche Freunde dieser Adelsfamilie sagen. Chef, wenn wir Jeremy nicht unter Druck setzen oder Conny nicht bald finden, werden noch viel mehr Teenager sterben.«

»Das stimmt. Ihr seht zu, dass ihr endlich eine Spur aufnehmt. Der Mistkerl von Luzifer hat uns lange genug verarscht. Macht Druck, wo ihr ihn machen müsst. Conny Hausser wird zur Fahndung ausgeschrieben. Ebenfalls Selina Bruckner, wenn sie meiner Vorladung nicht Folge leistet. Das Justizministerium lasst mal meine Sorge sein, Devi ist ein guter Fang, wir sollten sie an uns binden«, sagte Simon Baumeister.

Manchmal wollte sie ihren Chef umarmen. Er wusste, wann es Zeit war, um den Fehdehandschuh zu werfen. Wenn Luzifer es auf die harte Tour wollte, dann sollte er es auch so bekommen.

»N'Abend meine Lieblingskollegen«, grüßte Wehring. Er nahm einen Bissen von seinem Hotdog.

»Immer nur am Essen, was?«, bemerkte Fred.

»Bei der Arbeit, die ihr mir da immer wieder anschleppt, muss ich was essen. Meinen Sommerurlaub habe ich mir dieses Jahr mehr als nur verdient. Wir kommen nicht mehr hinterher. Was haben wir heute?«

»Ein Student, um die zwanzig Jahre alt. Wenn ich in Biologie gut genug aufgepasst habe, dann liegt da drüben sein Penis«, sagte Sarah und leuchtete dem Arzt.

»Autsch! Denen gehen die Ideen aber auch nicht aus. Gut, ich mache so schnell, wie ich nur kann. Eure Leute sollen mal alles ordentlich aufnehmen, Spuren sichern, was halt noch zu sichern ist«, sagte er gleichgültig und machte sich auf den Weg zurück zu seinem Fahrzeug. Dort hatte er seine Ausrüstung, würde aber auch sein Essen dort liegen lassen. Die Kollegen des BKA verstanden bei der Kontamination von Tatorten eher wenig Spaß.

Sarah und Fred machten sich wieder auf den Weg zurück zum Landeskriminalamt. Dadurch bemerkten sie auch nicht, dass Selina Bruckner gerade wieder aus einem Wagen stieg und mit ihrem Kameramann begann, ein Interview aufzunehmen. Selbst ein Reporter des ORF war schon längst vor Ort, Selina war also wohl nicht vorab verständigt worden.

Diesen Umstand schien sie sehr wohl zu bemerken, denn ihre Miene war alles andere als fröhlich. Unwirsch sprach sie in ihr Mikrofon, deutete dabei immer wieder auf den Tatort im Hintergrund. An den Absperrungen gab es nun kein Durchkommen für sie. Wie gerne sie doch der Öffentlichkeit die Leiche gezeigt hätte. Nicht etwa, weil sie Mitleid mit dem Opfer gehabt hätte, oder die Bevölkerung von Wien vor einem Serienmörder hätte warnen wollen. Videos mit einem Toten darin versprachen einfach die meisten »Klicks« und »Likes«, katapultierten sie wieder mit einer sensationellen Quote nach oben. Nur so konnte sie sich abheben, denn das Format dieses Gratisblattes war schon seit Langem unter ihrer Würde. Sie war als Journalistin schließlich gewachsen, hatte einfach andere Ansprüche. Eine Moderation der Abendnachrichten im ORF, dem öffentlich-rechtlichen Sender in Österreich, wäre schon viel mehr nach ihrem Geschmack gewesen, als sich hier zu dieser gottlosen Zeit den Hintern abzufrieren. Leider hatte ihr Informant wohl etwas von den aufdringlichen Polizisten mitbekommen und verhielt sich jetzt still. Wenn diese dumme Spielmann ihr noch mehr ins Handwerk pfuschte, konnte sie sich ihre Träume aufzeichnen. Während sie also gelangweilt die bisher bekannten Fakten herunterleierte, dachte sie über ihre Rache nach. Ein kleiner Artikel, der sich mit der Inkompetenz der Polizei in der Person von Sarah Spielmann befasste, würde sicher gerne gelesen werden. Grimmig lächelte sie in die Kamera.

Suche

Die Nacht war wieder denkbar kurz gewesen. Allmählich hatte sogar Sarah ihre Leistungsgrenze erreicht. Immer häufiger verschwammen die Buchstaben auf dem Monitor oder in den Akten zu einem sinnlosen Strich, den sie nicht mehr lesen konnte. Eine weitere Nacht im Büro wollte sie sich aber ebenso wenig antun. Es war zwar schon spät, doch ein paar ruhige Stunden mit etwas Schlaf wollte sie zu Hause dennoch einlegen. Sie freute sich richtig auf die neue Atmosphäre bei sich. Christoph und Eli belebten die Wohnung in ungeahntem Ausmaß. Insgeheim spekulierte sie sogar schon auf ein leckeres Frühstück von Elisabeth. Sie wollte es ihr aber nicht sagen, es sollte ja nicht so rüberkommen, als würde sie Christophs Mutter ausnutzen.

Sie hatte sich auf der großen Ledercouch ausgestreckt und die paar Stunden genutzt, um etwas zu schlafen. Immerhin kamen diesmal keine Albträume hoch, kein Roux, der ihr den Hals durchtrennte, keine Hände aus dem Moor. Vielleicht war dies auch der Grund, wieso sie sich diesmal wesentlich erholter fühlte, als ein vertrauter Geruch in ihrer Nase sie weckte.

Es roch himmlisch nach Kaffee, Toast und Marmelade. Da sie eine sogenannte Wohnküche in ihrer Wohnung hatten, konnte sich Sarah den Gerüchen gar nicht entziehen. Was sie auch nicht vorgehabt hätte. Elisabeth stand in ihrem Morgenmantel vor dem Esstisch und richtete alles sehr appetitlich an. Sie lächelte herzlich, als sie Sarah sah.

»Guten Morgen, meine Liebe. Den Buben lass ich noch schlafen.

Wir fahren heute zu seiner Physiotherapie und dann noch zur Universität. Er muss ja auch mal ein bisserl was machen, gell? Herrje, gestern musstest du ja wieder schnell weg. Habe es in den Spätnachrichten gesehen. Wo soll das noch hinführen? Es wird ja wirklich immer schlimmer«, begann sie ihren Monolog, den Sarah aber süß fand.

Klarerweise hätte sie Eli auf die eigentlich sinkende Verbrechensrate hinweisen können, doch in Anbetracht der aktuellen Mordserie und des noch gar nicht so lang zurückliegenden Verbrechen an Roux, wäre dies kaum glaubwürdig gewesen. Solche schlimmen Dinge brannten sich naturgemäß tief im Bewusstsein der Menschen ein. Nicht umsonst redete man auch heute noch über Jack the Ripper, Ted Bundy oder, speziell hier in Österreich, über Elfriede Blauensteiner und Jack Unterweger. Die Wahrscheinlichkeit, beim Frühjahrsputz aus dem Fenster zu fallen und sich dabei den Hals zu brechen, war ungleich größer als Opfer eines Serientäters zu werden. Trotzdem käme niemand auf die Idee, alljährlich daran zu erinnern.

Eli war auch nicht der Mensch, der viel auf solche Statistiken gab. Jemand, der sich ganz der Esoterik verschrieben hatte, war nicht an rationalen Fakten interessiert. Ihre unglaublich herzliche Art zog jeden in ihren Bann. Selbst Sarah konnte keine Sekunde auf irgendwelche Fehler in Elisabeths Rückschlüssen hinweisen. Auch, weil sie nur sehr selten zu Wort kam.

»Aber was soll man da machen. Ich war ja lange im Ausland, habe viele andere Kulturen erlebt, was soll ich sagen. Jedes Land handhabt es einfach anders. Doch wie dem auch sei, zuerst muss man mal anständig essen. Bei diesen Temperaturen braucht der Körper was Gutes. Du musst ja dann wieder den ganzen Tag arbeiten, mein armes Kind. Ich bewundere, wie du diesen Stress wegstecken kannst. Da hätte ich ja schon lange aufgegeben. Wahrscheinlich hilft dir auch die Kette, die ich dir gemacht habe. Diese Steine unterstützen dich nämlich. Dann noch das Essen, ich sage es immer wieder. Aber schon der Bub, als er noch klein war, hat mir nie glauben wollen. Du bist da nicht so. Das gefällt mir. Du bist wie eine Tochter, die ich nie hatte«, sprudelte sie weiter wie ein Wasserfall.

Sarah streckte sich, wollte Eli etwas antworten, doch dazu kam sie erst gar nicht.

»Ich gebe dir auch was mit und natürlich deinem Partner. Diesem Fred. Also ein ganz lieber Mensch. Sein Freund Elian ist ja ebenso umwerfend. Ich bin da ja völlig offen, musst du wissen. Wo die Liebe hinfällt, da kann man ja nichts machen. Stimmt's? Wir haben gestern noch einen schönen Abend gehabt, aber der Apfelstrudelpunsch, hui, der ist mir dann doch zu Kopf gestiegen. Ich trinke ja eigentlich kaum Alkohol. Aber bei so einem süßen Getränk kann ich nicht Nein sagen. Ja und wie gebildet Elian ist. Ganz toll. Ich wurde auch gleich zur Hochzeit eingeladen, da fällt mir auch ein, wir müssen uns dann Kleider kaufen. Wie Mutter und Tochter. So schön, darauf freue ich mich sehr.« Sie lächelte erwartungsvoll.

Mochte es eine Frauensache sein hemmungslos einzukaufen, so war Sarah ganz und gar nicht die typische Frau. Wie in vielen anderen Facetten des Lebens eigentlich auch. Die neue Nachricht von diesem Luzifer war viel zu rasch dazwischengekommen, sie hatte noch nicht mal richtig Zeit gehabt, sich über alles ganz bewusst zu werden.

Fred würde heiraten, sie musste als Trauzeugin ja dann auch eine Rede halten. Sie musste sich in ein Kleid zwängen. Was Sarah noch viel weniger mochte. In ihrer Garderobe gab es kaum kurze Hosen, geschweige denn ein Kleid oder hohe Schuhe. Das Strahlen in den Augen von Elisabeth fegte ihre Bedenken aber hinfort. Aus der Sache kam sie ohnehin nicht wieder heraus, warum nicht gleich das Beste daraus machen. Es würde sicher ein schöner Tag mit ihr werden und es schien ihr auch wirklich viel zu bedeuten.

»Ich kann es kaum erwarten«, antwortete Sarah rasch und setzte ein breites Grinsen auf.

Elis Gesicht erstrahlte freudig. An sich war es ganz leicht, ihr eine Freude zu machen. Sarah aß mit großem Appetit und packte sich das vorbereitete Essen in ihre Tasche. Sie bekam noch eine Thermoskanne mit Kaffee auf den Weg, denn laut Eli gab es in ihrer Dienststelle ja nichts Vernünftiges. Womit sie prinzipiell recht hatte, wenngleich Sarah sich wunderte, wie Eli dies beurteilen konnte. Wahrscheinlich war es hauptsächlich ihre Meinung, dass nur etwas von ihr Zubereitetes wirklich gut war. Sie ging ins Bad und machte sich schnell fertig. Blicke aus dem Fenster und auch auf den Wetterbericht ihres Smartphones deuteten auf kein Ende der kalten Witterung hin. Also griff Sarah wieder zu bequemen Hosen, Shirt und einem dicken Pullover. Diesmal wollte sie trotz des Wetters mit ihrem Rad zur Arbeit fahren. Die letzte Zeit hatte sie es mit der körperlichen Ertüchtigung nicht so genau genommen, auch weil ihr die Motivation gefehlt hatte. Sie war an manchen Tagen nur mit viel Mühe aus dem Bett gekommen. An Sport war da gar nicht zu denken gewesen. Heute fühlte sie sich deutlich besser. Sie war motiviert, diesem Luzifer endlich das Handwerk zu legen. Mit einem Kuss auf die Wange verabschiedete sie sich von Elisabeth und machte sich auf den Weg. Heute würden einige unerfreuliche Verhöre auf sie zukommen. Mona Müller stand mit ihrem Sohn Jeremy ganz oben auf der Liste. Gleich darauf folgte schon Conny, die es erst mal zu finden galt. Bei ihrer Fahrt auf dem Fahrrad machte sie sich über diese Zusammenhänge ihre Gedanken. Die Kids wussten eindeutig wesentlich mehr, als sie zugeben wollten. Irgendwie hatten sie alle etwas mit der Familie König-Fischer am Hut.

Der Tag würde genug Arbeit für Sarah und ihr Team bereithalten.

Schlagzeile

Die Sonderkommission war nun schon auf einige Dutzend Mitarbeiter angewachsen. In jedem Bereich brauchte man fleißige Hände, Augen die Berge von Akten sichteten und eingesammelte Beweise auswerteten. Man arbeitete intensiv mit dem Bundeskriminalamt zusammen, Sarah sprach mehrmals am Tag mit Bastian aus der Rechtsmedizin. Man hielt in erster Linie die Medien so gut es ging aus den Ermittlungen heraus. Was zur Folge hatte, dass sie sich ihre eigenen Geschichten ersonnen, meistens schossen sie dabei weit über das Ziel hinaus. Man erfand allerlei Gründe für die Taten des Serienmörders Luzifer, etliche Experten und solche, die es gerne sein wollten, wurden in die Redaktionen gezerrt, um Gutachten zu erstellen. Man wollte endlich eine Erklärung, einen Grund für diesen Wahnsinn in der Hauptstadt dieses kleinen Landes. Sarah hatte an sich schon Verständnis dafür. Die Tageszeitungen und auch kleinere Onlinemedien wollten ihre Reichweite steigern, Geld verdienen und so schnell wie möglich ein Gesicht zu Luzifer präsentieren.

Weit weniger Nachsehen hatte sie, wenn es um Selina Bruckner und ihre Auffassung der Berichterstattung ging. Diese junge Frau hatte eine sehr eigenwillige Auslegung, was das Berufsethos eines Journalisten anging. In ihrer Welt schien es diesen nämlich nicht zu geben. Was machte man, wenn man sich und der Leserschaft nicht erklären konnte, wer der Mörder war? Warum er es tat? Frau Bruckner hielt es für besonders ideal, die Polizei an den Pranger zu stellen. Denn hier gab es ein Gesicht, welches die personifizierte Unfähigkeit darstellte. Es war Sarah selbst.

LUZIFER- EIN SERIENMÖRDER FÜHRT DIE POLIZEI VOR!

Seit mehreren Tagen treibt ein Serienkiller in Wien sein Unwesen. Nicht weniger als sechs junge Erwachsene sind ihm schon zum Opfer gefallen. Was aber macht die Polizei? Schon in der Vergangenheit war sie unfähig, Serientätern das Handwerk zu legen. Dies hängt in erster Linie mit der selbsternannten Profilerin Sarah Spielmann zusammen. Von der vermeintlichen Ausbildung beim FBI in den Vereinigten Staaten kann laut Insiderinformationen keine Rede sein. Viel mehr haben wir es, wie so oft in Österreich, mit Freunderlwirtschaft zu tun, ist die aufbrausende Ermittlerin doch sehr gut mit der Familie von Ex-Innenminister Brock befreundet.

Soll man einer Frau, die Zeugen festnehmen lässt, Lesereportern das Handy aus den Händen schlägt und selbst bei der Staatsanwaltschaft als problematisch verschrien ist, wirklich die Verantwortung in so einem Fall übertragen? Ist es nicht nur wieder ein Beweis, wie sich die aktuelle Regierung und ihre Freunde mit hoch dotierten Posten versorgen?

Selbst die Autorin dieses Artikels wurde in Haft genommen, weil sie sich weigerte, einen Informanten zu nennen. So verfuhr Frau Spielmann auch mit völlig verängstigten Teenagern, denen sie eine Beteiligung an diesen Morden unterstellte. Denn was die Polizei nicht erwähnt, bei den Mordopfern handelt es sich um vorbestrafte Mobber und Sexualstraftäter. Werden in diesem Land Täter etwa mehr geschützt?

Wir bleiben für Sie dran und werden uns nicht den Mund verbieten lassen.

Es war ja nicht so, als ob Sarah es nicht gewohnt gewesen wäre. Man brauchte einen Sündenbock, sie wusste auch um ihre manchmal mehr als unglückliche Art. Dass man jetzt aber die Opfer dieser schrecklichen Morde pauschal verurteilte, die Arbeit der Polizei in den Dreck zog, das machte sie sehr wohl wütend. Selina Bruckner erreichte genau, was sie wollte. Ihr Artikel verbreitete sich wie ein Lauffeuer, die Politik und auch die Polizei bekam ihr Fett weg. Wann genau sie zur Freundin der Familie Brock geworden sein soll, erschloss sich Sarah in keinster Weise. Sie hatte damals einfach nur ihren Job gemacht. Nichts anderes. Aber der Mob der Öffentlichkeit scherte sich nicht um Fakten. Man wollte jemanden mit Fackeln und Heugabeln durchs Dorf treiben. Selina Bruckner schien einfach einen kleinen Rachefeldzug starten zu wollen, erkannte dabei aber nicht die Gefahr. Der anonyme Informant musste einfach einen direkten Draht zu Luzifer haben, oder er war es höchst persönlich. So oder so, es gab einen guten Grund, warum ausgerechnet die bisher unbekannte Selina Bruckner seine Auserwählte war. Doch am Ende dieses Weges würde sicher nicht der Pulitzerpreis auf sie warten, da hätte Sarah jede Wette abgeschlossen.

»Oh, die beste Freundin der Politikprominenz ist auch schon da. Na, lässt du dich zum biederen Fußvolk herab?«, begrüßte sie Fred mit einem dicken Grinsen im Gesicht. Eigentlich wollte Sarah ihm sofort etwas zu seiner Rotzbremse unter der Nase sagen, leider hatte er sich rasiert. Elian hatte wohl ein Machtwort gesprochen. Ganz wie gewohnt trug er wieder eines seiner Fanshirts. Eine blaue Telefonzelle prangte auf seiner Brust. Es war die TARDIS, wie Sarah einmal erfahren hatte, als sie dummerweise nachfragen musste. Daraufhin folgte eine Litanei über die Serie, die sich Doctor Who nannte. Nach diesem Vortrag war Sarah mit überflüssigen Fragen zu seiner Nerd-Seite wesentlich vorsichtiger.

»Wie witzig! Liest Du jetzt schon die WC-Lektüre dieser Stadt?«, brummte Sarah.

»Au ja, besonders wenn Prominenz vorkommt, die ich kenne!«, er konnte es nicht lassen.

»Deine gute Laune ist ja ansteckend. Gibt es da einen speziellen

Grund? Oder willst du einfach nur ein Autogramm? Ich könnte dir ja eines mit einer Stricknadel und etwas Tusche in deine Stirn ritzen.«

»Du gönnst mir auch gar nichts. Wenn ich ehrlich sein soll, langsam schafft es mein kleines Programm, welches ich vor Kurzem von einem Freund, der einen Freund hat, der einen Onkel hat, der einen-«, spannte er Sarah auf die Folter.

»Komm zum Punkt, deine gute Laune bringt mich einen Schritt näher in Richtung Klappsmühle!«

»Gut, ich habe wieder vom Nachrichtendienst was bekommen. Da habe ich ja einen Bekannten, dieses Programm ist gar nicht mal übel. Langsam kann ich die elektronische Spur eingrenzen. Wir befinden uns schon einmal innerhalb Österreichs Grenzen. Es geht also aufwärts. Dann gibt es einen Lichtblick, wenn auch nur einen kleinen, was die untergetauchte Conny Hausser betrifft.«

»Endlich mal eine Information, mit der ich was anfangen kann. Was hast du?«, wollte Sarah wissen. Ihr Körper spannte sich an.

»Sie war zum Glück dumm genug, ihr Handy wieder zu aktivieren. Es ist zwar ein Prepaid-Ding, aber ich konnte den letzten Sendemast lokalisieren. Sie muss also irgendwo dort in der Gegend sein.«

»Was für eine Gegend?«

»Floridsdorf, der einundzwanzigste Bezirk. Fährst du, oder soll ich?«

»Eine ziemlich genaue Ortsangabe. Kreisen wir das Ziel ein, oder kriegst du vielleicht noch eine Adresse? Wir wollen ja heute noch ankommen, nicht wahr?«, zog sie ihren Partner auf.

Sie machten sich auf den Weg. Die Kollegen der Polizei wurden instruiert, Sarah die Sichtung von Conny durchzugeben. Wenn man sie einfach so festnahm, würde die Teenagerin nur dicht machen. Sie würden im Leben nichts aus Conny herausbekommen. Sarah hatte aber das Gefühl, dass sie ihnen eigentlich etwas beichten wollte. Es war natürlich gut möglich, dass der Preetz Junge auch endlich aus sich herauskam. Bei Jeremy war sie sich weniger sicher. Sein breites Ego, aufgeputscht mit Kokain, war schon ein ganz anderes Kaliber. Seine Mutter

Mona war ebenfalls keine große Hilfe. Sie verteidigte ihren Sohn wie eine Löwin.

Floridsdorf war an sich nicht nur ein sehr großer Bezirk über der Donau, er lag auch an der Außengrenze von Wien. Man konnte sehr gut beobachten, wie die dichte Besiedelung mit ihren großen Wohnbauten langsam abnahm und immer mehr Einfamilienhäuser zu sehen waren. War man wie Sarah und Fred nun in einem Gebiet unterwegs, welches sich genau an dieser unsichtbaren Grenze zwischen kleinen Häusern und riesigen Wohnhäusern befand, war praktisch beides zu erkennen. Immer wieder zeigten sich große Betonklötze, die Wohnungen für tausende Familien beherbergten, dann sah man wieder Felder, Häuser und kleine Geschäfte. In so einer Straße hatten sie ihren Wagen abgestellt. Es war nach wie vor eisig kalt. Der Winter hatte Wien immer noch fest im Griff. Die Menschen eilten an ihnen vorbei, eingehüllt in dicke Mäntel, in Schals und Mützen. Die Sonne hatte gegen die dicke Wolkendecke keine Chance. Die Stadt lag in einem fahlen Grau vor ihnen.

Connys Handy war nicht lange genug aktiv gewesen, um eine genaue Adresse herausbekommen zu können, also konnten Sarah und Fred nur dasitzen und hoffen. Irgendwann würde sie schon mal raus müssen, wenn die beiden dann nicht schon erfroren waren. Im Wagen würde es in kürzester Zeit unangenehm kalt werden, aber eine Bäckerei keine zwanzig Meter vor ihnen versprach immerhin Heißgetränke und auch etwas zu essen.

Fred hatte neben ihr seinen Laptop auf dem Schoß und suchte unablässig nach einem neuen Signal. Er hatte eindeutig schon einmal bessere Laune gehabt, nur war es einfach sehr zermürbend, wenn man immer wieder einem Phantom nachjagen musste und die Spuren sich nur zäh wie Sirup vor einem ausbreiteten. Links von den beiden Ermittlern ragte ein riesiger Gemeindebau auf. Dort wohnten mit Sicherheit mehrere hundert Menschen. Sie konnten natürlich von Tür zu Tür gehen, doch in den meisten Fällen würde niemand öffnen. Die Menschen öffneten für Fremde oder auch die Polizei ungerne. Zumindest war dies ihre Erfahrung über die Jahre gewesen.

Ihr Standort war aber vielleicht gar nicht so dumm gewählt. Früher oder später würde auch mal ihre Zielperson Hunger bekommen, eine Bäckerei war da genau das Richtige. Conny war sich sicherlich nicht bewusst, dass sie ihr auf der Spur waren. Sie ging eher unbedarft an viele Dinge heran. Was natürlich ein Vorteil für die Ermittler war. Es ging in erster Linie darum, ihr Vertrauen zu gewinnen. Hier war etwas im Gange, was Sarah noch nicht so klar durchblicken konnte.

»Gott, es ist so kalt. Was genau hoffst du bei dieser Conny zu finden?«, fragte sie Fred. Er starrte immer noch auf seinen Laptop, doch noch kam kein Signal.

»Diese Kids haben alle was zu verbergen. Bei unserem neuesten Opfer müssen wir ja noch herausfinden, wer was gegen ihn hatte. Aber bei diesem Mädchen habe ich das Gefühl, dass sie eine labile Person ist. Sie hält dieses Lügengebilde nicht durch.«

»Sagt die Psychologin in dir?«

»Mein Gefühl. Wenn wir was rausbekommen, dann durch sie. Wir dürfen Conny nicht verschrecken. Sie muss uns vertrauen. Wird schwer genug. Aber schon alleine, dass man sie und Jeremy nicht finden kann, zeigt mir, dass etwas Schlimmeres folgen könnte. Luzifer hat einen Plan, er will uns nur verwirren. Mal sollen wir ein Rätsel lösen, dann stimmen User wie im Circus Maximus über ein Leben ab. Dann sehen wir einfach so eine Ermordung. Doch so eine Mordserie mit mehreren Beteiligten verlangt viel Organisation«, führte sie aus.

»Warum gibt er sich alle Mühe, als planloser Irrer rüberzukommen?«

»Vermutlich will er diesen Eindruck erwecken, um uns in die Irre zu führen. Diese Teenager, Jeremy, Conny und der Preetz Junge, wollen Rache, das liegt für mich auf der Hand. Aus allerlei Gründen. Rache ist so alt wie die Menschheit, damit kann man dann andere Personen auch leicht manipulieren.«

»Gute Ansätze. Nun brauchen wir nur noch Beweise. Ein Kinderspiel«, murmelte Fred und tippte wieder irgendwelche Befehle in seinen Computer.

Sarah hatte immer ein Auge auf die triste Umgebung. Die Menschen eilten durch die kalte Stadt, sie nahmen von den beiden Polizisten keinerlei Notiz. Zeitgleich blätterte sie durch wesentlich ältere Akten des toten Richters. Sie hatte Anandita diesen Teil der Arbeit abgenommen. Die junge Anwältin würde nicht objektiv genug vorgehen und Sarah konnte auch nicht ausschließen, dass es wieder zu einem Rückfall in Bezug auf den Alkohol kam. Auch dieser Mann wurde nicht einfach so mit einem wirkungsvollen Gift ermordet. Man wollte ihn leiden sehen, ihn dahinsiechen lassen. Thallium war ebenso schwer zu bekommen wie Zyankali. Dieses Gift hätte aber wesentlich schneller gewirkt, man hätte kein Überleben riskiert. Wobei es nach ihren Informationen bei diesem Schwermetall Thallium ab einer gewissen Menge auch keine Chance gab.

»Ja schau mal, was haben wir denn da?«, sagte Sarah. Ihre Stimme war erregt. Eine Spur in diesen Akten.

»Was denn?« Sie hatte Freds Aufmerksamkeit.

»Pass mal auf: Etwa ein Jahr vor seinem Tod hatte er eine Verurteilung ausgesprochen, die so manche Kritik nach sich zog. Ein junger, arbeitsloser Mann war sturzbetrunken mit seinem Auto unterwegs gewesen. Bei einem Schutzweg konnte er nicht mehr stehen bleiben und erfasste eine Fußgängerin. Diese war aber nicht sofort tot. Sie überlebte schwer verletzt, lag aber seit dieser Zeit im Wachkoma. Zwei Monate vor seiner Ermordung verstarb die Dame. Das Urteil war aber sehr milde. Der Mann war zwanzig Jahre alt, unbescholten und ein Gutachter attestierte ihm eine verminderte Schuldfähigkeit. Wie dem auch sei, er erhielt eine Strafe zur Bewährung und eine verpflichtende Therapie«, gab Sarah den Bericht wieder.

»Okay, da kann man schon mal zornig werden, doch die Richter müssen sich halt auch an Regeln und Gesetze halten«, bemerkte Fred.

Damit hatte er nicht unrecht. Viele Urteile stießen auf Unverständnis, da sie oft als zu milde interpretiert wurden. In Österreich war man aber immer noch darum bemüht, Täter zu resozialisieren. Hohe Haftstrafen machten es in Ländern wie den USA auch nicht wirklich besser.

»Stimmt schon. Wirklich interessant ist der Name des Opfers. Konstanze Heintz, Mutter von einem Peter Heintz. Sagt dir dieser Name nicht etwas?«

»Ist das nicht dieser Butler von der reizenden Familie König-Fischer?«

»Ganz genau!«

»Meinst du, er ist dieser Luzifer?« Fred schien jetzt geschockt zu sein.

»Schwer zu sagen. Wir sollten dringend mal wieder die bessere Gesellschaft besuchen. Doch ein manipulativer Psychopath würde nur schwer in die Rolle eines Dieners passen«, meinte Sarah.

Ihre Überlegungen wurden unterbrochen. Im Bereich vor der Bäckerei tauchte tatsächlich Conny auf, in Begleitung eines großen, bulligen jungen Mannes. Da Fred nichts angezeigt bekommen hatte, vermutete Sarah, dass sie ohne ihr Handy unterwegs war.

Die Ermittler sahen sich nur kurz an, ohne ein weiteres Wort stiegen sie aus ihrem Auto aus und gingen auf Conny zu.

Ihre roten Haare waren gerade zu dieser Jahreszeit ein Blickfang. So ziemlich jeder Mensch, der das Haus verlassen musste, nahm sich eine Mütze. Es war so kalt, dass es einem die Ohren dankten. Nicht so Conny. Sie war in einen dunklen Mantel gehüllt, schien aber sogar einen Rock zu tragen. Sarah musste anerkennen, dass dieses Mädchen doch recht robust war. Sie stammte ja aus einem ländlichen Gebiet im schönen Tirol. Schnee und Kälte kannte man dort, wahrscheinlich war sie deswegen abgehärtet.

Sie schien nicht sehr glücklich mit ihrer Begleitung zu sein. Er redete sehr hitzig auf sie ein, deutete immer wieder mit einem behandschuhten Finger auf sie.

Ein Grund für Sarah, dieses Treiben zu beenden.

»Schau an, schau an. Conny. Deine Eltern und ich suchen dich schon. Wer ist denn der nette Bursche hier?«, grüßte Sarah sie und drängte sich provokant zwischen die beiden.

»Wer will das wissen«, wurde sie angeschnauzt. Er war mehr als einen Kopf größer als sie.

»Die Polizei«, meinte Fred und zückte seine Marke.

»Wer sind Sie?«, wollte Sarah wissen.

»Ihr Freund«, meinte der Hüne, musste dabei aber wohl seinen Ärger runterschlucken.

»Ich würde so gerne einen Ausweis sehen. Nur, damit ich einen Namen zu diesem Gesicht habe«, grinste Sarah.

»Können wir aber auch gerne gleich auf dem Revier machen, falls es hier zu kalt ist«, ergänzte Fred.

Zornesröte stieg dem Mann ins Gesicht.

»Kein Problem«, er kramte in seiner Geldbörse und hielt ihnen seinen Personalausweis hin.

»Matthias Kovacek, freut mich«, murmelte Sarah.

»Ja, ich müsste jetzt eh gehen. Muss in die Arbeit«, stammelte er.

»Klar, wir wollen ja nicht, dass du deinen Job verlierst. Conny muss aber leider mit uns mitkommen. Ihre Eltern sind krank vor Sorge.«

Matthias nickte nur knapp und ging schnell weg. Er legte offensichtlich keinen großen Wert auf eine Unterhaltung mit Sarah. In ihrem geistigen Notizbuch fand er aber eine dick markierte Erwähnung. Mit seiner Vergangenheit würde sie sich dann noch beschäftigen. Freundschaftlich hakte sie sich nun in Connys Arm ein und ging mit ihr zum Fahrzeug. Fred bildete die Nachhut und sah sich immer wieder aufmerksam um.

»Die Lüge war spitze. Danke. Ich habe wirklich Angst«, flüsterte Conny ihr zu.

»Welche Lüge denn?«

»Meine Eltern sind nicht krank vor Sorge. Für sie bin ich nur eine Folge von Enttäuschungen. Ich wollte mich melden, aber die Karte wurde mir weggenommen.«

»Wir reden im Wagen. Fred, du fährst. Conny und ich machen es uns hinten gemütlich und reden mal von Frau zu Frau«, sagte Sarah.

Sie waren schon angekommen, sie half Conny auf die Rückbank und gesellte sich zu ihr. An diesem tristen Tag nahm man von ihnen keine Notiz. Sarah war auch mit ihrer Zeugin beschäftigt und ignorierte die Passanten auf der Straße. Fred fluchte, weil er erst mal den Sitz einstellen musste. Niemand bemerkte den grünen Geländewagen mit den sehr dunklen Scheiben. Er fuhr langsam an den Ermittlern vorbei, schnell genug, um nur ja keine Aufmerksamkeit zu erregen.

»Was kannst du mir sagen?«, begann Sarah.

»Sie müssen mir versprechen mich zu beschützen. Luzifer kriegt mich, egal wo ich mich verstecke. Wenn ich auspacke, dann tötet er mich«, sprach sie mit zitternder Stimme. Die Angst in ihren Augen war nicht zu übersehen. Conny hatte Panik, hatte sich wohl die ganze Zeit überlegt, wie sie mit Sarah sprechen konnte. Sie war auch nicht ohne Grund aus der betreuten Einrichtung abgehauen.

»Ich bin schon mit ganz anderen Kerlen fertiggeworden, die dachten sie seien die Krone der Schöpfung. Bei mir bist du sicher, ich werde nicht zulassen, dass dir etwas geschieht. Das verspreche ich dir. Schieß los. Was weißt du? Alles könnte wichtig sein.«

»Bitte, sagen Sie nicht meinen Eltern, was alles passiert ist. Sie werden mich nie wieder zurückholen. Ich hasse diese Stadt. Wirklich. Es ist die Hölle hier und mir fehlt meine Familie, auch wenn ich ihnen anscheinend egal bin. Ich bin kein schlechter Mensch, auch wenn es nach der Geschichte sicher anders klingt. Dass wir jemanden töten, wusste ich wirklich nicht. Es war immer nur von einer Abreibung die Rede. Als Lukas dran war, bin ich nicht mal in der Nähe gewesen. Aber ... aber dieser Angriff auf die drei Jungs oder den besoffenen Typen ... ich war wie in einem Film gefangen. Nur konnte ich nicht einfach weg. Die hätten mich gleich dort umgebracht ...« Sie fing heftig an zu schluchzen. Tränen liefen ihr übers Gesicht. Sarah nahm sie in den Arm und fuhr ihr übers Haar.

»Pass auf, solange deine Eltern nicht dabei sind, oder ein Anwalt, kann ich dich nicht so einfach einsperren. Im Gegenteil. Ich werde für dich eine Kronzeugenregelung herausholen. Hilf uns, diesen Wahnsinn zu beenden. Du bist doch kein Killer. Das sehe ich. Was auch immer war, ich werde dir helfen und dich nicht im Stich lassen.«

Die Worte beruhigten Conny. Langsam konnte sie sich wieder fassen und begann damit, Sarah ihre Geschichte zu erzählen.

Geständnisse

Es hatte alles bei ihren Eltern begonnen, als sie zu rebellieren begann. Drogen, Alkohol und wechselnde Jungs waren ihrem strengen Vater ganz schnell ein Dorn im Auge. Als seine Standarderziehungsmethode, harte und feste Schläge, nicht das gewünschte Ergebnis lieferte, schickte er sie in diese Wohneinrichtung in Wien. Dort, so versprach die Homepage, würde man die Jugendlichen wieder auf die rechte Bahn bringen.

Es gab strenge Auflagen, in einer großen Stadt, wo Conny keinen Menschen kannte. Anfangs hielt sie sich auch an alles, doch je braver man in den Augen der Betreuer war, desto lascher wurden die Kontrollen. Schon sehr bald schlich sie sich heimlich mit anderen Teenagern hinaus, feierte wilde Partys in der Wiener Innenstadt, die man dort schlicht Bermuda Dreieck nannte. Bald kam sie wieder zu Drogen. Koks, Crystal Meth, Speed, sie nahm eigentlich alles, was sie in die Finger bekam. Da Geld knapp war, zahlte Conny auf eine andere Art, oftmals in ihrem Zimmer, da sie sich dort sicher fühlte.

Mit dem Einfallsreichtum und der kriminellen Energie von Lukas Klaussen hatte sie nicht rechnen können. Tief in ihrem Inneren war sie einfach ein Mädchen vom Land, welches in einer rebellischen Phase die falschen Freunde hatte und schlechte Entscheidungen traf. Ab da begann der eigentliche Horror erst. Lukas war in der Einrichtung unter den Jugendlichen gefürchtet. Er hatte gegen praktisch jeden etwas in der Hand, die Betreuer aber hielten ihn für den Musterschüler ihrer Einrichtung. Jeder Versuch ihn dran zu kriegen scheiterte bereits bei einem der Therapeuten. Über Lukas durfte niemals schlecht geredet werden. Er selbst liebte es, die Mädchen sexuell zu missbrauchen. Schon sehr bald musste ihm Conny ebenfalls zu Diensten sein, je mehr sie sich dabei ekelte, weinte und manchmal auch wehrte, desto mehr genoss er es. Sie war in einen Teufelskreis geraten. Je mehr er sie benutzte, umso heftiger wurden ihre Eskapaden. Conny nahm immer häufiger Drogen, begann damit, sich zu ritzen, und forschte im Internet langsam aber sicher nach einer Möglichkeit, sich das Leben zu nehmen.

Es verging keine Nacht, in der sie nicht von Albträumen geplagt wurde. Ihr Rhythmus bestand in der Beschaffung von Geld durch Sex mit anderen, im Kauf von Drogen und deren Einnahme. Dadurch gab sie Lukas immer neues Material, egal wie gut sie auch suchte, sie konnte keine der Kameras finden. Er war einfach viel zu raffiniert, als dass Conny nur den Hauch einer Chance gehabt hätte.

Im Netz fand sie aber nicht die Informationen, die sie sich gewünscht hatte. Einer der Jungs, mit denen sie immer wieder Sex hatte oder auch Drogen nahm, manchmal beides, sprach dann von einem Dark Web. Dort konnte man mit einem Browser namens Tor hineinkommen. Es war nicht so einfach, keine Suchmaschine führte einem zu den gewünschten Seiten, man brauchte gewisse Adressen. Die musste man mühsam suchen, doch schon sehr bald stolperte sie über Selbstmordforen. Tausende Menschen mit allen möglichen Problemen sprachen dort miteinander. Heulten sich aus, suchten Ratschläge in allen Bereichen des Lebens. Auch darüber, wie man es beenden konnte. Es waren morbide Chatrooms. Genau in so einem bekam Conny eines Tages eine Nachricht von einem gewissen Luzifer. Er war total freundlich gewesen, unterhielt sich völlig normal mit ihr. Sie klagte ihm schon nach kurzer Zeit ihr Leid, ihre Probleme und Sehnsüchte. Luzifer war die ganze Zeit über mehr ein guter Zuhörer gewesen, hatte ihr niemals Vorwürfe gemacht, wollte nichts von ihr haben. Nach ein paar Wochen der Gespräche hatte er damit begonnen sie zu fragen, ob sie sich nicht auch einmal wehren wollte. Sie müsste schließlich nicht immer nur das

Opfer sein. Man könnte ja einfach mal zurückschlagen, sich an den Menschen rächen, die einem dieses Leid zugefügt hatten.

Anfangs war es eine alberne Idee, so empfand es Conny. Ein Scherz, ein flüchtiger Gedanke. Dieses Gefühl der Ohnmacht war allgegenwärtig, es durch ein anderes Gefühl abzulösen war verlockend. Rache, Macht, es denen heimzahlen, die einen daran hindern, zu wahrer Größe zu erblühen. So nannte es Luzifer. Entfaltung.

»Meinst du, wie ein Vogel oder ein Engel? Hat er vielleicht viel über die Bibel gesprochen?«, unterbrach Fred.

»Nein, niemals. Der Name Luzifer bedeutet irgendwie etwas anderes für ihn. Er meinte noch, dass Engel ja niemals frei wären. Sie würden im Himmel leben, als Knechte ihres Gottes. Geschlechtslos, ohne eigenen Willen. Ich habe ihn ja auch einmal drauf angesprochen. Da wurde er fast wütend.«

»Okay, erzähl weiter«, bestärkte Sarah sie. Nebenbei bedachte sie Fred mit einem Blick, der klar machte, dass es nun keine weitere Unterbrechung mehr geben sollte. Sie waren eigentlich schon auf dem Parkplatz des Landeskriminalamtes angekommen, doch Sarah wollte alles hören, was Conny zu sagen hatte. Eine neue Umgebung würde sie nur wieder einschüchtern.

Mit einer Idee war es aber so, wie mit einem Samen. Man brachte ihn in ein Erdreich ein und erst mal tat sich nichts. Vielleicht sogar für viele Jahre und dann hatte man schon ganz vergessen, dass es diesen Samen gab. Doch er war da, schlug Wurzeln. Tief in die Erde hinein, lange bevor man etwas an der Oberfläche erkennen konnte. So war es auch mit dieser Idee, der Vorstellung von Rache. Endlich einmal nicht mehr das Opfer sein. Nicht mehr den Schwanz von Lukas in ihren Mund gestopft bekommen. Die kleine Vorstellung der Rache, beiläufig von Luzifer erwähnt, keimte in Conny. Die Gedanken an Selbstmord waren schon lange vergessen. Immer wieder kreisten sie stattdessen um Luzifer und ihre Freiheit.

Nun weihte Luzifer sie in seinen Plan ein. Jeder bekam ein Handy und immer wieder Instruktionen über ein eigenes Chatprogramm, welches sie sich runterladen mussten. Luzifer wollte dies Programm jedem schicken und tat es auch. Wer beteiligt war, wusste Conny nicht. Es war strengstens verboten, seine Identität gegenüber der Gruppe preiszugeben. Sie waren nun seine Jünger, wie er meinte. Conny wusste noch nicht einmal, wie viele es genau waren. Wichtig war nur, sie durfte bei der Rache an Lukas nicht anwesend sein. Luzifer hatte es ihr unmissverständlich klargemacht.

Für Conny war es mehr ein Spiel gewesen. Ein Abenteuer, welches sie noch nicht gekannt hatte. Über das Chatprogramm erhielt sie eine Adresse, eines Tages wurde auch ein Paket abgegeben. Darin war dann das Handy, schwarze Kleidung und eine Puppenmaske. Dazu noch ein kleines Gerät. Viereckig, weiß und wenn man den einzigen Knopf drückte, hörte man ein verzerrtes, puppenhaftes Lachen. Nur keines von der netten Sorte. Immer, wenn sie es hörte, bekam sie es mit der Angst zu tun.

Innerhalb von wenigen Wochen waren sie so weit und das erste Opfer, Justin Bartner, wurde auserkoren. Luzifer bläute ihr ein, dass auch dieser Kerl ein Unterdrücker war. Wegen seiner Brutalität würde ein unschuldiger Junge im Koma liegen. Sie dürfe mit niemandem reden, müsse tun, was zu tun sei. Diese Worte, denen noch viele mehr folgten, schürten ihre Wut. Niemals wieder würde sie ein Opfer sein.

»Dann ... dann war da diese Nacht ... Ich habe wirklich nur ein paar Mal zugeschlagen. Ich dachte, wir verprügeln ihn ein wenig und damit hat es sich. Eine der größeren Gestalten schlug ihm dann ins Genick ... Ich wusste es bis dahin nicht. Und auf einmal hörten wir jemanden kommen. Ich lief so schnell ich konnte, einer von den anderen lief mit mir. Ich schrie, weinte und wollte wirklich die Polizei holen. Ehrlich, Sie müssen es mir glauben. Doch da hat der andere die Maske abgenommen.«

»Lass mich mal raten. Jeremy?«, hakte Sarah nach.

Conny schluchzte wieder, wischte sich die Tränen weg und nickte nur.

»Er hat auf mich eingeredet, mich beruhigt. Mich dann zu sich nach

Hause gebracht und mir erst mal was zu trinken gegeben. Drogen auch. Bevor ich wusste, was los war, hatten wir auch schon Sex.«

»Gut, pass auf. Wir sind schon auf dem Revier. Lass uns mal nach oben gehen. Da bekommst du etwas zu essen und zu trinken. Okay? Wir reden weiter. Niemand wird dir hier was antun können. Ich verspreche es dir.«

»Passen Sie auf mich auf?«

»Niemand wird dir etwas tun. Mit mir haben sich schon ganz andere angelegt, die haben alle den Kürzeren gezogen.« Sarah lächelte ihr verschwörerisch zu.

»Übrigens habe ich oben noch etwas Süßes, von der Mutter meines Freundes. Etwas mit Ananas, wie sie sagt. Damit meint sie Erdbeeren, musst du wissen.«

Conny lachte plötzlich laut auf. »Hat meine Oma auch immer gesagt. Ja, gehen wir in Ihr Büro, Frau Spielmann.«

»Sag Sarah zu mir. Wir sind jetzt ein Team!«

Das Mädchen lächelte und stieg mit den beiden Ermittlern aus dem Fahrzeug aus. Schnell entflohen sie der eisigen Kälte in das Innere des LKA Ost.

Verrat

Hatte dieses kleine Miststück ihn also verarscht.

Wütend schlug er mit seiner Faust auf ein Regal. Die Gegenstände darauf sprangen wild hin und her, fielen zu Boden. Es war ihm schlicht egal. Verrat war einfach nicht zu akzeptieren, sonst kamen die anderen hirnlosen Lakaien vielleicht auch noch auf die Idee, ihm einen Strich durch die Rechnung zu machen. Schließlich war er nun schon fast an seinem Ziel. Ein Etappensieg auf einer wesentlich längeren Reise, als sie dieser Spielmann bewusst war. Was sie bisher geleistet hatte, war schon recht anständig, diesen Umstand musste er einfach neidlos anerkennen. Nur plante er etwas viel Größeres, etwas, das ihm Besseres bringen würde als dieses Serienkiller-Image. Auch wenn es die Medien gar nicht erwarten konnten, wieder so eine Geschichte zu bringen. Die Welt da draußen war bevölkert von kleingeistigen Wesen, die ihre bedeutungslosen Leben lebten und ab und an dank eines beschränkten Killers aus ihrer Lethargie gerissen wurden. So einfach würde es hier sicherlich nicht werden. Dies war erst die erste Etappe in diesem Spiel. Diese Ermittlerin brauchte nicht einfach nur einen Mörder, der ignorante und selbstgerechte Teenager abschlachten ließ. Sie brauchte endlich einen richtigen Gegenspieler. Sherlock Holmes hatte seinen Moriarty, König Artus hatte Mordred und so weiter. Bisher hatte diese ach so tolle Profilerin einfach noch keinen würdigen Gegner gehabt, der ihr das Leben zur Hölle machen konnte. Dazu würde es jedoch noch kommen, wenngleich erst wesentlich später. Daran gab es für ihn keinen Zweifel.

Aktuell musste es aber mal einen kleinen Denkzettel für diese Kids geben. Sie hielten sich zwar für eine Killertruppe, nur konnten sie nicht einmal ihre eigenen Reihen sauber halten. Man musste sich wirklich um alles selbst kümmern.

Eine Gestalt stand reglos weit hinter ihm.

»Gib diesen Würmern den Auftrag. Wir halten uns an den Plan. Dann verpassen wir dieser rothaarigen Nutte eine Abreibung, die sie nie wieder vergessen wird. Verstanden?«, herrschte er die Person an.

Ein knappes Nicken.

»Dann ab! Worauf wartest du noch? Eine Einladung?«, blaffte er.

Wieder drehte er sich zu seinem Regal, brachte Ordnung in das von ihm angerichtete Chaos. Ein grimmiges Lächeln zeichnete sich ab.

Konfrontationen

Zunächst hatte Sarah Conny in ein kleineres Büro gebracht und eine junge Kollegin bei ihr gelassen. Diese sollte sie ein wenig auf andere Gedanken bringen und auf den Teenager aufpassen.

Nun hielt sie mit Baumeister, Devi und Fred einen Kriegsrat, denn die Situation rund um diese Morde schien langsam außer Kontrolle zu geraten.

»Hm, also wir haben da eine spannende Aussage, nur leider wissen wir weder wer Luzifer ist, noch wann sie wieder zuschlagen wollen. Unsere Leute in der IT-Abteilung sind aber durch die Aussage von Conny auf das Forum gestoßen. Durch die IP-Adresse können wir vielleicht endlich eine heiße Spur erhalten«, fasste Baumeister die aktuelle Entwicklung zusammen. Er schritt auf und ab, sah dabei immer wieder zu den Tatortbildern an Sarahs Magnetwand.

»Nein, sagt es mir nicht. Wir laden einfach so wieder die Familie König-Fischer vor, weil ein toter Richter mal einen Fall von diesem Butler bearbeitet hat. Einen von ein paar hundert Fällen, in die ebenfalls mögliche Täter involviert sein könnten. Zum Glück arbeitet die junge Journalistin Selina Bruckner nicht mit Kräften daran, unsere Abteilung als Zirkus darzustellen. Ihre Beiträge werden praktisch überall rauf und runter gespielt, der Tenor: Unfähige Spielmann, noch unfähigere Polizei. Dann legen wir uns jetzt einfach mit einer der einflussreichsten Familien in Wien, nein in ganz Österreich an«, führte er weiter aus, ohne auf Sarah zu achten.

»Auch wenn es immer noch sehr unklar ist, immerhin haben wir nun eine neue Spur. Fred wird versuchen, dieses Forum zu finden. Conny hat ihm schon die Adresse gegeben. Im Dark Web treiben sich einfach sehr viele kranke Gestalten herum. Luzifer hat sich dort angemeldet, also auch Spuren hinterlassen. So werden wir ihn finden. Ich möchte ja lieber dem Angestellten Peter Heintz auf den Zahn fühlen, nicht Herrn König-Fischer. Also wo ist das Problem?«, warf Sarah ein. Ihre Stimme klang nun trotzig. Bisher hatte man sie schließlich auch ihren Weg gehen lassen.

»Ja, wir haben ein Problem. Die Mutter von Selina Bruckner hat vor Kurzem eine Vermisstenanzeige aufgegeben. Ihre liebe Tochter hätte sie abholen sollen und ist seitdem spurlos verschwunden. Hinzu kommt, dass wir ja von ihrem anonymen Tippgeber wussten, es aber nicht geschafft haben, von ihr einen Namen zu bekommen. Man kann nur hoffen, dass ihr nicht schon etwas zugestoßen ist.«

»Ganz so kann man es auch nicht sagen. Herr König-Fischer hat uns ...«, wollte Fred sich verteidigen.

»Egal, unterm Strich stehen wir wie Idioten da. Nicht auszudenken, wenn noch mehr Unschuldige sterben müssen. Dann können wir uns alle einen neuen Job suchen. Oder hat Frau Kollegin Devi nichts gesagt?«, sagte Baumeister.

Alle Augen richteten sich auf die attraktive Staatsanwältin. Sie zupfte ihre Bluse zurecht und räusperte sich kurz.

»Tja, die Politik macht Druck. Ich bin angehalten, möglichst bald einen Mörder zu präsentieren. Koste es, was es wolle. Die Lorbeeren und Unterstützung von der Familie Brock sind gar nichts mehr Wert. Jemand sehr Mächtiges möchte euch beide loswerden. Man sucht eigentlich nur noch einen Grund. Klären wir die Mordserie nicht sehr bald auf, rollen Köpfe. Egal wie, egal wen. So ungefähr war die Ansage durch den Justizminister«, sprach Devi die Botschaft aus.

»Haben wir nicht so ein System? Nennt sich Demokratie, Gewaltentrennung und so. Wir machen unsere Arbeit, niemand diktiert uns ein Ergebnis und auch die Staatsanwaltschaft arbeitet weisungsfrei. Oder habe ich was nicht mitbekommen?«, fuhr Sarah sie an.

»Ich ... ich mache ja auch nur ...«, verteidigte sich Anandita.

»Jaja, alle machen nur ... Wir stehen hier, diskutieren herum, nur hilft es nicht weiter. Da draußen ist ein wirklich sehr gefährlicher Serienkiller unterwegs. Er kundschaftet seine Ziele perfekt aus, ist hochgradig manipulativ und hat überhaupt kein Gewissen. Mir fällt kein Mörder ein, der es bisher geschafft hat, eine Gruppe von verzweifelten Teenagern zu einer Mordserie anzustiften. Jetzt will ich mal diesem Heintz ein paar Fragen stellen, dann sollten wir auch die Vergangenheit des letzten Opfers durchleuchten. Der Typ hatte sicher auch Dreck am Stecken. Mir ist es scheißegal, was die Herrschaften da oben von mir denken. Ich mache meinen Job, sorge für Sicherheit. Auch wenn die Bevölkerung lieber Skandale hat, ich bin mir keiner Schuld bewusst. Es ist nun mal nicht wie im Film. Die Arbeit hier braucht auch Zeit, irgendeinen Verdächtigen präsentieren hilft niemandem weiter. Das kannst du deinem Minister gerne von mir ausrichten«, fuhr Sarah sie an.

Ein Klopfen an der Türe unterbrach sie. Ein Kollege in Uniform öffnete die Türe.

»Frau Spielmann, hier ist jemand für sie.«

Wortlos ging sie an dem Mann vorbei und trat in den Flur. Beinahe wäre sie in Christoph und Elisabeth hineingelaufen. Sie waren schneller gekommen, als sie es sich gedacht hatte. Kurz nachdem Sarah Conny Hausser mit einer Beamtin in das kleine Büro verfrachtet hatte, rief sie kurz Christoph an, um ihm ihre Idee zu schildern. Dieser war zwar nicht sonderlich begeistert, was Sarah auch verstehen konnte, willigte aber ein, zu ihr zu kommen. Schnell holte sie die beiden zu Baumeister und Devi.

»Danke, ihr seid meine Rettung«, begrüßte sie ihren Freund und seine Mutter. Flüchtig küsste sie Christoph auf den Mund.

»Ich habe beide hergeholt, weil ich etwas brauche. Auch von dir, Anandita. Conny soll zu uns nach Hause kommen. Da kann jemand auf sie aufpassen, dem ich voll und ganz vertraue. Du musst mir da eine Genehmigung holen. So wie bei einer Kronzeugenregelung«, begann Sarah.

»Ähm, du bist gut. Conny ist noch nicht einmal eine Kronzeugin, wir wissen ja nicht, ob ihre Geschichte stimmt. Sag mal, wie stellst du dir das vor?«, wandte Anandita ein.

»Gut, dann mal deutlicher: Sie war Teil dieser Gruppe, kann uns wertvolle Informationen über Luzifer und seine Pläne liefern. In diesem Moment wird dieser Chatroom, oder wie auch immer, von unseren Spezialisten durchforstet. Wenn er eine noch so kleine Spur hinterlassen hat, dann finden wir sie. Du willst doch auch, dass der Tod deines Mentors aufgeklärt wird, oder? Das kann ich aber nur, wenn Conny in Sicherheit ist. Bei Christoph und Elisabeth hätte sie ein stabiles Umfeld. Nur ein paar Tage. Da musst du doch etwas machen können.«

Sarah ging auf Anandita zu und ergriff ihre Schultern. Dabei sah sie ihr tief in die Augen.

»Bitte. Hilf mir.«

»O... Okay. Werde mir was einfallen lassen. Es wäre ratsam, diese Geschichte nicht an die große Glocke zu hängen. Behandeln wir es intern. Wenn jemand fragt, ist sie zu einer psychologischen Abklärung irgendwo. Fürs Erste. Das kann uns alle unsere Jobs kosten, hoffentlich ist dir das klar.«

Sarah hatte schon gar nicht mehr hingehört, sie umarmte ihre Kollegin kurz und führte Elisabeth und Christoph zu Conny. Dort schilderten sie der Jugendlichen gemeinsam, was sie geplant hatten. Auch wenn sie wenig begeistert war, stimmte Conny Hausser ein. Möglichst unauffällig brachte Sarah alle nach Hause, nur um dann wieder zurück ins LKA zu eilen.

Alles in allem hatte Sarah vermutlich eine Stunde gebraucht, doch in dieser Zeit waren wieder einige Dinge passiert. Neben der Ankunft der Familie König-Fischer mit ihrem Angestellten Peter Heintz, gab es auch einen neuen Online-Beitrag, der mittlerweile von TV-Sendern aufgegriffen wurde. Simon Baumeister holte Sarah zu sich in sein Büro, um ihr den Beitrag zu zeigen.

Die angeblich vermisste Selina Bruckner stand vor dem Wiener Landesgericht. Da es aber noch sehr hell war und erst jetzt gerade die Sonne im Begriff war unterzugehen, musste es sich um eine Aufzeichnung handeln. Hinter ihr stand eine Tafel, mit den Bildern der Opfer. Auch Ronald Meierhof war zu sehen. Mit dem Schutz der Privatsphäre nahm es die liebe Reporterin nicht so genau. Wichtiger war es ihr, möglichst betroffen zu wirken.

»All diese Opfer wären vermeidbar gewesen, wenn die Justiz und die Polizei ihre Arbeit machen würde. Der jüngste Tote Ronald M. wurde mehrfach wegen Sexualdelikten angezeigt, doch milde Richter ließen den Mann regelmäßig unbehelligt, ja noch nicht einmal die Staatsanwaltschaft fand es der Mühe wert, hier einmal Härte zu zeigen. Ist Selbstjustiz richtig? Nein, doch in vielen Fällen verständlich, wenn der Staat die Hände in den Schoß legt. Schwere Körperverletzung, sexuelle Ausbeutung oder Missbrauch, Erpressung und Mobbing. Die eigentlichen Opfer wurden alleine gelassen, bis ein gewisser Luzifer darauf aufmerksam wurde«, begann Bruckner ihren Monolog.

Sarahs Miene versteinerte, die Reaktion von Simon Baumeister zeigte ihr, dass aber noch mehr kam.

»Ein Sinnbild des Versagens. Unsere Kuscheljustiz will Straftäter lieber weiter auf die Bevölkerung loslassen, als endlich einmal Härte zu zeigen. Ist es ein Wunder, dass plötzlich eine ominöse Gestalt eine Mordserie startet und dann auch noch die Polizei an der Nase herumführt? Ist eine Ermittlerin wie Sarah Spielmann überhaupt in der Lage, Verbrechen dieser Art zu verhindern? Schon bei der nächsten Wahl kann das Volk die Antwort darauf geben.«

Damit endete der Beitrag auf eine ungewohnte Art. Das Bild fror ein und eine Karte wurde eingeblendet. Eine Tarotkarte des Teufels. Sarah wusste nun, was hier los war. Es folgte ein Text, im Hintergrund sah man ein Portraitfoto von Selina Bruckner.

Eine Reporterin spielt den Menschen vor, unabhängig zu sein und nur der Wahrheit zu dienen. Doch drehte sich ihre Welt nur um ihre Wünsche, wollte sie hoch hinaus, was sie mit allen Mitteln zu erreichen gedachte. Mit Mitteln auf Kosten anderer Menschen, Rechte zählten nicht ebenso wenig Fakten. Mitleid kannte Frau Bruckner bisher nicht. Luzifer wird ihr sehr bald die gerechte Strafe zuteilwerden lassen.

An diesem Ort des Jüngsten Gerichts für diese schamlose Journalistin, die alle Werte mit Füßen tritt, dreht sich ebenfalls alles, schnell steigt man nach oben und kann auf eigenen Wunsch auch schnell wieder nach unten fallen. Diesmal wird es ein Fall ohne Wiederkehr. Die Uhr tickt.

Das Video endete mit einer roten Vierundzwanzig.

»Dieser Heintz ist mit Hugo Ignaz König-Fischer in einem Raum, sein Sohn mit der Mutter bei Fred und Anandita. Versuch etwas rauszufinden. Die neue Drohung verbreitet sich rasant im Netz. Übrigens ist das Prepaid-Handy von dieser Hausser durch einen Virus zerstört worden. Aktuell hängen wir uns an das Forum, die anderen Jugendlichen, die auch verschwunden sind. Sollten sich ihre Handys einloggen, haben wir sie«, sagte ihr Baumeister.

»Okay. Checkt auch die Telefondaten von diesem Heintz. Er wird sicher nicht so geschützt wie die Mitglieder der Familie. Ich hoffe, Fred ist diesem Früchtchen gewachsen.«

»Du meinst, dem Sohn? Fred ist nun auch kein Anfänger mehr.«

»Dieses Kind ist anscheinend hochbegabt. Bei der Erziehung durch diesen Vater wird er mit Fred seine Spielchen spielen wollen. Auch wenn seine Mutter ihn unterrichtet, übt er schon jetzt einen gewaltigen Einfluss auf sie aus. Machtspiele und Manipulation. Egal. Ich schaue, was ich machen kann.«

Sarah ging in das Büro, wo die beiden Männer schon auf sie warteten. Auf eine freundliche Begrüßung verzichtete sie, sondern kam gleich zur Sache.

Gleich nebenan saßen Fred mit Anandita Devi, Arthur König-Fischer und seiner Mutter. Fred hatte sich eine Taktik zurechtgelegt. Er wollte völlig zwanglos mit den beiden sprechen, eine freundschaftliche Basis aufbauen. In solchen Gesprächen neigten die Menschen eher dazu, Dinge preiszugeben. Sie fühlten sich dann sicher, manchmal hatten sie dann auch den Eindruck dem Ermittler etwas zu Schulden. Sie wollten ihm dann alles Mögliche erzählen. Insgeheim war Fred auch froh, nicht das Gespräch mit dem Vater führen zu müssen. Der Patriarch dieser Familie war ein furchterregender Zeitgenosse.

In der Mitte des Raumes stand ein weißer Bürotisch, an der Seite der Wand saßen Arthur und seine Mutter. Er trug ein blassrosa Hemd, hatte die Haare mit Gel streng nach hinten gekämmt. Mit wachen Augen musterte er Fred und Anandita, die sich ihnen gegenüber hinsetzten. Karoline war in einem schlichten, blauen Kleid erschienen. Nichts schien auf ihren Reichtum hinzudeuten. Die Haare hatte sie mit einem Haargummi zu einem Pferdeschwanz gebunden. Ihre Haut war blass, sie musterte ihren Sohn besorgt und streichelte seine Schulter. Mit einer beiläufigen Bewegung wischte Arthur ihre Hand weg, verschränkte die Arme vor seiner Brust und grinste die Beamten an.

Fred legte einen Notizblock und eine Mappe vor sich.

»Danke für Ihre Zeit. Sie haben sicher wichtige Termine, doch neue Entwicklungen haben uns dazu gezwungen, einige Dinge zu hinterfragen«, begann Fred das Gespräch.

Er wandte sich zu Arthur.

»Du bist ja noch minderjährig. Wann auch immer das Gespräch für dich unangenehm sein sollte, sag es einfach und wir beenden es. Ich möchte betonen, dass du nichts falsch gemacht hast. Egal was du sagst, es wird dich niemand bestrafen. Die beste Antwort ist im Endeffekt die Wahrheit.« Er versuchte, mit einer helleren Stimme das Eis zu brechen.

»Wie nett. Da fühle ich mich ja gleich viel wohler. Übrigens können Sie ruhig normal mit mir sprechen. Vielleicht bin ich erst dreizehn Jahre alt, aber ich bin bei Weitem klüger«, antwortete Arthur in nasalem Tonfall.

Seine Mutter fixierte den Tisch, als wäre dort im Moment etwas sehr Wichtiges zu sehen.

»Auch für Sie gilt dies. Wir haben eigentlich nur ein paar Fragen über Ihren Angestellten Herrn Heintz«, setzte Devi ein. »Du bist natürlich richtig klug, das wissen wir.«

»Richtig klug? Dafür müsste ich mir schon zwei Drittel meines Gehirns entfernen lassen, um nur richtig klug zu sein. Nicht umsonst bin ich Mitglied der Tripple Nine Society«, gab er ohne die Miene zu verziehen zurück. »Nur ein Prozent der Bevölkerung hat die Chance auf eine Aufnahme. Sie wollen was über unseren Minion wissen? Da bin ich ja sehr gespannt.«

»Nun, also ... ich würde gerne erst mal mit deiner Mutter sprechen«, begann Fred. Eine gewisse Unsicherheit machte sich in ihm breit. War er überhaupt in der Lage, diesem Jungen die Stirn zu bieten? Sarah hatte ja auch schon so ein merkwürdiges Gefühl bei ihm gehabt.

»Mama ist sicher sehr froh, wenn sie wie sonst auch den Mund halten kann. Ich spreche sehr gerne in ihrem Namen. Stimmt's Mutter?«

Karoline König-Fischer nickte stumm und fixierte den Tisch.

»Ganz schön frech für dreizehn Jahre. In meiner Kindheit hätte ich wahrscheinlich ...«, wollte Devi ihn ermahnen.

»Was hätten sie? Eine Ohrfeige bekommen? Sie haben ja keine Ahnung. Vielleicht wären Sie ja wesentlich erfolgreicher, wenn Sie nicht die ganze Zeit saufen würden.«

Anandita sog scharf die Luft ein. Ein kalter Schauer lief ihr über den Rücken und sie riss die Augen auf.

»Tja, man kann es riechen. All ihr schweres Parfum, die Kaugummis, das hilft nichts. Ich rieche den Sprit. Ihrem Partner entgeht es wohl. Der merkt aber sicher so einiges in seinem Leben nicht. Wann haben Sie mit dem Trinken begonnen? Als ihr Richterfreund ins Gras gebissen hat?«, bohrte Arthur mit einem ekelhaften Grinsen. Er richtete sich auf dem Sessel auf und beugte sich nach vorne. Fred wurde rot vor Wut, während Anandita jede Farbe verlor. Tränen stiegen ihr in die Augen.

»Was erlaubst ...«, wollte Fred ihn unterbrechen.

»Was erlauben Sie sich? Denken Sie ernsthaft, meine Familie führt keine Recherche durch? Der Mentor Ihrer charmanten Freundin hat den Raser davonkommen lassen, der die Mutter unseres Minion totgefahren hat. Wir mussten für alle Kosten aufkommen. Sagen Sie mal, haben Sie schon nachgerechnet, wie oft ein milder Richter Vergewaltiger und Mörder nur sehr milde bestraft hat?«

»Jetzt mal ganz ruhig. Peter Heintz ist ja nicht verdächtigt, wir wollen einfach nur ein paar Dinge ausschließen. Interessant ist jedoch, was du so alles über diesen Richter weißt. Ich kann mich nicht erinnern, ihn jemals erwähnt zu haben«, bohrte Fred nach.

»Glauben Sie den Schwachsinn selbst? Er ist auf eurer Liste, weil er als Opfer nun zum Täter gemacht werden soll. Weil ein Richter und seine saufende Schülerin ihren Job nicht machen konnten. Natürlich hole ich mir Informationen, wenn ich schon zu diesem Gespräch antanzen soll. Wissen ist schließlich Macht. Selbst wenn Sie mir nun nachweisen, dass ich in der Lage bin eine Suchmaschine zu bedienen, frage ich mich, was Sie nun machen wollen«, antwortete Arthur ganz ruhig.

Fred bemerkte, wie Anandita neben ihm zu zittern begann. Jedes einzelne Wort hatte wie eine Pistolenkugel eingeschlagen und sie sehr getroffen. Nachdem der Junge die Sache mit dem Alkohol erwähnt hatte, bildete er sich nun auch ein, etwas zu riechen.

»Es wäre ohnehin besser, wenn Sie diesen Luzifer einmal jagen würden. Denn wie man mitbekommen konnte, gibt es etwas Neues. Wie sollte unser Minion das gemacht haben? Wir waren zusammen auf dem Weg hierher und sitzen nun schon eine gefühlte Ewigkeit hier. Dann hat das LKA nichts Besseres zu bieten als eine besoffene Anwältin und einen Cop, der lieber an seinen süßen Mann denkt. Verarscht man Sie hier eigentlich? Muss hart sein, wenn man so offen schwul ist. Freunde haben Sie hier wohl keine. Man tuschelt sicher, kaum dass Sie den Raum verlassen. Kein Wunder, dass Sie zu Spielmann versetzt wurden. Noch nie überlegt, warum? Man wollte, dass Sie kündigen«, das Grinsen wurde breiter.

Fred begann vor Wut zu zittern.

»Du hast ja schon ganz schön viel Meinung für so wenig Lebenserfahrung. Darum geht es nicht. Ich mache meine Arbeit schon sehr gut, sei dir da sicher«, presste er hervor.

»Ach, ich habe eigentlich alles gesagt und meine Mutter und ich sind hier fertig.« Arthur lehnte sich zurück und verschränkte seine Arme hinter dem Kopf.

»Ob wir fertig sind oder nicht, entscheide immer noch ich!«, fuhr in Fred an.

Anandita war nicht mehr in der Lage etwas zu sagen. Sie stand wortlos auf und rannte aus dem kleinen Raum.

»Wirklich? Zwingen Sie mich doch! Das wird dem Justizminister sicher gefallen. Laufen Sie doch schnell ihrer Kollegin nach. Sonst säuft sie noch zu viel.«

Arthur lachte laut aus vollem Hals. Als hätte er einen großartigen Witz erzählt. Karoline hatte sich mittlerweile besonnen und versuchte ihren Sohn zu beruhigen. Schamesröte schoss ihr ins Gesicht.

»Du kleines, mieses A...«, zischte Fred und eilte Anandita hinterher.

Sarah bekam von diesem Verhör nichts mit, sie setzte sich Heintz gegenüber, neben ihr nahm Simon Baumeister vor Hugo Ignaz Platz.

Gekonnt ignorierte sie das Oberhaupt der Adelsfamilie, wollte Blickkontakt zu Heintz herstellen. Natürlich war es nicht optimal, dass Heintz auf das Beisein seines Dienstgebers bestanden hatte. Hugo Ignaz wartete mit einer weiteren Überraschung auf und präsentierte seine Zulassung als Rechtsanwalt. Damit war er eine legitime Rechtsvertretung und Sarah waren die Hände gebunden. Heintz spielte mit seinen Fingern und hielt den Kopf gesenkt. Sein Äußeres wirkte ungepflegt, was Sarah sehr verwunderte. Immerhin hatte er einen wichtigen Posten in der höheren Gesellschaft inne, wo man sich eigentlich anders präsentieren musste. Sein rechter Arm zitterte leicht, was er zu verbergen versuchte. Heintz trug ein alt wirkendes Tweed-Sakko, hatte einen Dreitagesbart und sich etwas zu viel mit einem Altherrenparfum eingesprüht. Daneben wirkte Hugo Ignaz wie aus dem Ei gepellt. Sarah hatte den Mann noch nie ungepflegt gesehen, er musste sehr viel Wert auf sein Äußeres legen. Sein Anzug war dunkelblau, darunter kleidete sich König-Fischer mit einem weißen Seidenhemd. Zwar versuchte Sarah ihn gekonnt zu ignorieren, doch aus dem Augenwinkel musterte sie den Mann sehr wohl. Er war es gewohnt, das Kommando zu haben. Heute aber nicht, diese Tatsache wollte Sarah klarstellen.

»Herr Heintz, vielen Dank für Ihr Erscheinen. Ich habe auch nur ein paar Fragen, dann können Sie schon wieder gehen. Es geht eigentlich nur um ein paar Zeitpunkte, wo Sie sich da aufgehalten haben«, begann Sarah.

Heintz blickte sie kurz an, dann zu seinem Chef und wieder auf seine Finger.

»Fürs Protokoll, ich übernehme die Vertretung für meinen Angestellten Peter Heintz. Alles, was Sie wissen wollen, werde ich nach Möglichkeit beantworten«, sagte Hugo Ignaz in seinem abfälligen, nasalen Ton.

Sarah ignorierte ihn.

»Herr Heintz, der Richter Horst Lesch, kennen Sie diesen Mann?«

»Mein Klient kennt diesen Namen natürlich. Was wollen Sie denn wissen?«, blieb König-Fischer ungerührt.

»Wissen Sie, dass dieser Richter ermordet wurde? Nur wenige Wochen, nachdem der Mann, der Ihre Mutter überfahren hatte, ein sehr mildes Urteil erhielt«, fuhr Sarah fort.

»Wir wissen nur von einem tragischen Todesfall. Von Mord kann keine Rede sein. Seit wann wird denn in dieser Sache ermittelt?«

»Seit jetzt! Also, was weiß Ihr Klient?«, gab Sarah patzig zurück.

»Er weiß nichts. Herr Heintz ist ein sehr anständiger Angestellter, der sich neben seiner Arbeit aufopferungsvoll um seine Mutter gekümmert hat. Sie war lange Zeit im Wachkoma, was aber die heimische Justiz nur mäßig interessiert.«

»Was wollen Sie damit sagen«, mischte sich Baumeister ein.

»Wenn wir nicht die Pflege finanziert hätten, wäre die arme Frau lieblos in ein Heim abgeschoben worden. Somit hatte sie wenigstens dann die besten Ärzte und auch ihren Sohn um sich. Was wohl Menschen machen, die nicht so viel Vermögen zur Verfügung haben?«, rieb er es den Ermittlern unter die Nase. »Weiter möchte ich noch klarstellen, wenn Sie Fragen an die Familie Müller haben sollten, sie werden auch von mir vertreten. Schließlich verwaltet Mona Müller Teile meiner Stiftung. Wir können uns keinen Skandal leisten. Haben Sie etwas in der Hand, das meinen Klienten nun in Verbindung mit dem vermeintlichen Mord an diesem Richter bringen soll? Wenn nicht, dann sind wir fertig. Ich muss mich um sehr viele Firmen und Menschen kümmern.«

»Ja, in einer Ihrer Firmen verwendet man zur Spiegelerzeugung Thallium und Flusssäure. Wissen Sie das?«, führte Sarah aus.

»Mag schon sein. Neben unzähligen Grundstücken gehören uns auch viele Firmen.«

»Wer hat Zugriff zu diesen Mitteln?«

»Vermutlich Personen, die damit hantieren müssen. Was brauchen Sie denn? Einen Spiegel für Ihre Abteilung? Zum Schminken für die Kolleginnen?«

»Ihre sexistischen Meldungen können Sie behalten. Eine Liste mit den Namen der Angestellten, die diese Dinge verwenden dürfen. Möglichst schnell, wenn ich bitten darf«, wies ihn Baumeister zurecht.

Hugo Ignaz lächelte abfällig.

»Wie Sie wollen. Wenn es sonst nichts gibt, fahren wir jetzt. Anfragen laufen über mich und nur über mich.«

»Auch wenn ich mit Arthur sprechen will?«, wollte Sarah wissen. Sie sah dem Mann herausfordernd in die Augen.

»Ach, ich wünsche Ihnen allen viel Glück mit meinem Sohn. Mit Ihren Psychotricks können Sie vielleicht Herrn Heintz oder die Familie Müller beeindrucken. Arthur ist ein König-Fischer, schon jetzt viel klüger, als ich jemals war. Wie heißt es so schön? Man soll nicht jagen, was man nicht erlegen kann.«

»Danke, den Spruch werde ich mir merken«, antwortete Sarah.

Alle verließen das Büro und Sarah ging zurück in ihr eigenes. Baumeister verabschiedete die Familie und gesellte sich zu ihr. Dort warteten schon eine völlig aufgelöste Anandita Devi und ein wütender Fred.

»Was ist hier los?«, wollte Sarah wissen.

»Frag nicht. Der kleine Arsch gehört in Zukunft dir. Wir haben nichts rausbekommen, nur dumme Wortmeldungen. Bei euch?«

»Nichts Verwertbares. Wie sieht es aus?«

»Der Countdown hat begonnen. Vierundzwanzig Stunden. Dann haben wir hier noch alles, was die Kollegen zu diesem Meierhof gefunden haben und unser Rechtsmediziner wollte noch per Handy was sagen«, erklärte ihr Fred und gab ihr eine Akte.

In einem kurzen Gespräch erklärte ihr Bastian Wehring, dass Roland Meierhofer verblutet ist, doch ihm wurde kurz vor seinem Tod gewaltsam Alkohol eingeflößt. Wäre er nicht durch das Abtrennen seines Penis ausgeblutet, auch weil sein Blut verdünnt war, wäre er wahrscheinlich an einer Alkoholvergiftung gestorben. Die Akten zeigten ein Bild von einem Mann, der nicht unbedingt als Lieblingsschwiegersohn in Erinnerung bleiben würde.

»Wahnsinn, so viele Anzeigen wegen Nötigung und sexueller Belästigung?«, staunte Sarah und sah Devi an.

Sie hatte sich schon wieder gefangen. Sarah verzichtete darauf zu fragen, was los war. Fred würde ihr dies schon noch erklären.

»Ähm, ja. Aber entweder konnte man nichts nachweisen, oder die Frauen haben die Anzeige dann doch wieder zurückgezogen. Keine Einzige war nüchtern bei den Übergriffen und vor Gericht hätte man ihnen wahrscheinlich nicht geglaubt«, erklärte Devi.

»Wow, also muss man eine Frau nur betrunken machen, dann darf man sich an ihr vergehen, oder wie?«, brauste Sarah auf.

Anandita zuckte zusammen.

»Es ist ja wohl wirklich lächerlich. Da werden die Opfer diskreditiert und so ein Machoschwein darf weiter Frauen vergewaltigen.« Sarah war es egal, dass die Staatsanwältin eingeschüchtert wirkte.

»Viele konnten sich nicht einmal erinnern, ob wirklich etwas geschehen war«, wollte sie sich verteidigen.

»Toll, er war also schlau genug, Drogen zu verwenden. Dann ist ja alles gut. Natürlich will ich den Mörder finden, aber hier kommt nur wenig Mitleid auf.«

»Sag mal, Sarah, wenn wir uns diesen Heintz so ansehen und auf Luzifer umlegen. Wie würde das Profil da aussehen?«, lenkte Baumeister ab. Dieses Streitgespräch brachte niemandem etwas und die Zeit lief ihnen mal wieder davon.

»Um ehrlich zu sein, es ist sehr komplex. Wieso wählt er diesen Namen? Schließlich denken zwar alle sofort an den Teufel, die Hölle und das Böse, doch es ist eben nicht so leicht. Luzifer war der höchste der Engel, begehrte gegen Gott auf und stürzte in die Tiefe. Also das mal ganz knapp zusammengefasst. Danach verführte er nur noch andere Menschen, weil er eifersüchtig auf die Liebe von Gott zu den Menschen war. In der Esoterik hat die Tarotkarte aber auch noch ganz andere Bedeutungen. Natürlich will uns der Täter etwas mitteilen, die Karten liegen nicht einfach so dort. Auch wenn er sonst versuchte, uns bei jedem Tatort in die Irre zu leiten. Diese Karte ist etwas Persönliches. Das Profil deutet durchaus auf einen hochgradig gestörten Psychopathen hin. Er ist sehr intelligent, kann mehrere Menschen derart manipulieren, dass sie Morde begehen und ist clever genug, nicht in Erscheinung zu treten. Ähnlich wie der Teufel. Dieser Mensch ist in seinem täglichen Leben kein Anführer, er muss zurückstehen. Was sicher auf Heintz zutrifft. Ich bin mir aber nicht sicher, ob er eloquent genug ist, ausgerechnet Teenager zu Mördern zu machen. Es hat aber etwas mit der Familie König-Fischer zu tun.«

»Meinst du, dieser Hugo Ignaz könnte es sein? Bei dem krieg sogar ich Angst«, warf Baumeister ein.

»Absolut! Um ganz ehrlich zu sein, selbst der liebe Arthur passt in das Profil. Ob ein so junger Mensch wirklich zu diesen Taten fähig ist … schwer zu sagen. Wir sollten uns auf alle Fälle die Familie König-Fischer genau ansehen«, sagte Sarah. »Meinem Eindruck nach sieht er sich nicht als Fürst der Hölle. Er ist der Lichtbringer und begehrt gegen eine übergeordnete Macht auf. Wie etwa das Justizsystem. Rache ist ein großer Antrieb für viele Menschen.«

»Meiner Meinung nach sollten wir uns auf diesen Heintz konzentrieren. Ich habe in Auftrag geben lassen, alles über ihn herauszufinden. Er hatte praktisch in jeder Firma uneingeschränkten Zugang. Damit konnte er auch an die Flusssäure kommen«, mischte sich Devi ein.

»Gut, dann checken wir seine Handydaten, aber suchen auch die anderen Jugendlichen. Wir müssen immer noch diese Journalistin finden«, mahnte Baumeister.

So vergingen wieder etliche Stunden, die Ermittler suchten nach Hinweisen, mussten mühsam die Handydaten von Heintz nachvollziehen, wo er war und ob es auch mit den Tatorten in Einklang gebracht werden konnte. Spät in der Nacht machte sich Sarah auf den Weg zurück zu Christoph. Sie wollte lieber zu Hause schlafen und so auch ein Auge auf Conny haben. Bei dem Gedanken an die Reporterin Selina Bruckner klingelte etwas in ihrer Erinnerung. Diese Hinweise, damit konnte Sarah was anfangen, doch noch machte es nicht Klick. Etwas Schlaf würde ihr sicher weiterhelfen.

Anschlag

Sarah lag noch lange wach. Die Gedanken kreisten um diesen Luzifer und sein neues Rätsel. Irgendwann fand sie dann doch noch ein wenig Schlaf. Der Geruch von Toast und Kaffee weckte sie aber nach nur wenigen Stunden wieder.

Elisabeth war schon wieder auf den Beinen und bereitete ein Frühstück zu. Sarah hatte kaum Zeit dafür. Sie rief eilig Fred an, damit er sie abholte. Außerdem mussten sie sich noch die Wohnung ansehen, wo Conny die letzten Tage verbracht hatte. Die Adresse hatte sie schon, war aber durch die Entwicklungen der letzten Stunden nicht dazu gekommen, dorthin zu fahren. Eine zu diesem Ort gesendete Streife hatte lediglich bestätigen können, dass sich sonst niemand dort befand. Vielleicht gab es aber doch ein paar Spuren in der Wohnung, welche von Conny in den letzten Tagen bewohnt wurde. Sie wussten auch nicht, wo man nun Selina Bruckner gefangen hielt. Ihre Kräfte musste Sarah aber langsam bündeln. Aktuell waren schon mehr als siebzig Beamte im Einsatz, die Ressourcen waren langsam aber sicher erschöpft.

»Hey, Eli. Ich muss gleich los. Pass gut auf alle auf. Vielleicht wäre es besser, wenn ihr zu Hause bleibt. Solange wir nicht wissen, wer dahintersteckt, ist Conny in höchster Gefahr.«

»Ach herrje, nur hier in der Wohnung sitzen? Da kommt man ja nur auf komische Gedanken. Ich nehme an, die Türe sollte ich auch nicht öffnen, falls jemand läutet?«

Dies konnte Sarah nur bestätigen. Sie war auch schon auf dem Weg, die Wohnung in Richtung LKA zu verlassen. Nicht ohne noch eine Thermoskanne Kaffee und eine Umarmung zu bekommen.

Die kalte Luft tat ihr gut. An sich war Sarah schon an den Schlafentzug gewöhnt, so sehr man sich daran gewöhnen konnte. Dennoch half ihr das kalte Wetter, ihre Gedanken zu ordnen. Ihre beste Chance wäre es, wenn sie dieser Mörderbande eine Falle stellen könnte. Ihr Handy läutete. Es war noch früh am Morgen, Sarah fragte sich, wer schon etwas von ihr wollte.

»Ja?«, meldete sie sich. Die Nummer war die des LKA Ost.

»Frau Spielmann, wir haben eine Anruferin für sie. Die Dame möchte unbedingt mit Ihnen sprechen. Eine Frau Bruckner. Die Mutter von Selina Bruckner.«

»Alles klar, stellen Sie durch.«

»Ha-hallo?«, sprach eine zittrige Stimme.

»Hier spricht Sarah Spielmann. Frau Bruckner?«

»Haben Sie meine Tochter schon gefunden? Ist sie wirklich von diesem Monster entführt worden?«, schluchzte sie ins Telefon.

»Natürlich versuchen wir ihren Aufenthaltsort in Erfahrung zu bringen. Erwachsene haben allerdings auch das Recht, sich einige Zeit nicht zu melden. Ich werde mich aber persönlich darum kümmern, Selina zu finden. Wir haben Ihre Aussage von den Kollegen übermittelt bekommen. Ist Ihnen vielleicht noch etwas eingefallen?«, versuchte Sarah sie zu beruhigen. Die Aussage war wenig hilfreich gewesen. Mit ihrer Tochter hatte sie schon länger keinen intensiven Kontakt gehabt, sie hätte nur durch die Medien von der Karriere etwas mitbekommen.

»Sicher war es ihr Ex-Freund. Der hat immer gesagt, er bringt sie eines Tages um.«

»Okay, haben Sie einen Namen? Warum sollte er sie töten wollen?«, wollte Sarah wissen.

»Matthias Kovacek, ich habe die letzten Stunden alles durchsucht, ihre Tagebucheinträge gefunden und auch gelesen. Er war mit Selina eine Zeit lang zusammen. Hat ihr Flüge, Shoppingtouren und jeden erdenklichen Luxus geschenkt. Dabei habe ich ihr immer gesagt, der

Kerl blendet sie nur. Dann hat sie ihn verlassen. Dieser Typ hat ihr aufgelauert, doch sie wollte ihn nie anzeigen. Weil er ja so ein armer Kerl sei, sagte sie stets.«

»Wirklich ein guter Hinweis, vielen Dank. Ist Ihnen noch etwas eingefallen? Wo wohnt dieser Kovacek?«

»Er hatte einmal ein Haus in Kaisermühlen, aber da er alles auf Pump finanziert hatte, wurde er gepfändet. Dann war er von einem Tag auf den anderen verschwunden.«

Die Mutter von Selina beschrieb ihn als groß und schlank. Sofort klingelte es bei ihr. Kovacek war doch auch bei Conny gewesen und die Beschreibung traf durchaus auf ihn zu, wenngleich sie etwas vage war. Sie musste die Verbindung zu Selina finden.

»Vielen Dank, Frau Bruckner, ich melde mich, sobald ich mehr weiß.« Sarah beendete das Gespräch. Sie rief nochmals im Landeskriminalamt an, um ihre Kollegen mit der Recherche über Matthias Kovacek zu beauftragen. Es musste eine Verbindung zu dieser Familie König-Fischer geben, da war sie sich sicher.

Der kalte Wind schlug ihr um die Ohren. Immer noch hatte der Winter die Stadt fest in seinem Griff. Selbst die Donau war immer wieder kurz davor zuzufrieren, was für den Schiffsverkehr natürlich ein Problem darstellte. Um diese Uhrzeit war es unheimlich still in Wien. Selbst den Vögeln war es zu kalt, Sarah stand auf der Straße und genoss die Stille. Sie war sich sicher, langsam hatte Luzifer die Kontrolle über seinen Plan verloren. Er dachte wohl, mit seinem neuen Rätsel könnte er Sarah an der Nase herumführen. Endlich kam auch Fred mit dem Dienstwagen. Sie konnte es nicht mehr erwarten, ihm alles zu erzählen.

»Bist du dir sicher? Wenn wir dort aufmarschieren und dann ist es gar nicht dieser Ort, stirbt Selina Bruckner und wir können uns einen neuen Job suchen.« Fred war nicht so überzeugt von ihrer Theorie.

»Denk mal nach. Es dreht sich alles um sie. Nun, im Restaurant des Donauturms dreht man sich ja auch. Die ganze Plattform dreht sich und außerdem kann man im Sommer dort Bungee-Jumping machen. Immerhin will Luzifer ja auch immer ein Zeichen setzen. Der Donauturm ist ein idealer Ort dafür. Jeder Wiener und jede Wienerin kennt ihn, die meisten Menschen waren schon einmal dort. Es ist seine Wortwahl, er will diese Eskalation. Idealerweise erwischen wir die Teenager bei der Tat, Selina Bruckner stirbt nicht und Luzifer erscheint allenfalls als festgenommener Täter in den Medien. Es würde passen. Dann hat mich noch ihre Mutter angerufen. Sie berichtete mir von einem Ex-Freund. Matthias Kovacek. In der Abteilung suchen sie gerade nach allen möglichen Infos.«

»So wie der Typ bei Conny?«

»Bingo. Rate mal, wo er gelebt hat, bis ihm die Bank das Haus weggenommen hat. In Kaisermühlen. Also, hast du für dieses Rätsel noch eine andere Idee?«, meinte Sarah.

»Nein, ehrlich gesagt, nach gestern habe ich gar keine Idee mehr. Ich werde mich dann wohl mehr auf die digitalen Spuren konzentrieren. Dieser Arthur ... Ich dachte ja, der Vater ist schlimm. Kennst du Tripple Nine?«

»Diese Society, die noch strenger als Mensa ist? Ja klar. Wieso?«

»Warum überrascht es mich nicht. Er ist dort Mitglied. Der kleine Scheißer.«

»Hör mal, der Sohn ist ein Produkt seiner Umwelt. Bei diesem Vater kein Wunder. Was hat er denn gesagt? Lass es nicht an dich ran.«

»Sag das mal Devi. Die war völlig fertig. Wusstest du, dass sie heimlich trinkt?«

»Gott, nicht schon wieder. Ich rede mit ihr. Schauen wir, ob wir in der Wohnung Hinweise finden und dann planen wir mit Baumeister den Zugriff. Ich ruf ihn mal an und klär ihn auf.«

Es war nur ein kurzes Telefonat, doch sie fuhren auch danach wortlos weiter. Fred wirkte verletzt, was auch immer dieser Arthur zu ihm gesagt hatte, es musste einen wunden Punkt getroffen haben. Anandita würde es wahrscheinlich nicht viel besser gehen. Die Stadt war noch immer wie ausgestorben, die Fahrbahn und Gehwege hatten weiße Flecken von dem strengen Frost. Da es sogar für Schnee zu kalt war, gab es da wenigstens keine Probleme. Sie kamen gut voran und waren schon sehr bald an der Adresse, die Conny Sarah genannt hatte. Streifenwagen war keiner zu sehen. Die Tatortgruppe hatte die Wohnung, in der Conny einige Zeit verbracht hatte, auf den Kopf gestellt und akribisch sämtliche Spuren gesichert.

Frau Müller saß in ihrem Rollstuhl vor der Wohnungstüre und unterhielt sich aufgebracht an ihrem Handy. In der Wohnung herrschte ein hektisches Treiben. Es wurde anscheinend gerade eine Grundreinigung durchgeführt.

»Frau Müller. Kriminalpolizei. Falls Sie sich noch erinnern können. Was geht hier vor?« Sarah versuchte erst gar nicht freundlich zu sein.

»Die Wohnung wird gereinigt, weil morgen schon neue Mieter einziehen. Sehen Sie doch. Mein lieber Sohn meinte, er müsste hier übernachten. Ich bin die Verwalterin der Immobilien der Familie König-Fischer. Warum?«

»Das wussten wir schon. Erstaunlich oft stolpern wir über diese Familie, oder über Sie und andere Menschen, die mit ihr zu tun hatten. Wir wollten uns eigentlich umsehen ... wo ist denn ihr Sohn?«, hakte Sarah nach.

»Nicht da. Umsehen? Haben Sie einen Beschluss? Falls nicht, dann auf Wiedersehen. Ich habe wirklich keine Zeit für diesen Schwachsinn.«

»Eine junge Reporterin ist verschwunden, wir ...«, warf Fred ein.

»Es ist mir herzlich egal, jeden Tag verschwinden Leute. Meine Aufgabe ist es, diese Wohnung zu vermieten. Sonst noch was?«

»Danke, Ihre herzliche Art ist eine große Hilfe. Falls wir Ihren Sohn finden, grüßen wir ihn recht nett.«

Sarah ging, ohne noch einen Moment auf die Frau in ihrem Rollstuhl zu achten. Fred folgte ihr.

»Wow, das passiv-aggressive Verhalten der Wiener hast du wirklich schon drauf.«

»Danke, Herr Kollege. Gehen wir lieber, bevor ich diesem Trampel so richtig die Meinung geige.«

Der Besuch war also nicht sehr erfolgreich gewesen. Sarah wollte jetzt zurück ins Büro und dann noch einmal nach Hause, wenn Elisabeth mit Conny und Christoph wieder zurück war. Schließlich würden sie heute Nacht alles auf eine Karte setzen müssen, sie brauchte also jede noch so kleine Information über diesen Luzifer und seine Mörderbande. Sie musste ihm diesmal das Handwerk legen, denn sonst würde es für sie und Fred wirklich nicht mehr sehr gut aussehen, dessen war sie sich bewusst. Es würde dann ziemlich schnell der Ruf nach einem Sündenbock laut werden. Eine Nachricht von Christoph sagte ihr, dass sie sich schon auf den Weg nach Hause machten. Es war ein Kampf gegen Windmühlen, wenn die Menschen um sie herum nicht taten, was Sarah ihnen vorschlug. Sie bat Fred darum, kurz zu ihr zu fahren.

Sie waren früher da und warteten auf Elian, Christoph, Conny und Elisabeth. Die kamen recht fröhlich auf die beiden Ermittler zu.

»Wieso bleibt ihr nicht einfach dort, wo es sicher ist?«, fuhr Sarah sie an.

»Ja, also wir haben auch wirklich aufgepasst, Elisabeth meinte ...«, versuchte sich Elian zu erklären.

»Und da seid ihr jetzt große Profis? Um einen Killer aufzuhalten, der schon einige Menschen getötet hat? Ernsthaft? Der Kerl ist in der Stadt unterwegs, auf der Suche nach ihr. Macht bitte, was ich euch sage. Conny, ich kann dir nur helfen, wenn du es zulässt.«

Conny starrte eingeschüchtert auf den Boden.

Sarah sah in diesem Moment etwas, das ihr seltsam vorkam. War es eine Bewegung in ihrem Augenwinkel gewesen? Ihre Sinne schlugen Alarm, Adrenalin schoss durch ihren Körper. Ein Wagen fuhr an ihnen vorbei. Sie standen alle zusammen auf dem Gehsteig vor dem Wohnhaus, in dem Sarah lebte und unterhielten sich. Vor ihnen parkten die Autos der Anrainer. Der Wagen fuhr langsam, zu langsam und sofort war ihr Instinkt geweckt. Dieser Umstand hatte sie alarmiert. Niemand fuhr derartig langsam. Der Fahrer hielt etwas aus dem Fenster. Ohne lange nachzudenken, warf sich Sarah auf Elian und Elisabeth. Fred folgte ihrem Beispiel und riss Christoph und Conny zu Boden. Keine Sekunde zu früh.

Ein Schuss zerriss die Luft, Glas von einem Autofenster rieselte auf die beiden Ermittler, die sich über ihre Freunde geworfen hatten. Noch ein Schuss ertönte und traf einen Reifen. Dieser zerplatzte mit einem lauten Knall. Dann gab der unbekannte Fahrer Vollgas und fuhr davon. Sarah sprang auf die Beine. Sie hatte ihre Dienstwaffe nicht dabei, doch in einem Wohngebiet hätte sie nicht einfach so das Feuer eröffnet. Viel zu groß war die Gefahr, einen Zivilisten zu treffen. Der Wagen war ein dunkelgrüner Jeep, doch er hatte sein Kennzeichen abmontiert.

»Geht es euch gut?«, wollte sie wissen.

Alle mühten sich keuchend auf die Beine. Der Schreck war ihnen ins Gesicht geschrieben. Conny zitterte am ganzen Körper. Nur Elisabeth wirkte gefasst, wenngleich sie kreidebleich war.

»Ich rufe die Kollegen und die Rettung«, sagte Fred und holte sein Handy hervor.

Nach wenigen Minuten wimmelte es in der ganzen Straße von Rettungskräften und Polizei. Sicherheitshalber ließ Sarah alle in ein Krankenhaus bringen. Unter Polizeischutz.

Noch hatte sie keine Zeit, den Schock Oberhand gewinnen zu lassen. Ihre Ohren dröhnten immer noch. Jetzt waren sie und ihre Familie auch noch ins Fadenkreuz von Luzifer geraten.

»Komm, Fred, wir müssen mit Baumeister über den Zugriff sprechen. Wenn ich wirklich richtig liege, müssen wir uns beeilen. Die Zeit läuft uns davon.«

»Wir wären beinahe erschossen worden. Verdammt, Elian hat genug mitgemacht.« Fred zitterte. Vor Wut oder Angst, das mochte Sarah nicht genau sagen. Es war sicher eine Mischung aus beidem.

»Ich weiß, denkst du, ich habe keine Angst? Christoph hat sich gerade erst erholt. Doch wir müssen diesem Mistkerl das Handwerk legen. Wir können jetzt keine Angst haben. Allen geht es gut. Sie kommen darüber hinweg.«

»Manchmal frage ich mich schon, ob du ein Roboter bist.«

Mit diesen Worten ließ er Sarah stehen und ging zu einem der Streifenwagen. Ihr eigener Dienstwagen war zugeparkt und dieser Umstand würde sich so schnell auch nicht ändern. Sarah setzte sich zu ihm und ein Beamter in Uniform fuhr die beiden ins LKA Ost.

Sarah erklärte allen noch einmal, welchen Verdacht sie hatte.

»Also den Donauturm? Denkst du wirklich?«, war sich Baumeister nicht sicher.

»Absolut. Alles dreht sich um einen. An diesem Ort dreht sich ganz Wien um einen, wenn man so will. Dann geht es tief hinab. Die Bungee-Plattform. Ich bin mir sicher, sie wollen Selina dort in die Tiefe stürzen.«

»Gut, die Zeit läuft uns davon und viel mehr haben wir nicht. Ich plane alles mit den Kollegen der Spezialeinheit. Hoffentlich hast du recht«, sagte Baumeister.

Auffallend oft wurde er von einer Andrea Auer angezeigt. Sie hatte aber keine Beweise für eine Vergewaltigung und auch wenn sie es immer wieder versuchte, wurde sie nicht ernst genommen. Außerdem ging Meierhof sogar gerichtlich gegen sie vor. Am Ende wurde sie wegen Stalkings verurteilt. Wenn jemand ein dringendes Motiv hatte und für die Worte von Luzifer empfänglich war, dann diese Frau. Sie schien jedoch ein Geist zu sein. Wie alle anderen war sie verschwunden, keine Profile auf sozialen Plattformen, ein Streifenwagen wurde zu ihrer Meldeadresse gesendet, doch dort war niemand zu Hause. Sarah machte sich wenig Hoffnung, dass es sich mit diesem Matthias Kovacek anders verhielt. Fred kramte ebenfalls in dessen Vergangenheit herum.

»Wahnsinn. Wenn diese Infos von der Bank stimmen, dann hat er das wenige Geld, welches er nach dem Tod seines Vaters geerbt hatte, mit beiden Händen rausgeschmissen«, erklärte er Sarah.

»Hat Selina ein Leben finanziert, das er sich nicht leisten konnte. Vielleicht hat sie den Braten gerochen und ihn dann verlassen. Bin mir sicher, er hat ganz viel Hass in sich auf diese Frau«, kommentierte Sarah. »Aber rate mal, wo er zuletzt gearbeitet hat. Seit einer Woche ist er nicht mehr zum Dienst erschienen. King Chemicals. Eine Firma von König-Fischer. Produzieren viele Chemikalien. Oder Schwermetalle wie Thallium ... Dieser Kovacek ist nämlich Absolvent der Chemieschule in Wien.«

»Und wieder König-Fischer. Die Familie wird uns noch eine Menge Fragen beantworten müssen.«

Donauturm

Anlässlich der Wiener Gartenschau errichtet, war dieser Riese mit seinen beeindruckenden zweihundertzweiundfünfzig Metern Höhe nicht nur das höchste Bauwerk in Österreich, sondern auch ein beliebtes Ausflugsziel in Wien. Viele Menschen reisten an, um den einzigartigen Ausblick über Wien genießen zu können. Manch einer aß auch eine Kleinigkeit in dem Restaurant, welches sich um seine eigene Achse drehte. Wagemutige Menschen suchten den Kick bei einem Bungee-Jump. Die Plattform dafür war extra nachträglich installiert worden und sehr gut besucht.

Selina war schon seit einiger Zeit wieder bei Bewusstsein, man hatte ihr ja auch recht unsanft auf die Beine geholfen. Allerdings fühlte sie sich immer noch schwach und benommen. Nur mit Mühe konnte sie stehen, sie war hierher geschleift worden. Um sie herum war nur Dunkelheit. Sie konnte Stoff um ihren Kopf spüren und eisiger Wind zerrte an ihrer Kleidung. Sie fror fürchterlich, der Wind um sie herum heulte sehr laut auf. Ihr Kopf brummte immer noch, nur sehr langsam kamen Erinnerungsstücke hoch. Sie hatte wieder eine Nachricht bekommen. Genau, ein neuer Mordfall.

Die Erkenntnis traf sie nun wie ein Vorschlaghammer und entsetzliche Gewissheit machte sich in ihrem Herzen breit. Sie war wieder zu einem Mord hinbestellt worden. Von ihrem Kontakt, den sie der Polizei nicht preisgeben konnte. Weil sie ihn ja selbst nicht kannte. Am Fuße des Donauturms sollte eine neue Leiche liegen. Kaum war sie dort gewesen, hatte sie einen scharfen Stich in ihrem Hals gespürt, doch war sie praktisch sofort ohnmächtig geworden.

Sie hätte auf ihren Kameramann warten sollen, nicht einfach losfahren wie eine dumme Anfängerin. Wieso war sein Handy auch ausgeschaltet gewesen?

Ihre Hände waren auf ihren Rücken gefesselt, sie konnte nichts sehen und dumm war sie ganz und gar nicht. Das nächste Opfer würde wohl sie selbst sein.

Ein mechanisches Lachen erklang ganz nah an ihrem Ohr. Es klang nach einer Puppe, das Adrenalin in Selinas Blut kochte praktisch vor Panik. Das Herz schlug ihr bis zum Hals. Ruckartig zog ihr jemand die Maske vom Gesicht und sie musste kurz blinzeln. Es war zwar Dunkel, aber eine Lichtquelle leuchtete einen Steg vor ihr aus. Im Sommer stürzten sich dort wagemutige Menschen in die Tiefe. Bungee-Jumping am Donauturm war seit Jahren eine angesagte Freizeitaktivität. Man musste kein Genie sein, um sich den weiteren Ablauf vorstellen zu können. An den Seiten des metallenen Stegs standen zwei Gestalten, die ihre Gesichter hinter Puppenmasken verbargen. Sie blickten sie ungerührt an, Selina begann sich zu versteifen. Kampflos würden diese Bastarde sie sicher nicht in die Tiefe stoßen.

»Scheiße, ihr miesen Arschlöcher, was stimmt eigentlich nicht mit euch?«, wimmerte Selina in Todesangst.

Sarah glaubte, etwas gehört zu haben. Was allerdings praktisch unmöglich war. Hoch über ihren Köpfen war die Aussichtsplattform des Donauturms.

»Also Fred, wenn ich falsch liege, stirbt heute wieder eine Person.«

»Alle sind bereit. Wollen wir beide zu Fuß rauf?«, wollte Fred wissen.

Sarah musste kurz auflachen.

»Mal eben über 700 Stufen raufsprinten? Hier sind zwei Fahrstühle. Eine Einheit der Cobra nimmt die Treppen. Wir beide nehmen Lift A und noch eine Gruppe Lift B«, sagte Sarah und nickte dem ersten Trupp zu. Die Männer hinter ihren Sturmhauben luden ihre Waffen durch und machten sich kommentarlos auf den Weg zum Treppenhaus.

»Wohin sollen wir fahren?«, wollte einer der Einsatzleiter wissen.

Da Baumeister nicht hier war, hatte Sarah nun die Verantwortung.

»Ihr steigt beim Obergeschoß aus. Da sind es dann noch mal fünfzehn Meter runter zur Plattform, wenn dieser Plan stimmt. Im Abseilen seid ihr ja geübt«, meinte Sarah.

»Klar, kein Problem«, antwortete der Beamte und Sarah war sich fast sicher, dass er hinter seiner Maske grimmig lächelte.

»Zwei Hundeführer kommen auch mit uns. Wenn ich es sage, lasst ihr sie von der Leine. Nicht früher, verstanden?«, teilte sie ihren Trupp ein.

Ein kurzes Nicken war Antwort genug. Die Hunde zogen aufgeregt an der Leine und die Hundeführer brauchten ihre ganze Kraft, um sie zurückzuhalten. Fred und Sarah luden ihre Waffen durch und schauten sich kurz an. Es war weniger wegen der Angst, mehr um sich eine gewisse Sicherheit zu geben. Die Schusswesten waren für beide ungewohnt, aber notwendig. Sie mussten mit allem rechnen.

»Wie hoch war das noch mal?«, wollte Fred wissen, als sie den Fahrstuhl betraten.

»Um die einhundertfünfzig Meter. Da hast du echt Zeit zum Nachdenken, wenn du runterfällst«, antwortete einer der Hundeführer mit sarkastischem Ton.

»Hört mal, die Aufzüge sind sogenannte Expresslifte. Die sind wirklich schnell unterwegs. Macht euch auf alles gefasst, viel Zeit haben wir nicht«, schwor Sarah ihr Team ein.

Wie zur Antwort knurrten beide Hunde bedrohlich. Sarah wich ein wenig zurück.

Die Fahrt dauerte dreißig Sekunden und die Türen öffneten sich. Genau vor dem Aufzug stand eine schwarze Gestalt mit dem Rücken zu ihnen. Das bekannte Klingeln signalisierte die Ankunft eines Aufzugs, doch noch ehe die Gestalt reagieren konnte, warf sich Sarah auf sie.

Sarah krachte mit ihrer Schulter in ihre Seite, dabei spürte sie eine

Rippe brechen. Beide landeten hart auf dem Boden und noch ehe sie nach Hilfe rufen musste, war Fred schon bei seiner Partnerin und riss die Gestalt von ihr herunter. Er erkannte kein Gesicht, sondern eine Puppenmaske. Fred ließ sich nicht beirren und riss dem Angreifer eben diese vom Gesicht.

Die Ermittler blickten in die angstgeweiteten Augen von Jeremy Müller. Schnell presste Sarah ihm ihre Hand auf den Mund.

»Jeremy, sei still. Schrei nicht. Willst du es wirklich noch schlimmer machen? Dieser Wahnsinn muss enden«, flüsterte ihm Sarah zu.

Die Hundeführer hatten sich schon bereit gemacht, bei dem kleinsten Laut würden sie die Hunde loslassen.

Jeremy nickte kurz, Tränen kullerten seine Wangen hinab. Sarah zog ihn auf die Beine. Einer der Männer der Spezialeinheit fixierte mit einer geübten Bewegung seine Arme mit einem Kabelbinder hinter seinem Rücken.

»Ich bin ruhig. Es ist ja doch schon zu spät. Luzifer gewinnt immer«, murmelte der Junge und blickte apathisch vor sich hin.

Sie schob ihn zu einem der Cobra-Beamten.

»Pass auf ihn auf.«

Sarah konnte sich jetzt nicht um ihn kümmern. Noch hatte man Selina Bruckner nicht gefunden. Wenn Conny die Wahrheit gesagt hatte. Die Anwesenheit von Jeremy war aber an sich Beweis genug, dass hier gleich ein furchtbares Verbrechen geschehen würde. Mit gezückten Waffen liefen sie in gebückter Haltung zum Ausgang und auf die Aussichtsplattform des Donauturms. Durch den Knopf in ihrem Ohr konnte Sarah die Meldung vernehmen, dass der zweite Trupp auf Position war und sogar schon bereit, sich abzuseilen.

Sie mussten gar nicht lange danach suchen, wo der Rest der Bande steckte. Zwei Maskierte standen vor dem Steg, der eigentlich dem Bungee-Jumping diente, und einer stand mit der zitternden Selina Bruckner kurz vor dem Ausstieg, der eigentlich von wagemutigen Bungee-Jumpern genutzt wurde. Ein mobiler Lichtfluter leuchtete die Szene aus, Sarah konnte sogar die blutende Nase von Selina erkennen. Sie hatte sich also nicht kampflos ergeben. Hoffentlich war noch ein wenig von ihrem Kampfgeist vorhanden. Nachdem sie genau wusste, was der armen Reporterin drohte, ging Sarah aufs Ganze.

Mit gezogener Waffe eilte sie zu den beiden Wächtern, Fred dicht hinter ihr, und auch der Hundeführer kam ihnen nach.

» Stopp! Polizei!«, schrie Sarah.

Alle drei waren so sehr mit ihrem nächsten Opfer beschäftigt gewesen, dass sie gar nicht bemerkt hatten, wie die Polizisten näher gekommen waren.

»Scheiße, die haben uns!«, rief ein Maskierter.

»Los, runter mit den Masken und du da ganz vorne, komm langsam mit der Frau zu uns. Heute muss niemand mehr sterben.«

Mit zitternden Fingern wurden die Masken der beiden beim Aufgang zum Steg entfernt. Nikolas Preetz und Andrea Auer zeigten ihre blassen Gesichter. In ihren Augen konnte Sarah die nackte Angst erkennen. Vermutlich standen sie noch nie auf der falschen Seite einer Waffe. Das Problem war der letzte Maskenmann. Er stand ganz ruhig da und hielt Selina drohend zum dunklen Abgrund hin. Scheinbar mühelos nahm die große, schlanke Gestalt Selina an ihrer linken Hand und entfernte mit seiner rechten Hand die Maske. Matthias Kovacek, wie Sarah es sich gedacht hatte. In seinen Augen erkannte sie nur puren Hass.

»Matthias, das ist es nicht wert. Noch kannst du aufgeben und es wird sich alles klären«, wollte Sarah die Situation beruhigen. Der Wind wurde immer stärker und kälter. Bald würde ein gezielter Schuss unmöglich sein. Prinzipiell war er bereits jetzt unmöglich, denn Selina würde dabei mit Sicherheit in den Tod stürzen.

»Wert? Was ist schon etwas wert? Ihr Leben? Meines? Das meines Vaters?«

Er war zornig und mittlerweile hatte auch Selina erkannt, wer da eigentlich vor ihr stand.

»Oh mein Gott ... Du ...«, stammelte sie.

»Halt deine Schnauze, du verdammte Hure!«, schrie Matthias und schlug ihr mit der rechten Hand ins Gesicht.

Der Zugriffshund jaulte vor Erregung. Diese Situationen kannte er, er war bereit zuzuschlagen.

»Matthias, hör mir zu. Das bringt dir rein gar nichts. Du musst aufhören mit diesem Wahnsinn. Er stachelt euch nur zu diesen Taten an, weil es ihm Spaß macht. Luzifer will, dass ihr eure Leben wegwerft«, sagte Sarah und ging langsam auf ihn zu. Sie war nun schon bei Andrea und Nikolas angekommen. Völlig lautlos hatten sich zwei Beamte der Spezialeinheit WEGA an die Teenager angeschlichen. Diese waren völlig überrumpelt, leisteten kein Widerstand und wurden von den Polizisten fixiert. Völlig unbeeindruckt blickten sie in die Nacht. Es schien, als wäre nun etwas zerbrochen in ihnen. Ein Sinn in dem von ihnen verursachten Chaos, den nur sie gesehen hatten, war nun verschwunden. All das interessierte die Ermittlerin nicht. Total fokussiert auf das wimmernde Entführungsopfer versuchte Sarah Matthias zu beruhigen.

»Hör damit auf, verstehst du nicht? Luzifer, wie ihr ihn nennt, er hat euch nur als Marionetten missbraucht. Willst du wirklich dein Leben wegwerfen?« Sie sprach so ruhig wie nur möglich.

»Wegwerfen? Ich habe nichts mehr. Alles habe ich für diese Hure ausgegeben. Mein Elternhaus, wo meine Mutter einst gelebt hat, ist weg. Meine Eltern sind tot und ich stehe hier. Kaum war ich pleite, da hat sie mich schon verlassen. Sie hat mich nie geliebt und heute nehme ich ihr die wichtigste Person in ihrem Leben weg. Sich selbst, es dreht sich immer alles nur um sie. Ich habe nichts zu verlieren.«

»Es tut mir wirklich ...«

»Halt deine Schnauze! Nichts tut dir leid.« Er griff in seine Manteltasche und zog einen kleinen Revolver hervor.

»Aber gleich tut es dir leid. Hundertfünfzig Meter Zeit, um Buße zu tun.«

Damit drückte er Selina näher zu der einzigen Öffnung des Stegs. Sie war breit genug für zwei Erwachsene. Sarah hatte nicht mehr viel Zeit und Matthias dafür umso mehr Hass in sich.

Er drehte sich, um neben Selina am Abgrund zu stehen. Beide blickten in die Dunkelheit, doch der junge Mann schien keine Angst zu haben. Nicht eine einzige Regung war auf seinem Gesicht zu erkennen. Es schien, als hätte er immer noch diese ausdruckslose Maske auf. Er ließ Selina mit seiner linken Hand los, drückte ihr aber seinen Revolver unter das Kinn. Langsam griff er in seine andere Manteltasche und ein schauerliches Puppenlachen erklang in der Nacht.

»Zeit zu sterben, du verdammte Hu...«

Weiter kam er nicht. Ein lauter Knall zerriss die Nacht, übertönte sogar das Wüten des Windes und Matthias klappte in sich zusammen. Sarah schrie auf und stürzte nach vorne, denn der Körper des Jungen brachte im Fallen Selina aus dem Gleichgewicht. Der Tote stürzte durch die Luke in die Dunkelheit. Die Reporterin versuchte, mit einem Schritt wieder Halt zu finden, doch sie stieg ins Leere und fiel.

Die Zeit verging wie in Zeitlupe für Sarah, die mit dem Mut der Verzweiflung nach vorne hechtete und mit ihrer rechten Hand die gefesselten Hände von Selina zu fassen bekam. Mit Wucht stürzte sie auf den Steg, der bedrohlich wackelte und sofort war es Sarah, als würde ihr der Arm herausgerissen. Sie keuchte vor Schmerzen auf, die harte Landung auf dem Betonboden presste ihr die Luft aus den Lungen.

Fred und ein weiterer Beamte sprangen ihr hinterher. Sie waren in Sekundenschnelle bei ihr und zogen Selina nach oben.

»Einer der Cobra-Jungs hat geschossen«, bemerkte Fred beiläufig.

»Ach, was du nicht sagst. Lass uns jetzt bloß von hier verschwinden«, keuchte Sarah und hielt sich ihre Schulter.

Schnell brachten sie alle Teenager und Selina nach unten, wo man sich schon um den zerschmetterten Leichnam von Matthias kümmerte. Im Endeffekt hatte Luzifer also doch wieder ein Opfer gefunden.

Die Gestalt im Kühlraum des Restaurants, die das Herzstück des Donauturms war, hatten sie in der Hektik nicht bemerkt. Von dort hatte man einen großartigen Blick auf die Aussichtsplattform. Er würde noch einiges an Geduld aufbringen müssen, aber schon bald konnte er von hier verschwinden. Diesmal war nicht alles nach Plan verlaufen. Mit seiner mitgebrachten, dunklen Jacke wirkte er aber wie einer vom TOP-

Team. Nach weiteren vierzig Minuten in der Kälte des Kühlhauses ging er schließlich einfach nach unten. Langsam und ohne Hektik tat er so, als würde er zur Polizei gehören. Niemand beachtete ihn und mit einem kurzen Blick auf die sichtlich mitgenommene Selina Bruckner, die bei der Ermittlerin stand, verschwand er in die Nacht.

Sarah beschloss, erst einmal nach Hause zu fahren. Seit dem feigen Anschlag auf ihre Familie und Conny Hausser hatte sie keine Gelegenheit gehabt, alles zu verarbeiten. Sie wollte auch nichts sehnlicher, als Christoph in die Arme zu nehmen. Fred hatte ihr zwar angeboten, sie nach Hause zu bringen, doch Sarah wollte lieber in der kalten Nacht nach Hause laufen. Den Kopf freibekommen. Die Kollegen der nächsten Schicht suchten bereits nach dem grünen Jeep, die Kugeln, die man gefunden hatte, waren Schrotpatronen. Kaliber Acht, wie die Leute vom Bundeskriminalamt sagten. Es wurde eigentlich nur zur Großwildjagd eingesetzt. Wenn man näher darüber nachdachte, hatten sie großes Glück gehabt. Bei dieser kurzen Distanz, aus der geschossen wurde, hätte Sarah eigentlich tot sein müssen. Dieses Kaliber war eigentlich sehr ungewöhnlich, Sarah war zuversichtlich, dadurch schnell einen Hinweis zu finden. Es würde sie nicht überraschen, wenn die Familie König-Fischer wieder auftauchen würde.

Eigentlich wäre es in Anbetracht der aktuellen Umstände besser gewesen, mit jemandem nach Hause zu fahren, doch sie glaubte fest daran, dass dieser Luzifer gerade mit dem Lecken von Wunden beschäftigt war. Sie hatte alle Teenager festnehmen können. Matthias wollte so oder so sterben, er wäre vermutlich ohnehin einfach mit Selina in den Tod gesprungen. Doch es war niemals leicht dabei zu sein, wenn ein Menschenleben endete.

Die Nacht war eiskalt, doch diese Kälte tat ihr gut. Sie musste einfach ein bisschen für sich alleine sein, bevor sie zu Hause ankam. Nur um Haaresbreite dem Tod entkommen zu sein, ihre Liebsten in Gefahr gebracht zu haben, das war schlimmer für sie, als Sarah es jemals einer Person gegenüber eingestanden hätte. Nach einer knappen Stunde kam

Sarah völlig durchgefroren zu Hause an. Vor der Tür war ein Streifenwagen positioniert, den Sarah zum Schutz angefordert hatte. Die Kollegen nickten ihr kurz zu, als sie diese mit einem Wink begrüßte.

In der Wohnung angekommen, war Elisabeth noch munter. Sie saß vor dem Fernseher in eine Decke gewickelt und hatte eine Tasse Tee in der Hand. Sarah kam leise hinein und begrüßte sie mit einem vorsichtigen Lächeln.

»Hallo, mein Liebes. Es ist schon auf allen Sendern. Habt ihr diesen Luzifer endlich?«, grüßte Elisabeth sie. Ihre Stimme war weich und ohne einen Funken Angst. Die Sache nahm sie nicht sehr mit.

»Luzifer nicht. Diese Teenager haben wir, aber leider ist einer von ihnen gestorben. Sag es bitte niemandem. Ich dürfte es dir eigentlich gar nicht erzählen.«

»Schon in Ordnung. Christoph schläft, er hatte Schmerzen nach dem Sturz. Darum hat er seine Medikamente genommen. Conny habe ich beruhigen können. Sie schläft auch endlich. Ein paar Baldriantropfen und dann noch die Karten gelegt. Sie haben ihr kein Unheil prophezeit. Da war sie dann beruhigt.«

Sarah war zu müde, um auf den Unsinn mit den Karten hinzuweisen, doch wenn sie Conny beruhigten, war es auch in Ordnung.

»Okay. Dir geht es gut?«

»Mein Kind, ich bin ja doch schon etwas älter und habe einiges miterlebt. Mich wirft nichts so schnell aus der Bahn. Ich werde mich ganz sicher nicht verstecken, denn dann gewinnt dieser Schweinehund ja.«

»Deine Kraft hätte ich manchmal gerne.«

»Die hast du. Noch viel mehr als ich. Heute Nacht solltest du mal in einem Bett schlafen und morgen holst du dir diesen Mistkerl.«

»Sagen das deine Karten oder du?« Sarah schmunzelte.

»Wir beide. Ich habe auch für dich die Karten gelegt. Du wirst ihn kriegen, ganz bestimmt. Auch wenn es natürlich keine exakte Wissenschaft ist.«

»Eigentlich ist es gar keine Wissenschaft, aber danke für deine Hilfe, Eli. Ich werde wirklich zu Christoph ins Bett gehen.«

Sie verabschiedete sich und kaum war Sarah in ihrem Bett, fiel sie in einen sehr tiefen Schlaf. Als hätte sie schon seit Jahren nicht mehr geschlafen, forderte ihr Körper nun seinen Tribut ein.

Trotz des guten und tiefen Schlafs wachte Sarah wieder früh am Morgen auf. Christoph war ebenfalls schon auf den Beinen und die beiden lagen sich einige Minuten nur in den Armen. Sie musste nicht aussprechen, wie dankbar sie für ihn in ihrem Leben war. Christoph wusste es einfach und wollte seinerseits stark sein. Kein Vorwurf, weil sie Conny aufgenommen hatten.

»Du gehst da jetzt raus und holst dir den Arsch. Dann ist Ruhe. Wir passen hier auf Conny auf. Mach dir keine Sorgen. Elian kommt auch vorbei, er will nicht alleine sein. Dafür will er uns mit guter, französischer Küche verwöhnen.« Er küsste sie sanft auf die Lippen.

»Womit habe ich dich nur verdient?« Sarah streichelte ihm zärtlich über seine Wange.

Fordernd zog sie ihn an sich, küsste ihn und zog Christophs Sachen aus. Sie liebten sich auf dem Bett, bemüht, nicht zu viel Lärm zu machen. Sarah saß auf ihm, küsste sein Gesicht und er strich über ihren Rücken, umfasste ihre Brüste. Sie war schon so lange mit diesem Fall beschäftigt, dass sie schon fast vergessen hatte, welche andren Dinge im Leben auch noch von Bedeutung waren. Der Sex war intensiv, wenn auch nicht sehr lange. Ihr Freund verzog immer wieder sein Gesicht vor Schmerzen, der Sturz hatte ihn wohl doch mehr verletzt, als er zugeben wollte.

»Dann höre ich lieber auf, ich will dich ja nicht kaputtmachen«, hauchte sie ihm ins Ohr.

»So leicht geht es auch wieder nicht.«

»Ich liebe dich«, sagte sie.

»Ich dich auch. Aber jetzt nicht rührselig werden. Du musst einen Psycho fangen«, grinste Christoph und gab ihr noch einen Kuss. Dann ging er ins Badezimmer.

Sarah zog sich an und verabschiedete sich von ihm. Elisabeth und

Conny schliefen noch, so ging Sarah leise aus der Wohnung, um die beiden nicht zu wecken.

Im LKA angekommen, erfasste Sarah sogleich der Ehrgeiz. Diesmal würde dieser Schweinehund nicht davonkommen.

Andrea Auer war ein wirklich unbeschriebenes Blatt gewesen, die einzige Aussage von ihr war, dass sie diesen Luzifer in dem Forum getroffen hatte. Sonst war nicht viel aus ihr herauszubekommen. Ihre Eltern trafen relativ bald ein, ebenso die der anderen Teenager. Alle vereinten sich in dem Schweigen, einzig die Hauptschuld luden sie auf dem toten Matthias Kovacek ab. Was natürlich sehr praktisch für sie war.

Dann erhielt Sarah die ersten Daten der Mobilfunkunternehmen.

»Okay, also bei den Söresbrüdern und Justin Bartner war sein Handy ganz in der Nähe«, murmelte sie.

»Was meinst du?«, wollte Devi wissen. Sie saß schon seit einiger Zeit in Sarahs Büro und ging ebenfalls einige Akten durch.

»Heintz. Sein angemeldetes Handy war dort eingeloggt, wo die Jungs ermordet wurden. Komisch, Luzifer macht keinen Fehler, lässt nicht mal etwas für eine DNS-Spur zurück und dann so ein Malheur?«

»Ich habe was von Richter Lesch. Wusstet ihr eigentlich, dass er kurz vor seiner Vergiftung laut einer Vertretungssekretärin ein quadratisches Geschenk mit rotem Papier erhalten hatte? Dazu würden diese Pralinen passen. Ein älterer Mann, dessen Hände komisch zuckten, und ein Junge hatten es übergeben. Die Sekretärin wurde nur erst später befragt und diese Aussage ging wohl irgendwie unter. Kollegen des Bundeskriminalamtes haben sie gefunden und noch mal mit ihr gesprochen.«

Nun hatte Fred auch etwas gefunden. Dies änderte die Stimmung von Devi schlagartig.

»Dieses miese Schwein, er hat sicher Rache genommen. Ich komme gleich«, damit stürmte sie aus dem Büro.

»Anandita ist viel zu emotional. Diese Fehler sind unlogisch. Zuerst ist er ein Meister der IT, nicht mal du findest eine Spur, und dann vergisst er sein Handy? Außerdem wirkt er auf mich nicht wie ein Mastermind«, meinte Sarah.

»Ja, aber dieser Heintz steht im Hintergrund, wie du gesagt hast, und wenn er so intelligent ist, dann kann er natürlich alle anderen täuschen«, entgegnete Fred.

»Schon richtig, aber ich bin mir da nicht so sicher.«

Die Entscheidung wurde den beiden Ermittlern abgenommen. Simon Baumeister kam herein, gefolgt von Anandita Devi. Sie lächelte triumphierend.

»Macht euch fertig, Dienstwaffen diesmal nicht vergessen. Devi hat einen Haftbefehl und einen Durchsuchungsbeschluss für Peter Heintz und seine Wohnung. Die ist im Anwesen der Familie König-Fischer. Wir müssen uns beeilen, nach dem letzten Einsatz wird er wahrscheinlich vorhaben unterzutauchen. Holen wir uns diesen Luzifer«, bestimmte Baumeister.

»Ich bin mir da ehrlich nicht so sicher ...«, wollte Sarah ihren Zweifel einbringen.

»Der Kerl hat mehrere Morde zu verantworten, einen Richter hat er umgebracht, sein Handy war an den Tatorten, er hat ein Motiv. Die Öffentlichkeit will Ergebnisse sehen und heute liefern wir diese«, brauste Devi auf. Sie schien nicht mehr viel von ihrer Schüchternheit zu haben.

»Gut, aber das ist alles sehr kopflos. Wir hätten besser einen richtigen Plan und mehr Beweise als die paar Indizien. Damit haben wir einen Beschluss bekommen?«, fragte Fred.

»Hat gereicht, den lasst mal schön meine Sorge sein. Holen wir uns Luzifer.«

Devi ging einfach raus und Baumeister folgte ihr. Sarah und Fred schlossen sich an, holten ihre Dienstwaffen aus dem Safe und mit ihnen kamen noch einige andere Kollegen.

Nordturm

Mit einem Großaufgebot der Polizei, selbst ein Hubschrauber war über ihren Köpfen im Einsatz, fuhren Sarah und Fred in ihrem Dienstwagen zum Anwesen der Familie König-Fischer. Auf der Rücksitzbank hatte es sich die Staatsanwältin Anandita Devi bequem gemacht. Wenn man es so ausdrücken konnte. Ihre Augen versteckte sie hinter einer dunklen Sonnenbrille und dem Geruch nach zu urteilen war sie in ein Parfumfass gefallen. Natürlich konnten sich die beiden Ermittler ihren Reim darauf machen, aber im Moment gab es Wichtigeres. Sarah steuerte den neunzehnten Bezirk an, dadurch musste sie als Leitfahrzeug den Konvoi auch über den Wiener Gürtel lenken. Um schneller weiter zu kommen, führte Sarah die Einheiten auf die Gleise der Straßenbahnlinie, die neben dem Gürtel fuhr. Zumindest zeitweise, denn schon bald würden die Gleise durch eine Hochtrasse ersetzt werden.

»Kennst du das, wenn man das Gefühl hat, als würde nicht das ganze Puzzle zusammenpassen? Also wir haben jetzt zwar die Auswertung der Telefondaten, die zeigen, dass Heintz immer an den Tatorten war, aber ...ich bin mir irgendwie unsicher«, meinte Fred.

»Wie meinst du das? Alle Spuren führen zu Peter Heintz. Die Kollegen der IT-Abteilung konnten in diesem Chatroom sogar die IP-Adresse zurückverfolgen. Wenn es auch sehr mühsam war. Es ist der Computer in seiner Wohnung, gleich beim Anwesen der Familie König-Fischer.«

Damit hatte er nicht Unrecht. Darum waren sie auch auf dem Weg, denn er bewohnte einen Teil des riesigen Anwesens der Familie König-Fischer. Allerdings kam es Sarah so vor, als würde sie ein Bild betrachten, welches auf große Distanz hin Sinn machte, doch wenn man näher kam, war es uneben und nicht richtig.

»Der Junge macht mir einfach Bauchschmerzen. Wenn ich das Profil hernehme, dieser Gottkomplex, diese Gefühlskälte ... Das passt nicht zu einem Butler. Verstehst du mich?«

»Aber zu einem minderjährigen Jungen passt es? Die Indizien sind eindeutig. Mal ganz davon abgesehen, dass der Kleine strafunmündig ist«, tönte es von der Rücksitzbank.

»Ach, Frau Anwältin ist doch unter den Lebenden. Ja, ist mir schon klar. Aber heute ist er ein dreizehnjähriger Junge, doch in ein paar Jahren wird er brandgefährlich sein«, protestierte Sarah.

»Ja, nehmen wir jetzt Kinder fest? Damit sie in der Zukunft nicht etwas Dummes machen? Alle Beweise zeigen auf Heintz. Einfach alle«, erwiderte Devi.

»Welches Motiv sollte er denn haben, Teenager erst in Selbstmordforen anzuschreiben, ihnen die Selbsttötung auszureden und sie dafür mittels Gehirnwäsche zu Mördern zu machen?«, insistierte Sarah energisch.

»Hey Sarah, konzentrier dich auf den Verkehr. Nehmen wir uns den Butler mal zur Brust. Wer weiß, auf was wir da stoßen!« Wieder war Fred die Stimme der Vernunft.

In Sarah brodelte es. Mit einer Anwältin, die zu tief ins Glas geschaut hatte, konnte sie ja noch umgehen. Dass sie aber im Grunde recht hatte, machte die Ermittlerin verrückt. Doch in ihr nagte der Zweifel, ganz fest sogar. Wie ein Wurm fraß er sich durch ihre Zuversicht, den Täter identifiziert zu haben.

»Mann, verpisst euch von der Straße!«, brüllte Sarah und betätigte das Folgetonhorn.

»Ganz ruhig, die Leute checken es einfach nicht. Gehen seelenruhig über die Straße oder fahren mit ihren Autos einfach nicht weg. Alltag, falls du vergessen hast ...«

»Klugscheißer kann niemand leiden, lieber Fred«, gab sie zurück.

Immer wieder musste Sarah mit waghalsigen Manövern einen Crash verhindern, aber trotzdem musste es schnell gehen. Sie wollten Peter Heintz rechtzeitig erwischen, sonst könnte er noch die Gelegenheit bekommen und Beweise vernichten. Der Weg in die Villengegend des Nobelbezirks war weit, der Verkehr ein Horror und die meisten Autofahrer schienen ihren Führerschein im Lotto gewonnen zu haben. Doch sie schaffte es, ihren Weg fortzusetzen und auch nicht ihre Kollegen zu sehr abzuhängen.

»Kollegin Spielmann, wir sollten vielleicht nicht zu viel Vorsprung auf unsere eigenen Leute herausholen«, bemerkte die Staatsanwältin.

»Jaja, schon gut. Wir haben es ja bald.«

Der Wagen mit den Ermittlern und der Anwältin kam schneller voran und schon bald fuhr Sarah eine steile, kurvige Straße nach oben. Die Villa der Familie König-Fischer stand relativ weit oben, die Straße dorthin war mehr eine Sackgasse. Sie schaltete das Blaulicht aus, denn was keiner wollte, war eine frühe Warnung für die Familie und ihren Butler. Gerade als sie in die Sackgasse einbiegen wollte, kam aus einer Einfahrt eines Hauses der grüne Jeep von Heintz. Er blickte Sarah in die Augen, war aber nicht wirklich von ihrem Auftauchen überrascht. Dann gab er Vollgas und brauste davon.

»Mist, der haut ab. Fred, der Heli soll uns folgen und die anderen Wagen das Haus durchsuchen. Versucht Straßensperren zu errichten.«

»Geht klar, aber welche Strecke sollen wir sperren? Hast du eine Ahnung, wohin er will?«, wollte Fred wissen.

Eine wirklich gute Frage. Doch Sarah hatte keine Zeit, um länger darüber nachzudenken. Heintz umfuhr die Straße, von der die anderen Polizisten kamen und machte sich auf den Weg zum Gürtel.

Sarah folgte ihm, ihr Wagen war auch wesentlich schneller als der Jeep, aber sie konnte ja nicht einfach das Leben von Unschuldigen gefährden. Sie standen ohnedies schon viel zu sehr im Fokus der Medien.

»Vermutlich will er auf die Autobahn«, mutmaßte Devi auf der Rückbank.

»Wäre gut für uns, da entkommt er uns niemals.«

»Eben, er soll ein kriminelles Superhirn sein, aber dann die einzige Strecke wählen, wo wir ihn gleich haben? Möglichst ohne Zeugen?«, gab Sarah zurück.

»Ich glaube, er sucht einen Showdown. Wo ihn viele Menschen mitbekommen.«

Stille breitete sich im Fahrzeug aus. In jedem Kopf ratterten die Möglichkeiten auf und ab, wo er dieses Ende suchen würde. Mit waghalsigen Manövern fuhr Heintz durch den Vormittagsverkehr, querte den sechsspurigen Gürtel und es grenzte an ein Wunder, dass er keinen Massencrash verursachte. Sarah gab ebenfalls Gas und schickte ein Stoßgebet zum Himmel. Fred neben ihr versteifte sich in seinem Sitz, als würde ihm das bei knapp achtzig Kilometer pro Stunde etwas helfen. Anandita Devi beschränkte sich auf einen lauten Schrei. Wohin auch immer sie die Wahnsinnsfahrt von Heintz führen sollte, Sarah hatte kein gutes Gefühl bei der Sache.

»Bedenkt auch, er war bei unserem letzten Treffen bewaffnet. Keiner hier spielt den Helden!«, wies Sarah Fred und Anandita an. »Ganz besonders nicht die Anwältin. Schön im Auto bleiben, wenn es nicht gerade brennt.«

Die Staatsanwältin nickte nur knapp.

Die Jagd ging weiter, Heintz schien sich keine großen Gedanken um mögliche Opfer seiner Wahnsinnsaktion zu machen. Schienen die Mordfälle bisher nach einem strengen Muster abgelaufen zu sein, war jetzt nur noch Chaos zu erkennen. Es kam ihnen wie eine Ewigkeit vor. Da viel zu viele Menschen unterwegs waren, konnte Sarah den Wagen nicht einfach rammen. Außerdem rechnete sie sich schlechte Chancen gegen einen Jeep aus.

»Wir steuern irgendwie den ersten Bezirk an, findest du nicht?«, meinte Fred.

»Absolut. Was will der Mistkerl dort?«, sagte Sarah.

So war es auch, der Hubschrauber folgte ihnen und Fred informierte die Leitstelle über ihren Verdacht. Trotzdem gab es immer noch viele Möglichkeiten, wohin er steuern konnte.

»Schwarzenbergplatz wird schon mal gesperrt und auch die Kärntnerstraße. Aber so viele Polizisten gibt es gar nicht, wie er Möglichkeiten hat. Wir brauchen auf keinen Fall eine Amokfahrt durch eine Fußgängerzone.«

»Gut so. Ich vermute mal, wenn er eine solche Zone ansteuert, wird man nicht lange fackeln«, sagte Devi.

»Wird sich zeigen. Wir sind noch immer nicht im Wilden Westen. Wenn es eine Chance gibt, ihn lebend zu fassen, wird diese auch genutzt.«

Langsam klang Sarah genervt. Immerhin musste sie sich auf eine Verfolgungsjagd konzentrieren und konnte nicht noch einen Crashkurs in Polizeiarbeit geben. Immer mehr Streifenwagen hängten sich an sie. Andere Fahrzeuge der Polizei sperrten Kreuzungen ab, damit nicht auch noch unschuldige Autofahrer in einen Unfall verwickelt wurden.

Langsam aber sicher stellte sich heraus, wohin die Reise ging. Der Jeep mit Peter Heintz am Steuer fuhr in Richtung des Wiener Stephansdoms. Dort war ein großer, freier Platz. An diesem tummelten sich normalerweise hunderte Touristen.

»Scheiße, was will er dort?«, fluchte Sarah.

Heintz steuerte den Eingangsbereich an, Menschen stoben zur Seite, aber es war als würde der Fahrer gar nicht auf neue Opfer aus sein. Er reduzierte sogar sein Tempo und auch Sarah konnte nun langsamer werden.

Die Menschen auf dem Platz vor dem Dom ergriffen in Panik die Flucht in alle Richtungen. So musste Sarah noch einmal mehr aufpassen, dass ihr niemand in den Wagen lief. Peter Heintz aber stellte seinen Jeep vor dem Haupteingang ab und stürmte in das Innere.

Sarah und Fred sprangen aus dem Wagen, kaum dass er zum Stehen gekommen war. Devi stieg ebenfalls aus, doch als sie andeutete, auch zum Eingang laufen zu wollen, zeigte ihr ein finsterer Blick von Sarah, dass es besser wäre, beim Fahrzeug zu bleiben.

»Fred, hier gibt's irgendwo einen Fahrstuhl, sieh zu, dass du den findest«, wies ihn Sarah an.

Sie konnte gerade noch erkennen, wie Heintz im Stiegenhaus verschwand. Dieser Aufgang führte zum Nordturm, in dem die berühmte Pummerin hing. Diese Glocke galt als eine Art Wahrzeichen des Doms.

»Ich nehme die Treppe. Pass bloß auf, falls er eine Waffe mithat.«

Fred nickte und machte sich auf die Suche. Es war nicht so einfach, da jetzt auch die Besucher im Dom nach außen drängten. Beide Ermittler mussten sich durch eine breite Menschenmenge kämpfen.

Sarah erreichte das Stiegenhaus und zog ihre Waffe. Sie konnte nicht einfach blind nach oben laufen, denn dann wäre sie Kanonenfutter. Auch wenn er beim letzten Schussattentat auch nicht getroffen hatte, so war das damals vielleicht nur als Warnung gedacht gewesen. Die Stufen selbst waren alt und nicht so eben wie die moderner Häuser. Mehrmals rutschte Sarah kurz weg und konnte nur mit Mühe das Gleichgewicht halten. Weiter oben konnte sie das Keuchen von Heintz vernehmen. Er war nicht mehr weit von ihr entfernt.

Sie ging nun langsamer nach oben. Der Turm war gut und gerne siebzig Meter hoch und Heintz war zumindest optisch kein Ausdauerathlet. Sie zielte mit ihrer Waffe nach oben, falls er um die Ecke auf sie lauerte. Wobei Ecke ein guter Begriff war. Es war eine sehr enge Wendeltreppe, also gab es so gesehen keine Ecken. Doch hinter jeder Biegung konnte der Tod auf Sarah warten.

Die Achtsamkeit rettete ihr das Leben. Das Treppenhaus kam nun schon langsam zu seinem Ende, sie ging vorsichtig weiter. Da zerriss ein lauter Knall die Luft in dem engen Gang. Staub, Steinsplitter und Putz flogen Sarah um die Ohren. Sie warf sich auf den Boden, wo sich eine der Steinstufen hart in ihre Rippen bohrte. Etwas in ihr gab nach und sie bekam kaum noch Luft. Ein weiterer Schuss schlug über ihrem Kopf ein und wieder rieselte Putz und feiner Steinstaub auf sie nieder. In ihren Ohren klingelte und dröhnte es, die Sicht war verschwommen, da sie, auch etwas ins Auge bekommen hatte. Der Kalk im Putz brannte höllisch und Tränen liefen Sarah über die Wangen. Heintz schien diesen Vorteil aber nicht weiter nutzen zu wollen. Er lief nach oben und stieg auf die schmale Plattform hinaus.

Sarah keuchte und zog sich langsam auf die Knie. Mehrmals musste sie husten, was ihr einen stechenden Schmerz in der Seite einbrachte. Sie spuckte etwas Blut aus, was aber vermutlich von einem Biss in die Wange stammte. Oder in ihre Zunge. Trotzdem bekam sie kaum Luft und war einen kurzen Moment völlig orientierungslos. Sie kämpfte gegen eine drohende Ohnmacht an. Die Luft in dem kleinen, engen Stiegenhaus war mit dem Geruch abgefeuerter Munition durchzogen. Es roch, als hätte man dutzende Böller abgefeuert. Diese Mischung erleichterte Sarah das Atmen nicht.

»Reiß dich zusammen«, murmelte sie.

Sie eilte nach oben. Zumindest bis zum Ausgang konnte sie gehen. Falls er nachgeladen hatte, würde die Wand ihr Schutz bieten.

Sie öffnete die Stahltür und sicherte zuerst die linke Seite ab. Danach blickte sie vorsichtig nach rechts. Etwas segelte auf sie zu und Sarah duckte sich. Scheppernd landete das Gewehr, dessen Lauf abgesägt worden war, vor ihren Füßen und schlitterte noch gut einen Meter nach hinten.

Sarah nahm ihren Mut zusammen und ging aus ihrer Deckung.

Heintz stand hinter der Brüstung, hielt sich nur noch mit einer Hand fest und starrte in die Tiefe.

»Herr Heintz, kommen Sie. Das bringt doch nichts. Wir werden alles klären«, versuchte Sarah es in einem ruhigen Ton.

Er reagierte nicht auf sie, blickte weiter nach unten und kramte dabei in seiner Jackentasche.

»Es is eh vorbei. Eh ois wurscht. Oba der Mama geht's guat. Des zöht.«

»Nichts ist vorbei. Hören Sie mir zu. Diese ganze Sache, die ist doch niemals auf Ihrem Mist gewachsen, oder?«

Er sah sie verunsichert an. Sie konnte die Angst in seinen Augen sehen. Seine Hand zitterte, doch noch hielt er sich am Geländer der Brüstung fest. Vorsichtig machte sie einen weiteren Schritt auf ihn zu, steckte aber ihre Waffe weg.

»Schauen Sie, ich tu Ihnen ja nichts. Ich will reden. Ihre Version hören. Das wollen Sie doch auch. Kommen Sie her, bitte.«

»Wenn i red, dann gibt's nix mehr für di Mama. Des hot er gsogt. Es ist eh wurscht. Alles wurscht. Sie könnan ned gewinnen. Ois hot er so vorhergsehn. Weil ers kann. Der Bua ist da Teufel!«

Damit zog er seine Hand aus seiner Tasche und warf Sarah eine kleine Karte entgegen. Dann ließ er los und stürzte vom Nordturm des Stephansdoms.

Sarah schrie auf und stürzte nach vorne. Die Verletzung an ihren Rippen hatte sie schon viel Kraft gekostet und bis zur Brüstung waren es noch gut drei Meter gewesen. Sie hatte von Anfang an keine Chance gehabt. Sie kam gerade noch rechtzeitig, um zu sehen, wie Peter Heintz hart auf dem Pflaster des Stephansplatzes aufschlug. Unten war schon Verstärkung anwesend. Sie hatten die Menge an Schaulustigen weit nach hinten gedrängt, doch viele von ihnen hatten die Szene mit ihren Smartphones gefilmt. Auch die Rettung war schon vor Ort, sie eilten sofort zu dem Abgestürzten, doch Sarah wusste, dass es keine Überlebenschancen aus dieser Höhe gab. Blut war rund um seinen Kopf zu erkennen, seine Gliedmaßen waren fürchterlich verdreht. Sie musste sich abwenden, da fiel ihr die Karte ein. Er hatte etwas in ihre Richtung geworfen.

Sie lag noch am Boden, wäre aber beinahe auch nach unten gefallen. Die Ermittlerin hob sie auf und erschauderte. Wieder eine Tarotkarte mit dem Abbild des Teufels darauf.

Bequeme Wahrheit

Sarah ging langsam zu den Fahrzeugen der Kriminalpolizei. Bastian Wehring war schon eingetroffen und auch sofort zu der Leiche gegangen. Er wirkte müde, die letzten Tage hatten zu sehr an seinen Kräften gezehrt. Diesmal nickte er nur kurz zu Sarah, diese erwiderte den Gruß mit einem kurzen Winken. Fred unterhielt sich mit Baumeister und Devi.

Sarah war in diesem Moment ein Zeuge der wilden Szenen um sie herum. Polizeiautos kamen, Rettungswagen mit Blaulichtern und Sirenen, überall versammelten sich Schaulustige und versuchten, mit ihren Handys die besten Bilder zu bekommen. Das Team des BKA erschien, emsige Mitarbeiter sprangen aus den Fahrzeugen, zogen sich ihre weißen Schutzanzüge an, bauten Zelte auf und schirmten den zerschmetterten Körper von Peter Heintz ab. Sie ging ganz langsam zu ihren Kollegen, in ihrem Kopf spielten sich die Bilder immer und immer wieder ab. Wie der Mann in die Tiefe sprang, die Angst in seinen Augen. Kurz vor dem Aufprall war es totenstill gewesen. Sie hatte hören können, wie Heintz hart auf dem Boden aufschlug. Wie seine Knochen brachen. Als Sarah nach unten geeilt war und die Leiche sah, sah sie kaum Blut. Der Körper war nicht aufgeplatzt, trotzdem sah er aus wie eine Puppe mit unnatürlich verdrehten Gliedern.

Selbst der Lärm schien Sarah so unendlich weit weg. Irgendwelche Leute schrien Befehle durch die Gegend, Menschen protestierten gegen die Polizisten, die sie wegschob. Hubschrauber kreisten um die Szenerie und aus der U-Bahn-Station kamen Durchsagen, die eine Sperre der

Station Stephansplatz kundgaben. Schließlich lag der Ausgang der Station genau vor dem Stephansdom. Es waren ohnehin schon zu viele Schaulustige da, die man erst mühsam zurückdrängen musste. Durch diese Maßnahme wurden es wenigstens nicht noch mehr. Fred sprach auf Sarah ein, doch sie brauchte einen Moment, um wieder klar zu werden.

»Was hast du gesagt?«, fragte sie ihn.

»Wir haben in der kleinen Wohnung im Haus der Familie König-Fischer alles gefunden. Die Handydaten seines Telefons passen, auf seinem Laptop sind Pläne, Videos, Chatverläufe aus diesem Forum, einfach alles. Sogar Prepaidhandys konnten wir sicherstellen. Heintz war unser Luzifer. Sogar die Kids haben ausgesagt, eine weitere Person wahrgenommen zu haben, die aber älter wirkte und am Schrottplatz Fahrzeuge bediente. Wir haben ihn, Sarah.«

»Ich werde zurückfahren und mit dem Justizminister eine Pressekonferenz abgeben. Anandita wird auch dabei sein, eine Anklage können wir uns ja nun schenken, aber wenigsten ist dieser Albtraum vorbei«, stieg Baumeister ein.

Devi nickte emsig und strahlte über das ganze Gesicht. Sie wirkte wesentlich frischer als noch zu Beginn des Falles. Vielleicht hatte sie endlich dem Alkohol abgeschworen, dachte sich Sarah.

»Er war es nicht« war ihre einzige Antwort.

»Was? Wer war was nicht?«, wollte Devi wissen.

»Heintz. Er ist nicht Luzifer. Arthur, er war es die ganze Zeit.«

»Aber selbst dein Profil spricht doch von einer Person, die im wahren Leben im Hintergrund steht. Wahrscheinlich wollte er einfach Rache am System, weil er nie eine Jugend hatte und als seiner Mutter dann etwas Schreckliches geschehen ist, ließ ihn die Justiz im Stich. Er hatte die Zeit, die Möglichkeit und das Motiv«, wiegelte Devi ab. »Ich gehe nicht hin und klage den Spross einer der einflussreichsten Familien dieses Landes an, wenn alle Beweise zu ihrem Butler führen.«

»Das Profil passt auf Arthur. Er steht im Schatten seines Vaters, ist hochintelligent und kann sich besser in Teenager denken und diese manipulieren als Heintz. Dann das Quälen von Tieren. Er hält Schlangen, da kann er Mäuse oder Ratten als lebendes Futter verwenden und ihnen zusehen, wie sie sterben. Er hat es mir sogar gezeigt.« Sarah ignorierte die Einwände.

»Ach, sind jetzt alle Reptilienliebhaber potenzielle Serienkiller? Außerdem war es ja an sich nicht klar, dass zwangsläufig Tiere gequält worden sind. Vom Profil her. Soll ich so vor Gericht argumentieren? Ach nein, Arthur ist ja strafunmündig, also was wollen wir machen? Die Beweise sagen was anderes. Heintz ist Luzifer, basta!« Devi wurde wütend.

»Der Kleine hat euch beide bei einem Verhör in den Arsch getreten und jetzt stehst du hier und willst lieber den einfachen Weg gehen? Damit die Medien beruhigt sind?«, fuhr Sarah sie an.

»Gar nichts hat diese kleine Ratte, aber wir müssen deine tollen Vermutungen schon auch beweisen. Und die Beweise deuten auf Heintz hin. Herr Baumeister, Kollegin Spielmann wird diese Tatsache nun akzeptieren müssen. Ich mache mich jetzt auf den Weg. Wien ist wieder sicher, Bruckner konnte gerettet werden, aber leider kann sie sich an nichts erinnern. Wehe, ich höre etwas von einem bösen, dreizehnjährigen Jungen. Dann sorge ich persönlich dafür, dass sich ein paar Kollegen einen neuen Job suchen müssen«, giftete die Anwältin und drehte sich um. Wütend stapfte sie zu einem der Fahrzeuge und stieg bei der Beifahrerseite ein.

Baumeister bedachte Sarah mit einem bösen Blick und nickte Fred kurz zu, dann gesellte er sich zu Anandita Devi und die beiden fuhren los.

»Sarah, es macht keinen Sinn. Ich habe die Handydaten selbst auswerten können. Sogar die IP-Adresse konnte ich endlich zurückverfolgen und sie ist die von Heintz' Laptop. Er war es. Niemand sonst. Du verrennst dich da in eine Sache und das wird in einer Katastrophe enden.«

»Damit hast du sogar recht. Dies alles hier wird in einer Katastrophe enden. Ich fahre jetzt zu König-Fischers Anwesen. Dann rede ich mal Tacheles mit diesem Mistkerl.«

»Ich fahre dich. Und ich werde reden. Sonst stellst du bald Strafzettel aus.«

Zusammen gingen sie zum Wagen und fuhren los, Fred verzichtete aber auf das Blaulicht.

»Übrigens haben wir in seinem Schrank auch eine Schrotflinte gefunden. Wurde kürzlich abgefeuert. Anscheinend hatte er mehr als eine Waffe und hat die auch gerne verwendet.«

»Keine Ahnung, wie er es gemacht hat, aber auch Heintz war unter seiner Kontrolle, so sehr, dass er lieber vom Stephansdom gesprungen ist und die ganze Schuld auf sich genommen hat.«

»Die Teenager haben begonnen, sich gegenseitig die Schuld zu geben. Nur dieser Jeremy hat einen Anwalt von König-Fischer erhalten. Alle anderen haben wohl Pech gehabt. Sie bekommen natürlich eine Pflichtverteidigung, doch Jeremy baut schon seine Strategie auf und ist nun das arme Opfer. Alle waren ja so furchtbar gemein zu ihm und Andrea Auer soll ihn erpresst haben. Sie schweigt weiterhin beharrlich.«

Sarah nickte stumm und starrte aus dem Fenster.

Fred beschloss, nicht weiter mit Sarah darüber zu diskutieren. Seine Partnerin würde keinen Millimeter von ihrem Standpunkt abweichen, also fuhr er nun wortlos durch den dichten Verkehr. Die Temperaturen waren deutlich milder und auch aus diesem Grund waren nun viel mehr Menschen auf den Straßen. Es war, als würde der Winter endlich die Waffen strecken und sich zurückziehen.

Als sie wieder zum Anwesen kamen, befanden sich dort bereits dutzende Polizisten. Mit weißen Schutzanzügen gingen sie ein und aus, trugen Sachen zu den Fahrzeugen und konfiszierten, was auch immer sie in die Finger bekamen. Auf den Stufen vor der Haustüre stand Hugo Ignaz König-Fischer, wie immer in einem stylishen Anzug. Neben ihm stand eine dunkle Limousine. Neben ihm saß Frau Müller in ihrem Rollstuhl und blickte finster drein.

Sarah stieg aus dem Wagen, kaum dass er zum Stillstand gekommen war.

»Herr König-Fischer, ist Arthur da? Oder Ihre Frau vielleicht?«, begann sie.

Der Patriarch sah abfällig auf Sarah herab, musterte sie stumm. Mit nasalem Tonfall, der Sarah erst so richtig seine Verachtung zeigen sollte, antwortete er.

»Nein, er ist schon auf dem Weg nach London. Wir sind zu dem Entschluss gekommen, dass er dort seine Ausbildung weitermachen soll. Hier gibt es nichts für ihn. Der Skandal um unseren Angestellten würde ihn nur verwirren. Ich selbst muss mich noch auf diese Reise vorbereiten. Mein minderjähriger Sohn kann ja schlecht alleine in einem anderen Land leben. Frau Müller wird ab jetzt Ihre Ansprechpartnerin sein.«

Er stieg in das Auto ein, Sarah verhinderte jedoch, dass er die Türe schloss.

»Sie wissen es. Glauben Sie wirklich, Sie können ihn kontrollieren?«, fragte sie ihn.

»Guten Tag, Frau Spielmann!«

Die Wagentür wurde heftig geschlossen. Eilig fuhr er davon und Sarah blickte ihm wütend hinterher.

»Ach, Frau Spielmann, Arthur hat mich gebeten, ihnen dies zu schenken. Als Abschiedsgeschenk sozusagen. Er meinte, sie wüssten schon Bescheid«, ergriff Mona Müller das Wort und überreichte ihr ein kleines, quadratisches Geschenk in rotem Geschenkpapier.

Sarah nahm es an sich, runzelte die Stirn, ging wieder zu Fred und stieg ebenfalls in das Auto.

»Fahren wir ins LKA«, murmelte sie und öffnete vorsichtig das Geschenk.

Irre Finger zitterten dabei. Es war lächerlich, vermutete sie etwas eine Mini-Paketbombe, gebaut von einem Minderjährigen?

Es waren Pralinen, die Sorte kannte Sarah sehr gut. Es war jenes Produkt, welches der Richter Horst Lesch damals als Geschenk erhielt. Einige Zeit später war er an einer Thalliumvergiftung gestorben.

Sie zitterte vor Wut.

»Dieser kleine Mistkerl. Dieses Zeug bringen wir zum Labor, ich will eine genaue Analyse«, fluchte Sarah. Fred runzelte die Stirn und verstand nicht sofort. Erst nach einem kurzen Moment ging ihm ein Licht auf.

»Meinst du etwa?«

»Nein, so dumm wird er nicht sein. Es ist eine Botschaft. Er macht sich lustig über uns.«

Sie fuhren zurück. Im Landeskriminalamt wurde zu diesem Zeitpunkt gerade der Bevölkerung erklärt, dass man nun endlich den Killer, der sich Luzifer nannte, fassen konnte. Name und nähere Details wurden erwähnt, auch dass Peter Heintz sich das Leben genommen hat. Als Sarah und Fred ebenfalls kamen, zeigten sie Anandita die Pralinen. Sie ließ sich ihre Wut nicht anmerken und wollte auch nichts davon wissen.

»Lass es gut sein. Diese Pralinen kann jeder kaufen, nichts davon ist illegal. Was willst du jetzt machen? Jeder hat bekommen, was er verdient hat.«

»Wirklich? Die Kids wollten Rache, waren am Boden zerstört und Luzifer hat sie vergiftet. Ihre Gedanken und Herzen. Jetzt sitzen sie in Haft, ihre Zukunft ist zerstört. War es das wert? Haben sie wirklich alle das bekommen, was sie wollten? Matthias Kovacek ist tot. Er hatte alles verloren, sich langsam wieder hochgearbeitet. Als Chemiker bei der Familie König-Fischer. Alles läuft zusammen und Heintz war niemals klug genug, um diesen Komplott zu planen.«

»Ja, diese Jugendlichen haben das bisschen, was sie noch hatten, verloren. Da gebe ich dir recht. Und weiter? Jeden Tag haben wir Verhandlungen, wo nicht immer die Person, die es eigentlich verdient hat, die gerechte Strafe bekommt. Heintz ist Luzifer und damit hat es sich. Ich will nichts mehr davon hören.«

Anandita Devi ging zu einer Gruppe von Journalisten und gab eifrig Interviews. Sie genoss die Kameras und Mikrofone sichtlich.

»Na, wenigstens hat eine Person das bekommen, was sie schon

immer wollte. Ruhm und Anerkennung. Anandita ist endlich der Star«, kommentierte Fred trocken.

»Ich fahre jetzt nach Hause. Ich muss noch abklären, was mit Conny ist. Hoffentlich hat Devi ihre Versprechen nicht vergessen. Conny soll für ihre Unterstützung milder bestraft werden. Doch Anandita ist es anscheinend nicht mehr wichtig, den wahren Täter zu fassen. Hauptsache irgendeiner hat die Schuld abbekommen.«

Sarah ging zornig an den vielen Journalisten vorbei. Sie hatte keine Lust, mit ihnen zu reden oder auf einem Foto und in der Zeitung zu landen.

Zu Hause angekommen fiel sie Christoph in die Arme und drückte ihn fest an sich. Elisabeth stand mit Conny in der Küche und beruhigte das Mädchen.

»Alles wird gut, Sarah wird sich schon um alles kümmern«, flüsterte sie der Jugendlichen ins Ohr.

Da saß er nun in seinem Flugzeug. Musste in aller Stille das Land verlassen. Sollte man es als Niederlage auslegen? Genau genommen hatte er nicht verloren. Alles war so aufgegangen, wie er es sich gedacht hatte. Heintz war sein Bauernopfer gewesen, hatte sich brav daran gehalten nur ja nicht lebend erwischt zu werden. So viel Mut hatte er diesem Untergebenen gar nicht zugetraut. Ein Diener hatte also manchmal doch Eier. Die Kids waren ihm egal, sie hatten Menschen getötet und würden dafür bestraft werden. Keine einzige Spur würde zu ihm führen. Der Krieg war noch lange nicht verloren. Höchstens eine einzelne Schlacht. Um als Erzfeind aufzusteigen, musste man sich in Geduld üben. Er strich sich durch die Haare und streckte sich kurz.

Geduld, die hatte er. Mehr als genug davon. Geld ebenfalls. Sarah Spielmann würde schon bald wieder von ihm hören.

Luzifer konnte man nicht so einfach besiegen.

Danksagung

Viele Menschen und Faktoren sind notwendig, wenn man ein Buch schreibt. Ein großer Dank gilt der Agentur Ashera und meiner Agentin Alisha Bionda. Sie steht mir immer mit ihren tollen Ratschlägen zur Seite und hat sehr viel Geduld mit mir. Nur so konnte ich mich noch besser auf die Geschichte einlassen.

Man muss natürlich auch viele interessante Fakten herausfinden. Gerade für einen Krimi nicht immer einfach. Doch der Kriminalist Dr. Manfred Lukaschewski war ein wunderbarer Ratgeber. Ebenfalls Vincent Kriegs-Au vom Bundeskriminalamt Wien, der meine Fragen nicht zum Anlass nahm, mich auf die Fahndungsliste zu setzen. Matthias Ernst half mir sehr ausführlich mit Hinweisen zu psychologischen Aspekten. Meine Figuren haben ja nicht nur einfach Probleme, sie sollten auch einem gewissen Profil entsprechen. Sich in den Kopf eines Psychopathen zu versetzen, ist nicht so einfach.

Meine Testleser und Testleserinnen sind mir wie immer eine sehr große Hilfe gewesen. Manuel Ungersböck mit seiner sehr kritischen Art hat viel dazu beigetragen, den Text besser zu machen. Andrea Schmidt, Beate Majewski und Wine van Welzen suchten nicht nur Logikfehler, die ab und zu entstehen können, sondern halfen mir immer wieder mit guten Ratschlägen für einzelne Figuren. Dennis Katschuba und Melanie Rottensteiner haben wiederum auf das Gesamtkonzept geachtet, sie trugen dazu bei, dass die Geschichte in sich flüssig zu lesen ist.

Es ist mir immer eine sehr große Freude, euch meine Texte zu geben und auf eure Kritik zu warten. Vielen herzlichen Dank für diese Hilfe, die ich gar nicht genug würdigen kann.

Thomas Ehrenberger